別姓夫婦の仕事と生活

山手 茂

Shigeru Yamate／Michiko Aoyama

青山三千子

亜紀書房

別姓夫婦の仕事と生活

序

私たちが自分史をまとめたくなったのは、八〇歳代後半になり、老化が進んでいると日々自覚しながら、先輩・同輩のみならず後輩の訃報をたびたび伝えられるようになったので、私たちに残された歳月が少なくなったことを実感し、「終活」のしめくくりとして、今のうちに、私たち別姓夫婦が、それぞれの仕事と生活の両面で、協力して生きてきた証を残しておきたい、と思ったからである。

私たちは、七〇歳代中頃まで仕事を続け、その後は、バリアフリーの新築マンションに引越す準備をしながら蔵書の整理など「終活」を始め、新居に移ってからは、腰痛で歩行障害が始まったり、悪性腫瘍が何度も発生したりしている状態で、乏しい文献資料を活用して記憶を蘇らせながら、この生活史をまとめた。

本書は次のように構成した。

冒頭に、私たち別姓共働き夫婦の生活史を簡潔に紹介した。

山手茂の生活・研究・教育・実践史については、すでに発表した文章のなかから、総論として読んで頂ける回想を最初にあげた後、生活史の各段階を考慮して、回想・追悼文と論文・近況報告を並べ、最後に略歴と主要著書を紹介した。

青山三千子は、何回も引越して手持ち資料が少なく、最近は悪性腫瘍や腰痛などが続いて疲れやすくなっているが、忘れえない記憶を手持ち資料を検索して蘇らせながら、書道展に展示された自作書なども紹介して、生活史を書き下ろした。それに、消費者相談に関する論文・先輩追悼文およびエッセイを加え、最後に著書と略歴を紹介した。

私たちの生活史をふりかえると、生活設計を考えながら生きてきたが、若い時の生活設計に従って生きてきたのではなく、離婚と再婚、退職と再就職など計画以外の出来事が起きるたびに再設計を繰り返してきた。一貫していたのは、互いの仕事に協力しながら共同生活を大切にしてきたことである。二人とも退職してからは、それぞれの年金を合わせて安定した生活を続け、親しい人びととの交流や茶道会・句会・書道教室・読書・執筆など余暇活動を楽しんできた。

私たちが「生きた証」として刊行する本書を、「読んで頂けるか?」「読んでどのように受けとめられるか?」と不安であるが、「私の生活史と照らし合わせながら読んだ」「子や孫の将来を考える上で参考になった」という読者があれば、幸いである。

なお、既に発表した論文やエッセイは本書に収録した際、最少限の加筆・修正および追記をしていることをおことわりしておきたい。また、重複した記述があることも、おことわりしたい。

二〇一八年九月

山手　茂
青山　三千子

別姓夫婦の仕事と生活　目次

Ⅱ　追悼文……222

Ⅲ　論文とエッセイ……233

私たちが協力して生きた五〇年

私たちが初めて一緒に仕事をしたのは、一九六八年国民生活研究所の研究会を経て、翌年十月六日、同研究所主催シンポジウム「生活設計を俎上にのせる」に、青山が司会者、山手がシンポジストとして参加した時であった。

昭和三〇年代、日本経済が復興して、「もはや戦後ではない」といわれた後、産業化・経済成長が進み、消費革命・高度大衆消費社会化、都市化・核家族化・長寿化・少産少子化・高学歴化など、国民生活が構造的に変化したので、それに対応する生活設計をたてて生活する必要がある、という考えが生まれ、さまざまな立場から次々に生活設計論が提唱された。

一九六一年に貯蓄増強中央委員会が『生活の設計』誌を創刊し、パンフレット『生活設計の立て方』を配布するなど、生活設計の普及活動を始めた。生活設計の内容は、結婚して核家族を形成した雇用者家族をモデルにして、マイホーム購入費・子どもの大学教育費・老後生活費を三大目標とする生活費貯蓄計画であった。農協や生命保険会社なども、同様な長期生活費準備計画を作り、その普及活動を行なうようになった。

このような状況に対応するため、全国各地の婦人教育学級や地域婦人会、生活学校などで生活設計学習活動が盛んになり、「生活設計学習は家計や貯蓄計画の学習だけでよいのだろうか?」「家庭教育や共稼ぎ夫婦の役割分担など生活全体の問題を含めた長期生活設計についても学習したい」などの声が高まり、「適切な生活設計学習参考資料を示してほしい」という要望に対応し、文部省社会教育局や国民生活研究所が生活設計研究に着手した。

文部省社会教育局は、生活設計学習を熱心に行なってきた地域婦人会の調査研究を助成し、その報告を参考にして、一九六七年に社会学研究者三名、家政学研究者二名に参加を求めて婦人教育研究会を設けて調査研究を開始し、翌年に『家庭の生活設計』と『家庭の生活設計に関する学習資料』の二報告を発表した。前者は生活設計の基本的理論をまとめ、後者は「夫が雇用者の家族」「共稼ぎ家族」「都市自営業家族」「農家」の類型別に生活周期段階別家庭経営・家族役割など総合的生活課題を示し、短期・中期・長期生活設計の具体的課題を学習課題として提案した。

国民生活研究所は、一九六五年度から「ライフサイクルと生活行動に関する研究」を開始し、その一部分を『ライフサイクルと生活設計』にまとめて発表する準備を進めた。その第一部「生活設計の問題点」については、総理府統計局「家計調査」、厚生省「人口動態統計」などライフサイクル関係の主要統計資料を使って、大都市勤労者世帯をモデルにコーホート家計推計をした結果、生涯収支は三二〇〇万円の赤字であることが明らかになったので、その対策を検討していた。そこで、「生活設計を俎上にのせる」シンポジウムを企画したのである。

シンポジストは、経済学者の宇野政雄早大教授と社会学者の東女大助教授山手であった。山手は、広島で生活設計学習資料を作り、それを評価されて文部省婦人教育研究会に参加していたので、ライフサイクル段階別家族役割や社会福祉などとの関係を含めた詳細な資料を準備して説明したため、活発な討論が展開された。

シンポジウム終了後、青山は東女大社会科学科を卒業し、消費者問題・消費者教育・消費者相談などの仕事を続け、現在は国民生活研究所非常勤研究員になって生活設計研究を担当していると自己紹介した。山手は東大社会学科卒業後に広島女子短大の教員になり、地域婦人会の依頼を受けて生活設計学習資料を作り、文部省社会教育局に評価されて、東女大に転任直後、生活設計学習参考資料作成のための研究会に参加したと自己紹介した。

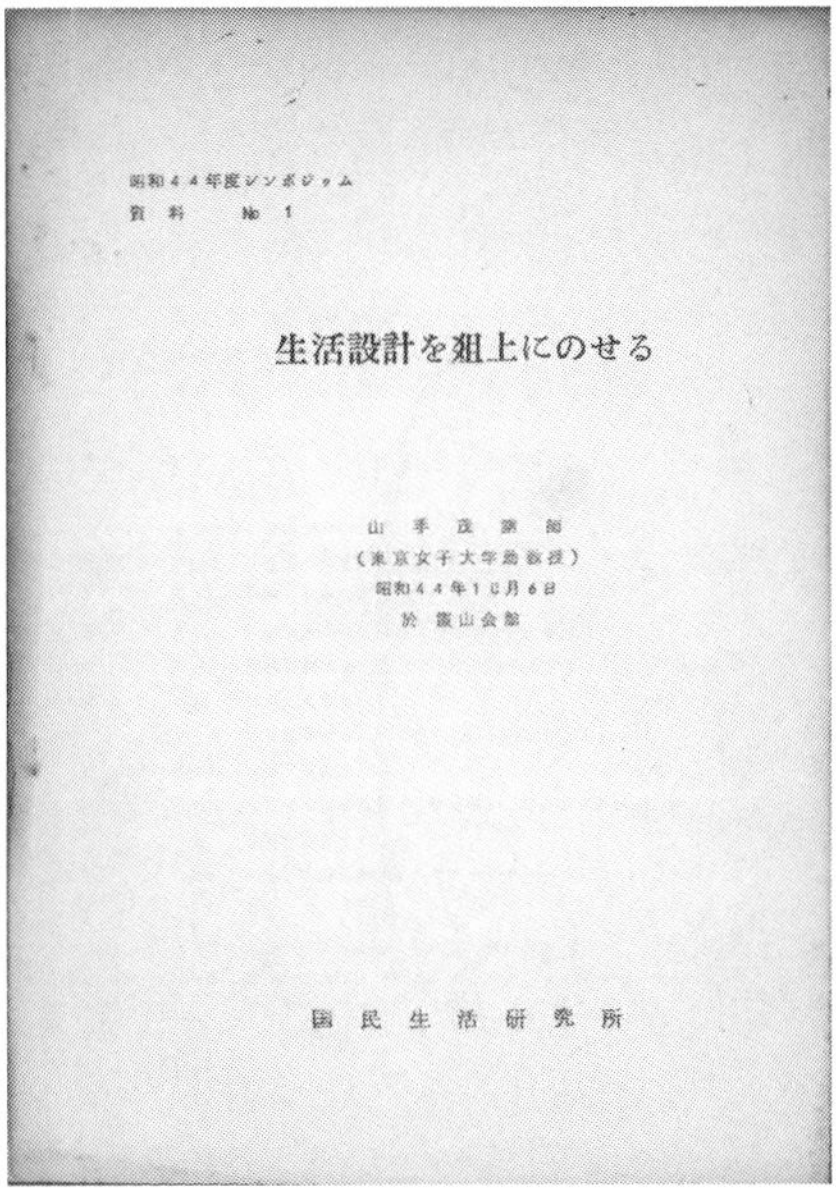
昭和44年度シンポジウム
資料 No 1
生活設計を俎上にのせる
山手茂講師
（東京女子大学助教授）
昭和44年10月6日
於 霞山会館
国民生活研究所

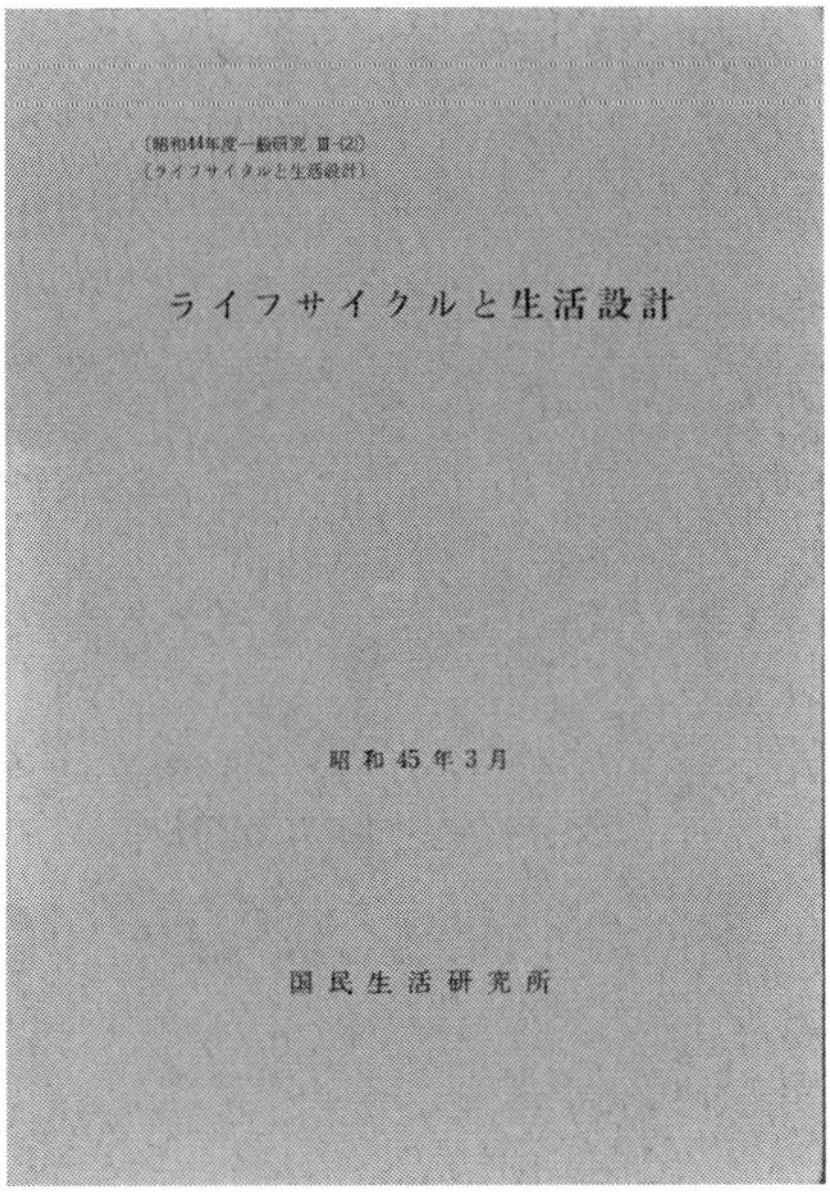
〔昭和44年度一般研究 Ⅲ-(2)〕
〔ライフサイクルと生活設計〕
ライフサイクルと生活設計
昭和45年3月
国民生活研究所

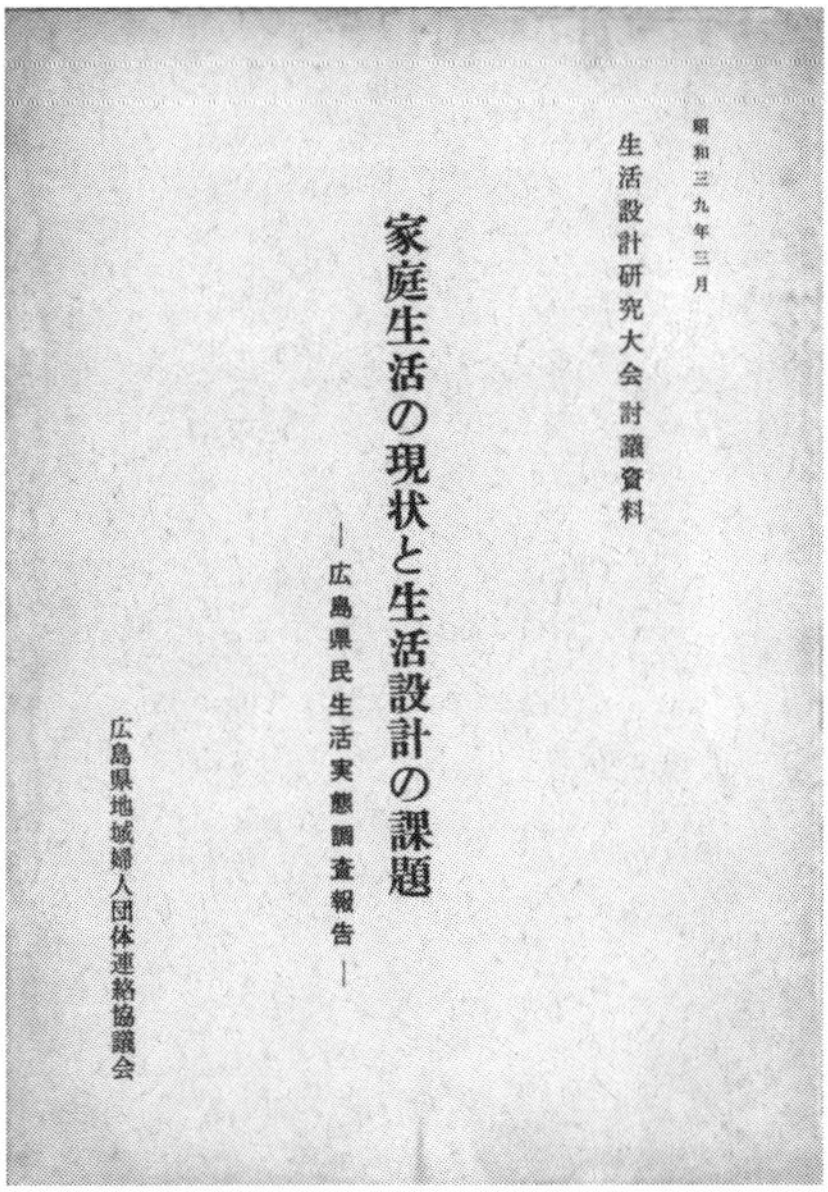
昭和三九年三月
生活設計研究大会討議資料
家庭生活の現状と生活設計の課題
―広島県民生活実態調査報告―
広島県地域婦人団体連絡協議会

互いに仕事や関心事に共通点が多いことがわかり、協力しあうようになった。

翌一九七〇年に国民生活センターが設立されて、青山は相談部調査役に就任し、全国各地の消費生活相談センターとネットワークして消費者相談体制を整備するとともに、相談の方法・技術を向上させるための研修に協力するなど多忙な業務を続けたが、家庭では三人の子を育て、家事・家庭管理の役割に夫の協力が得られず、過労のために体調が悪化して入院受療をし、退院後は職場近くのホテルから通勤した。それをきっかけに、相礎まつ江弁護士の援助を受けて離婚し、弟夫婦の住所に近いアパートを借り、支援を受けて仕事を継続した。体調が回復した頃、亜紀書房から相談を受けた山手が青山に協力を求め、第一部「変革期の消費者問題」（青山）、第二部「消費者運動の現状と課題」（山手）、第三部「アメリカと日本の消費者運動」（野村かつ子）という企画を作り、消費者問題の初めての専門書『消費者問題』を一九七一年に刊行することができ、長い間活用された。

当時、山手は、妻が広島の女子大学非常勤講師の業務のために半月間広島に滞在し、その期間は二人の小学生の娘と父子家庭の生活をしていたが、年々ラディカルになった妻が「女性の自立」のために離婚すると『婦人公論』で宣言したので、離婚して単身生活を始め、一九七三年に東女大を退職して新設の東京都神経科学総合研究所社会学研究室に就職した。この研究所は、福祉政策を重視した美濃部知事によって、老人福祉分野の老人総合研究所とともに、脳性マヒによる重症心身障害児者など脳・神経関係障害児者福祉のために人間と社会に関する諸科学の総合的研究を推進する目的で設立されたが、全国各地で多発したスモン病による障害者も研究対象にされていた。当時、水俣病など障害を伴う神経難病対策を求める世論が高まり、厚生省も東京都も難病対策に着手し、調査研究班を設けた。東京都は難病対策機構調査研究班を設け、公衆衛生医・神経内科医・保健師・ソーシャルワーカーによる共同研究が始まったが、まず患者・家族の生活問題とニーズの実態調査から始める必要があるからと、社会学研究者の山手に協力を求めた。山手は、それにこたえて、患者団体の協力を得た患者・家族調査、ソーシャルワーカーの協力による患者家族援助のケーススタディや、保健所を会場にした難病検診活動に参加し、難病対策機構調査研究班の報告を起草した。

このことが評価されたためか、厚生省の難病治療・看護研究班から患者のニーズ調査に協力を求められた。厚生省難病対策として、テーマ別に多くの基礎医学中心の調査研究班が設けられたので、国立病院・療養所の院長・看護部長を班員とする臨床患者を対象とする研究班が設けられたのである。治療を受けている患者を対象とする生活問題とニーズの調査と、疾患群別の治療・看護の課題と方法の研究が続けられた。山手は、研究所外部の調査研究時間が増えた反面、研究所内部では人事委員会で提案した研究員採用が次々に否決されたので、一九七八年、都神経研社会学研究室から社会福祉学担当教授を求めていた茨城大学に転職した。

茨城大学に就職して水戸市に住所を移した翌年から、現在まで年賀状に別居別姓の夫婦の仕事と生活の年次報告を連名で書いてきた。

その第一の理由は、当時、国立大学では教員の夫婦別姓を認めないため、クレームを申し立てているケースの情報があり、茨城大学でも結婚後改姓を求められ抵抗している女子教員がいたことである。専門職としてキャリア形成してきた女性が、結婚・離婚のたびに改姓すると、次々に支障が生じる。大学教員の場合、学会で研究成果を異なる姓で発表すると同一研究者の研究業績とみなされなくなり、正当な評価を受けられなくなる。教育者としては、自分の著書・論文を活用して学習指導したり、卒業生からの連絡を受けるのに、支障が生じる。

隣の中国や韓国では夫婦別姓で家族・親族の絆は強い。欧米諸国では別姓夫婦が増加し、国内でも選択的別姓夫婦制に改革するよう求める世論が高まったので、一九九二年、法制審議会民法部会の審議資料として詳細な夫

2014年10月　孫娘・志保の結婚式出発前　自宅マンションのベランダ・金木犀の横で

婦別姓に関する論点整理が行われ、夫婦別姓への賛否をめぐる論争が盛んになった。世論調査では夫婦別姓に賛成する国民が徐々に増加しているが、保守的な国会議員が多く伝統的な家族制度を維持するため改革に反対し続けている。その結果、女性が社会参加して活躍するのに支障があるばかりか、一人っ子同士の結婚などにも支障が生じ中年の未婚男女が増加し、少子化が進むなど、さまざまな社会問題が深刻化している。

私たちは、別姓共働き夫婦として年賀状で年次報告を続ければ、それを受け取った方々に別姓共働き夫婦の事例を知って頂けるし、若い方々には、結婚して改姓するかしないかなど生活設計の参考にして頂けるのではないか、と考えてきた。退職して後も、老後の生活設計の参考になるかと思って年次生活報告を続けている。この四〇年間に、後輩の方々からの夫婦別姓を明記された年賀状が徐々に増加している。

夫婦別姓の年賀状を送っているもうひとつの理由は、母親の離婚によって別居した子どもと会う機会に知らせれば、母子関係が継続していると安心し、再同居しやすくなるのではないかと思ったことである。青山三千子の長女は高校生の時に母親と同居し、それに続いて中学生の次女も同居した。離婚問題と同時に「親権」をめぐる問題が生じ、「親権とは何か?」「親は子に対して責任があるだけではないか?」と疑問に思い、「親の権力を意味する明治憲法下の家父長権の名残ではないか?」と考えたが、これは家族法の問題なので、問題を提起するだけに止めておく。

第一部

山手茂の生活史

——実践と研究・教育——

Ⅰ　回顧と追悼

一　私の生活史――実践と研究を中心に

出典『社会福祉研究』第一〇六号「随想・私の実践・研究を振り返って」二〇一〇年

はじめに

私は、今年（二〇一〇年）の三月に喜寿を迎え、特任教授として勤務している新潟医療福祉大学大学院博士後期課程が完成年度に入っているので、自分の人生を振り返りながら、どのように「しめくくり」しようかと考えている。このような状態の私は、本誌編集者からこの随想の第七六回に執筆するよう依頼され、光栄に思い、喜んで引き受けた。

最初に、「私の実践」の分野は主としてソーシャル・アクションであることをお断りしておきたい。私は、一九五四年に大学を卒業してから今日まで五六年間、六か所の職場で教育・研究職を続け、研究者ボランティアとして原爆被害者の「原爆医療法から被爆者援護法へ」を旗印とする国会請願運動や、「医療福祉職制度化運動」をはじめとする社会福祉専門職資格の確立を目指すさまざまなソーシャル・アクションに参加し、もっぱら理論構築の役割を担当してきた。ソーシャル・アクションは、社会変動によって生じた社会問題の解決のために、当事者が主体になって必要な新しい政策・制度を求める運動である。したがって、運動の推進のためには研究者・専門職が関連諸科学の方法を応用して総合的・創造的な理論を構築しなければ、成果をあげることはできない。このことは、社会福祉学のあらゆる分野についてもあてはまるであろう。

社会福祉学研究者は、「実践から学びつつ理論を構築し、実践を通じてその理論を検証し、さらに理論を前進させる」という過程で、専門職および当事者と相互に協力し合わなければならない。私が、このような考えを持つに至った経過を述べる。

私の原体験と研究分野

一　私のライフ・コース（自分史）

最近、自分史をまとめる高齢者や、ライフ・コースを調査する研究者が増加している。私は、研究者自身を対象とするライフ・コース研究も重要だと考えている。

研究・教育者の場合、昔から定年・還暦・喜寿などの節目に、自ら著作集をまとめたり、弟子や後輩が記念論文集や追想文集を編集・発行している。私は、中野清一・那須宗一・福武直・

古屋野正伍・山下袈裟男・田村健二など諸先生の記念出版物に執筆している。しかし、私自身の場合は、大学院教育の経験が乏しく、弟子という後輩はいないので、自分の記念出版物はないと諦めていた。

ところが、二〇〇一年、東洋大学を定年一年前に退職して新設の新潟医療福祉大学社会福祉学部長に就任した節目に、半年若い園田恭一教授の提案で記念パーティーが開かれることになったので、お礼の記念品として自分の教育・研究史を総括し、特に愛着がある短い文章を収めた『社会学・社会福祉学五〇年』（三冬社、二〇〇一年）を五〇〇部自費出版した。東洋大学大学院社会学研究科夜間修士課程一期生有志には『福祉社会の最前線―その現状と課題―』（相川書房、二〇〇一年）を記念品に加えてもらった。

新潟医療福祉大学社会福祉学部は、同規模私立大学の中でトップクラスの社会福祉士・精神保健福祉士合格率を維持し、大学院社会福祉学専攻修士課程も三期まで優秀な修士を送り出し、現在、博士後期課程一期生が意欲的に論文を執筆している。

教育・研究職の最終段階にいる私は、大学院生と若手教員に、「私の経験の中から参考になる点を受け取り活用してほしい」と望んでいる。学問は、新しい課題に取り組み古い理論を克服して新しい理論を構築することによって進歩する。その過程で、継承するに値する理論や研究成果を累積する必要がある。

このような思いから、私のライフ・コースを振り返って、いつまでも忘れられない「原体験」とそれが動機になって取り組んできた研究の対象と方法についてまとめてみたい。

二　私の原体験

ライフ・コースの初期の体験のうち、特に深い影響を残し、その後の人生観・社会観や生き方を決定する要因になった体験が「原体験」である。一九三二年に生まれ、一九四五年に十三歳で敗戦を迎えた私の場合は、日中戦争が太平洋戦争に拡大し惨憺たる敗戦に終り窮乏期が続いた戦中・戦後体験と、父の心臓病が進行し四〇歳で死亡した後に母と五人の子と二人の従兄姉から成る母子家族の次男として小学校・中学校時代を過ごした母子家族次男体験との複合が原体験である。

私と同世代の人びとには、それぞれの戦中・戦後体験がある。私の場合は、小学校と中学校で、「男子は二〇歳で国家のために死ね」と軍国主義教育を受け、中学二年生になると軍需工場に動員され、福山市空襲の夜は隣組の子どもたちを引率して裏山に避難し、炎で赤く染まった雲と爆撃機群を見ていた程度であるが、「兄さん」と慕っていた従兄が陸軍士官学校を卒業し、出征して沖縄戦で戦死

昭和17年従兄山手昌陸軍士官学校卒業記念
後列右から　従兄・昌（那覇で戦死）　母・キミ子
　　　　　　長男・忠（予科練入隊・台湾の基地から生還）
前列右から　三男・陳男　長女・スミ子　次女・美代子　次男・茂

し、兄は中学校卒業と同時に母が止めるのを振り切って予科練に入り、台湾の特攻基地から虚脱状態で生還したなど、家族の戦争被害が忘れられない。それと重なるのが、母子家族次男体験である。家業は、六反歩の水田経営と和菓子製造販売中心の菓子店経営との兼業だったが、父の心臓病が重症化するにつれて母が家業の中心になり、父の死後は従姉と私が手伝い、妹二人が家事とともに幼い弟の世話をする生活が続いた。春と秋の農繁期には、親族や近隣の疎開者に有償で手伝ってもらったが、遅れがちな農作業を月明かりの下で続けた。「どうせ人生二〇年ならば、できるだけ母を助けよう」と中学校進学を諦めていたが、受け持ちの三上先生が母に、「将来のために進学させてほしい」と勧め、母は自家用の米を売って学費を払ってくれた。農家の会議で供出米が割り当てられていたが、母は「女だから不当に多く割り当てられた」と悔しがっていた。母は、「子どもたちに責任がある」と、苦難に耐え、夜おそくまで働いていた。母の自立能力や子への愛情とともに、女性差別への怒りなども忘れられない。

中学四年生のとき、従兄と兄が使った受験参考書を読んで初めて模擬試験を受けたところ、同学年トップクラスの成績だった。旧制六高を受験したが落第し、二年後に新制東京大学文科二類に合格した。戦争末期の軍国主義教育だけではなく、教え子思いの教師が進路選択を助けてくれたことも忘れられない。

三 私の研究分野

一九五三年、私は大学四年目に入り、政治社会学の一分野である選挙社会学をテーマに選んで卒業論文を書きながら、「就職活動」をした。ジャーナリストを志望して新聞社や出版社を受験し次々に落とされ、年末になって郷里の広島県立女子短期大学の社会学・社会福祉学担当助手に内定した。当時、教員は戦争責任を問われており、就職の第二、第三志望で「教員にデモなる」「教員にシカなれない」という「デモ・シカ」教員が多かったが、私は喜んで教員になった。クラスメイトの真田是氏は大阪社会事業短期大学助手に就職した。

広島女子短期大学は、戦前に設立された女子専門学校を改組しており、「良妻賢母主義」の教員が多数いたが、学生は男女平等を志向し、専門的職業を目指して熱心に学習する者が多かった。社会科は中学校社会科教員を、児童科は保母（現・保育士）を、食物科は栄養士を養成しており、私は社会学とともに社会福祉学も担当した。同じキャンパスに県立保育専門学校があったので、社会福祉科目を担当し、現場実習にも協力して、児童福祉・保育理論なども研究した。県の児童福祉行政にも協力し、保母試験委員会では「社会福祉事業一般」を担当した。卒業生の研究会に参加し、県保育問題研究会副会長に選ばれた。

私が広島に赴任した一九五四年には、ビキニ水爆実験を契機として原水爆禁止運動と被爆者救援運動が急激に盛り上がったので、同僚教員や学生とともに参加した。被爆後一〇年経過して白血病など各種のガンを発症するケースが増加し対策が講じられ始め、被爆者団体を中心に「被爆者援護法」を求める被爆者救援運動が開始された。「原水爆禁止運動と被爆者救援運動とは車の両輪」とされ、物理学・医学・法学・経済学・社会学などの研究者が参加し総合的調査研究が実施された。私は社会学・社会福祉学研究者として参加し、被爆者実態調査を担当して多くの被爆者が「慢性原爆症（原爆後遺障害）と生活障害・貧困の悪循環に陥っている」ことを明らかにするとともに、被爆者救援活動に参加した。

広島大学中野清一教授（社会学）が、「子どもを守る会」活動の一環として、「原爆孤児」だった青年に自宅を開放して親代わりの相談活動をされていたので、私もお手伝いをした。中野先生が立命館大学に移られた一九六五年には、被爆青年やゼミのＯＢと共に被爆者問題の論文や活動記録を集めた、『仲間とともに』を記念に自費出版した。

被爆後一二年を経て、待望の「原爆医療法」が施行されてから二年後の調査で、被爆者の不満が明らかになった。被爆者手帳所持者二一万二四七〇人のうち原爆症と認定された患者はわずか二四四五人（一・一六％）にすぎなかった。広島原爆病院のソーシャルワーカーと共同調査した結果、「原爆症認定基準」が放射線量・血液検査値および「被爆者に多いと統計学的に証明された疾病」と狭く限定されていることが原因だとわかった。健康状態が悪化し「原爆のせい」と考えて受診しても、「あなたは原爆症ではない」と医療保障を拒否される患者が多かった。相談を受けた医療ソーシャルワーカーは、医師の診断結果を前提にして、「心理・社会的援助」をしていた。

この問題について、共同調査チームの病理学者・広島大学医学部杉原芳夫助教授に質問したところ、「厚生省は、原爆放射能が原因であると証明された病気に限定するのではなく、原爆が原因ではないことが明らかな傷病を除いて、被爆者のあらゆる病気を医療保障の対象にすべきだ。なぜならば、原爆による被爆者の健康破壊がすべて解明されているのではないからだ」と説明された。一九六〇年、原爆医療法は、医療保障についてはこの見解どおりに改正された。しかし、原爆症認定基準は一部緩和されたにすぎず、不服を申し立てる「原爆訴訟」が全国で長期間争われ、各地の地方裁判所・高等裁判所で原告が勝訴し、政府は対策を迫られ改善を続けている。

社会福祉学研究者としての私は、「患者を支援するソーシャルワーカーは、疾病の原因・診療方法・予後などについて正しく理解し、要請されれば患者運動を専門的ソーシャル・アクションの理論・技術によって支援する必要がある」と考えている。

四　社会福祉学科設立と社会福祉学方法論

一九六〇年代に入ると、経済成長に伴って都市化・核家族化・高学歴化・男女平等化・消費革命などが進展し、「皆保険・皆年金」「福祉三法から福祉六法へ」など福祉国家を目指す政策も急速に進展した。このような状況に対応するため、広島女子短期大学の有志は四年制大学昇格運動を開始した。私は、短期大学社会科を文学部社会福祉学科に改組する計画策定を担当した。社会科には、法学・経済学・社会学・日本史・世界史・人文地理学・倫理学に各一名、計七名の教員が所属しており、最小限の増員によって学科を設置するという前提で、大学設置基準を満たす計画を立てた。「社会福祉事業」中心ではなく、憲法第二五条（福祉国家）の内実に関する政策・法制・歴史・実践・思想などを社会諸科学と人間諸科学を総合して研究・教育する学科として構想した。私が社会学と社会福祉学の合計八科目を担当し、県児童相談所長をソーシャルワーク技術・児童福祉等担当教員として迎え、広島市福祉事務所長などの福祉現場経験者に非常勤講師として就任していただく計画を策定し、一九六四年に大学設置審議会に認可され、翌一九六五年に発足した。この準備過程で、岡村重夫先生に指導していただき、日本社会福祉学会に入会させていただいた。社会福祉学関係の文献・資料を収集・検討して「社会福祉学方法論の再検討」を書き、一九六四年に学内紀要に発表した。後日、一番ヶ瀬康子先生から読後感を聞かせていただき、広く目配りされて理論研究してこられたことに感心した。この論文は、一九八八年に初めて出版した論文集『社会問題と社会福祉』に収めている。

私は、「福祉六法」など既成の法制を前提にして、それらの解釈・運用・現場実践などを研究・教育するのが、

「社会福祉学固有の役割である」とは考えない。一九世紀から二〇世紀前半までは学問の専門分化が進み、「固有の対象と方法」を主張して新しい学問分野を確立しようとする傾向が強まった。しかし、二〇世紀後半からは、「核戦争とその被害」「環境問題と持続可能な社会」「少子高齢化対策」など関連諸科学を総合し創造的に発展させるために、新しい社会福祉学を構築する試みが盛んになっている。

五　広島から東京へ

広島女子大学発足直後から、私は公私ともに難しい問題に直面していた。そんなときに、東京女子大学の古屋野正伍教授から、突然、「短期大学部を拡充して社会学担当教員を求めている。文理学部社会学科の家族社会学も担当してほしい」と誘われ、一九六六年四月に東京に移った。

広島では一九五四年から一二年間働いたが、この間に、①原爆被爆者援護、②保育・児童福祉・母子福祉・家庭教育・生活設計、③福祉専門職養成教育・社会福祉学方法論、④ソーシャル・アクションの実践的研究の四分野の研究を行った。

東京に移ってから、東京女子大学で七年間、東京都神経科学総合研究所で五年間、茨城大学で一〇年間、東洋大学で一三年間、新潟医療福祉大学で九年目と、次々に職場を移ってきたが、環境や状況の変化に対応しながら上記の研究分野のいずれかに関する研究・教育を続けてきている。職場と地域を移動したため、多くの行政分野・自治体・社会福祉協議会などに依頼され、国連の国際年を契機とする婦人行動計画・障害者行動計画や老人保健福祉計画・介護保険事業計画・地域福祉活動計画などに参画して多くのことを学び、研究・教育に活かすことができた。私の研究活動の原点は広島にあると言えよう。

ソーシャル・アクションと社会福祉学方法論

一　ソーシャル・アクションの実践的研究

(一) 原爆医療法から被爆者援護法へ

一九六六年、私が東京女子大学に移った直後に、日本原水爆被害者団体協議会（略称、日本被団協）の理論的リーダー・伊東壮氏（広島で被爆。一橋大学卒業。東京で被爆者運動を組織。山梨大学経済学教授を続け学長に選ばれた後も日本被団協代表などを継続された）から、「原水爆禁止運動に持ち込まれた共産党と社会党の対立が被爆者運動にも持ち込まれて混乱が続いている。被爆者が被爆体験に基づいて団結し『援護法』要求運動を推進するための理論構築に協力してほしい」と依頼された。そこで、二人で相談して、「専門委員会を組織し、運動理論をパンフレットにまとめ、運動参加者・支援者・国会議員などに読んでもらおう」という方針を決めた。夏休みを利用して、箱根で合宿して原稿を書き上げ、日本被団協の審議を求めた後に、『原爆被害の実相と被爆者援護法の要求』と題するパンフレットを発行した。表紙に折鶴のイラストを付けたので「つるパンフ」と呼ばれている。

当時、東京で働きながら被爆者運動に参加し、後に日本被団協代表委員として活躍された藤平典氏は、このパンフレットを読んだ感想を次のように語っている。

私自身は、あれは戦争だったからしょうがない、と考えていたし、今さら国に要求しても無駄だ、と諦めの心境だった。ところが、これを読み始めたら、なんでオレは二〇年間も諦めていなければならなかったのか、とだんだん腹が立ってきた。…援護法ができたのは、この理論が被爆者の一人ひとりの気持ちに入ってきたからです。積極的に国へ要請に行こうという気持ちになってきました。そんな影響力をもっていました。

（『座談会でつづる東友会の五〇年』東京都原爆被爆者団体協議会［東友会］編、二〇〇八年　五二ページ）

こうして被爆者援護法を求める国会請願運動は盛り上がり、一九六八年に「原爆被爆者特別措置法」が制定された。その内容は、被爆者の健康状態を基準にして諸手当を支給するものであったため、被爆者団体は「特別措置法は被団協の要求する援護法に非ず」と、「国家補償法を求める」国会請願運動を続け、一九九四年、被爆後五〇年を前にようやく「被爆者援護法」が制定された。しかし、その内容は「原爆医療法」と「原爆被爆者特別措置法」の内容に若干の福祉サービスを法定化しただけであり、日本被団協はまだまだ不満であった。特に「原爆症認定基準」がやや緩和されたとはいえ、まだ基本的に維持されているので、前述のように全国各地で訴訟が提起され、多くの地裁・高裁で原告が勝訴しており、政府・国会は新たな対応に着手している。

上記の被爆者援護対策は、長い間社会福祉学において無視されてきたが、二〇〇〇年に刊行された仲村優一・一番ヶ瀬康子編『世界の社会福祉　七　日本』（旬報社）には、私が担当した「被爆者関連政策」が収められている。また、同じ年に発表された厚生省の「社会的な援護を要する人々に対する社会福祉の在り方に関する検討会」報告書には原爆被爆者も取り上げられている。被爆者は全国各地で生活しているので、高齢者の戦中・戦後体験の一つとして、被爆体験を共感的に理解してほしい。

(二) 社会福祉専門職資格制度化運動

私は、一九七三年、東京女子大学を退職して東京都が新設した神経科学総合研究所に就職し、原爆後遺障害・慢性原爆症患者と同様に、「根本的治療方法がなく慢性的経過をたどり、労働力喪失・減退のため経済的・社会的・精神的問題に苦しみ、家族崩壊、生活設計破綻などのおそれがある」神経難病患者・家族の実態調査と援助対策の調査研究を始めた。ちょうど同じ時期に始まった東京都と厚生省（現・厚生労働省）の調査研究班に参加することができ、多くの臨床専門医・家庭医・公衆衛生医、看護師・保健師、ソーシャルワーカーなどと連携して、総合的に患者・家族の実態とニーズを明らかにし、医療・保健・看護・介助・福祉サービスの総合的提供体制を確立し、その活動方法を開発する実践的研究を続けた。このような研究活動の中で多くのソーシャルワーカーと親しくなり、当時日本医療社会事業協会会長の児島美都子先生から、「医療ソーシャルワーカー資格制度化国会請願運動に協力してほしい」と依頼された。

日本医療社会事業協会の歴史を調べてみると、一九五三年に結成して以来、資格制度を求めて試行錯誤していることがわかった。初期は、「身分法」「必置制」を求めて働きかけても、厚生省も国会も動かないので、「医療福祉士法案」を作成したが、政府提案も議員立法提案もされなかった。七一年に中央社会福祉審議会職員問題専門分科会が報告した、全分野のソーシャルワーカーとケアワーカーの資格を一級社会福祉士・二級社会福祉士に統合する社会福祉士制度の提案は、社会福祉学会・労働組合などのリーダーに反対され、撤回されていた。当時の反対論を、秋山智久先生は、①福祉労働者分断反対論、②専門職志向不徹底反対論、③経験偏重反対論、④学歴偏重反対論、⑤時期尚早論、⑥専門職無力論、⑦労働条件改善優先論の七種類に分類している。客観的に検討すると、これらはすべて「反対のための口実」と言えるが、病院・保健所で医療職と連携して患者・家族を支援しているソーシャルワーカーには社会福祉職資格は不可欠であり、協会結成以来の課題であった。

児島会長の指導によって、協会は一九七三年に医療福祉職制度化推進方針を決定して検討を始めたが、三年後に「資格制度の内容として、①必置制、②任用資格、③業務基準、④待遇、⑤研修制度、⑥経済的裏付けの六点を検討する」という方針を決定し、さらに検討を続けたがいつまでも結論がまとまらず、請願運動を開始することができない状態であった。児島会長から協力を要請された私は、「協会の役員ではないから、制度化研究委員会を新設し、委員長にしてもらえれば協力できる」と答え、組織的条件が整備された後に、検討に参加した。日本医療社会事業協会が結成以来二〇年以上「資格制度」を求めて運動してきたにもかかわらず目的を達成することができない原因の一つは、専門的なソーシャル・アクションの理論・方法が用いられていないことではないかと考えた。そのため、私は次の二点について重点的に取り組むことにした。

第一に、請願の目的・内容が理論的・体系的で、説得的に説明されなければならない。そのため、請願項目を図1のように体系化した。

なぜこのように請願項目を変更したか説明する紙数はないし、その必要もないであろう。この請願項目それぞれの説明、背景、医療職と福祉職との関係、米・英の制度の概要などを付した『医療福祉職制度化に関する検討資料（案）』を作成し、理事会の審議を経て印刷したパンフレットを配布し、請願運動を開始した。

第二に運動の方法は効果的でなければならない。当初は、署名運動だけを取り上げ、患者・家族の署名数を増やすことを中心にしていたが、私は、①福祉・保健・医療分野のオピニオン・リーダーの支持、②各党国会議員の参加を得た請願集会などが重要であると提案した。仲村優一先生に協力要請したところ、「ソーシャルワーカー資格制度化の突破口を開いてほしい」とエンパワーされた。

こうして請願運動は多くの関係者・国会議員に支持され、一九七八年には参議院社会労働委員会で全項目が、翌年までに衆議院社会労働委員会で「財源保障」項目を除くほかの項目が採択された。

しかし、その後は、厚生省と日本医療社会事業協会との協議が進まず、協会内部で児島会長から須川豊会長への交代、内部対立の再燃などの変化が続いた。須川会長は、厚生科学研究とそれに基づく業務基準作成、老人保健法施行に伴う一部業務点数化などに尽力された。社会福祉士法制定に際しては、厚生省内部の福祉関係局と医療関係局の対立のため医療ソーシャルワーカーは除外され、その後長期間、社会福祉士・医療福祉士・

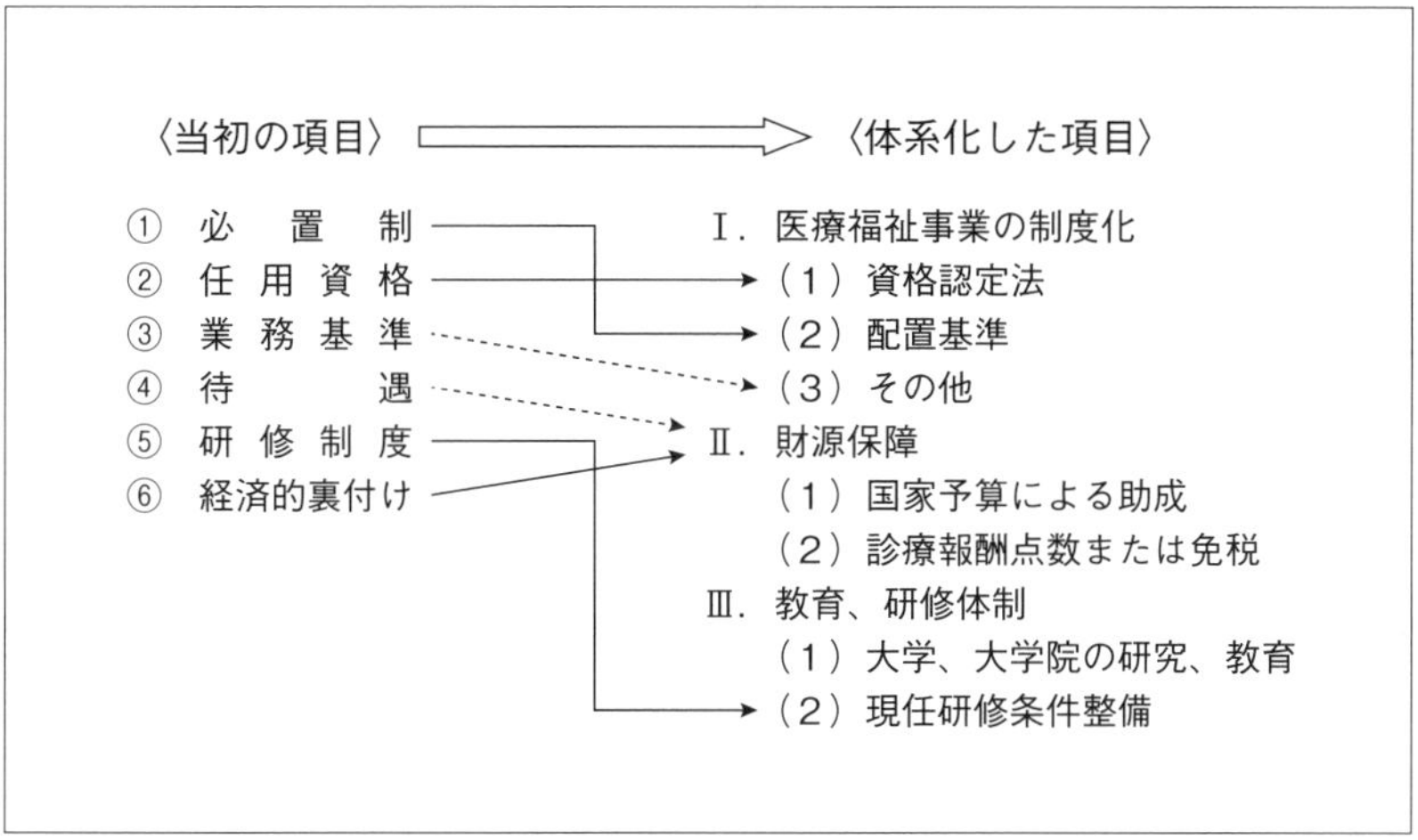

図1　医療福祉職制度化請願項目の体系化

精神保健福祉士の関連をめぐる対立・論争が続いたが、協力を要請された際に、私も論争やソーシャル・アクションに参加した。

二　社会福祉学方法論の再検討と再構築

茨城大学と東洋大学では、社会福祉学方法論の再検討と再構築を試み、「社会学・社会福祉学論集」として『社会問題と社会福祉』と『福祉社会形成とネットワーキング』をまとめ亜紀書房から出版していただいた。アメリカに調査旅行する機会が増えたので、ミクロ・メゾ・マクロの三レベルを統合するゼネラリスト・ソーシャルワーク理論を学ぶことができた。

一九九五年、仲村優一先生が日本学術会議会員に就任され、社会福祉・社会保障研究連絡委員会の第一六期・第一七期における報告書起草の役割を大橋謙策先生と共に担当させて下さった。この報告は、「社会サービス」を中心概念として総合福祉政策やゼネラリスト・ソーシャルワークなどの理論を総合して新しい社会福祉学方法論を提案している（図2、表1）。これらの報告は、日本学術会議によって承認・支持されているのであるから、社会福祉学研究者によって支持・活用されなければならないと思われる。

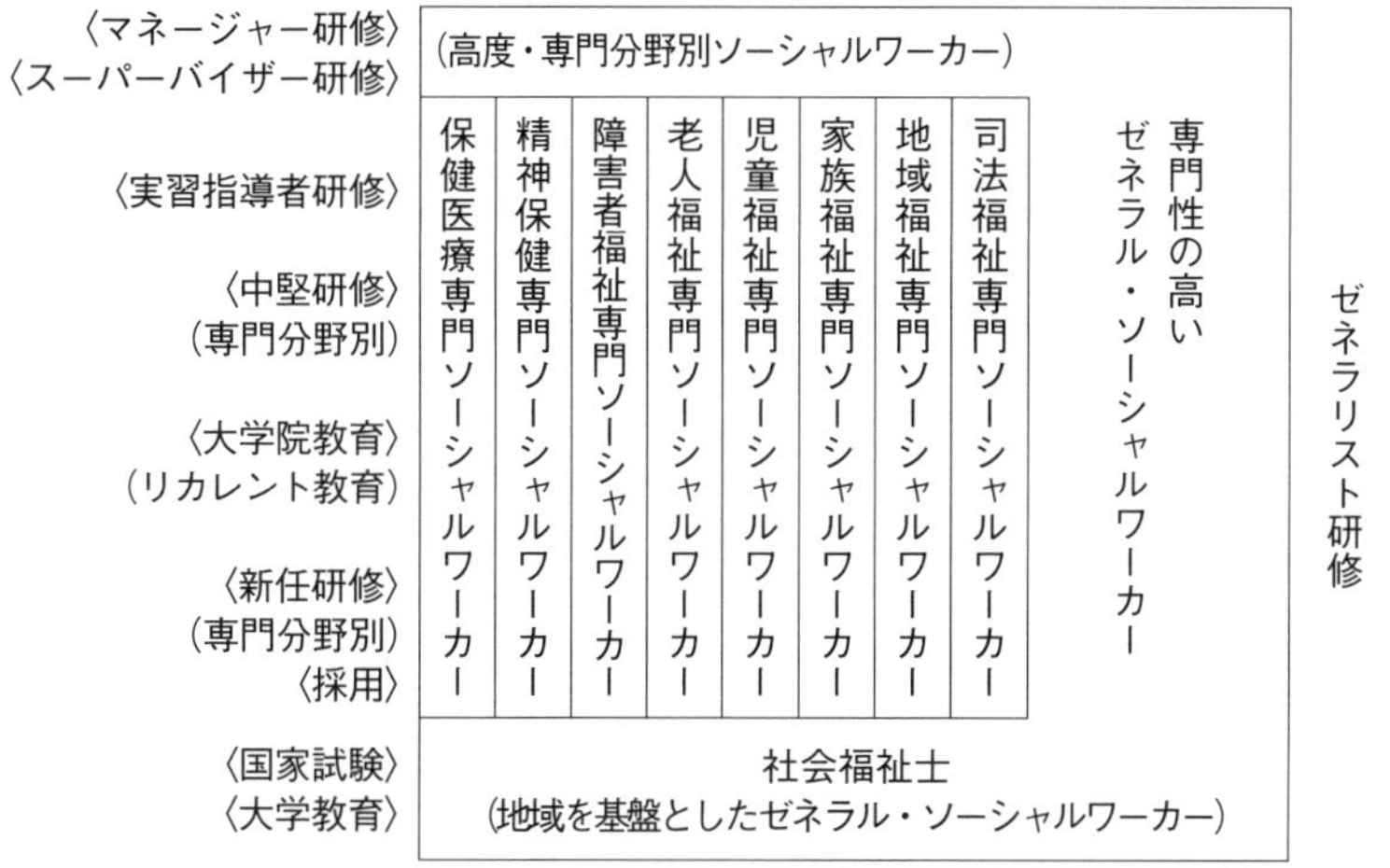

出典：「社会福祉・社会保障研究連絡委員会報告 社会サービスに関する研究・教育の推進について」、日本学術会議第17期社会福祉・社会保障研究連絡委員会、2000年。

図2　ゼネラル・ソーシャルワーカーの生涯研修体系

表1　マクロ・メゾ・ミクロ各レベルの研究課題と諸科学（例示）

	マクロ	メゾ	ミクロ
研究課題（学問分野）	福祉国策 政策決定過程 行政、財政 （政治学、行政学、財政学） 法・権利義務関係 （憲法、社会法、民法、行政法） 経済社会構造と国民生活 （経済学、社会学） 社会福祉政策 社会保障政策 （社会福祉学、社会政策学）	地方自治体 政策決定過程 行政、財政 （政治学、行政学、財政学） 自治体条例、分権化、権利擁護 （地方自治法、社会法、民法） 地域経済社会構造と 住民生活 （経済学、社会学） 地域福祉、施設、NPO運営 （地域福祉学、経営学、アドミニストレーション研究）	個人の健康・福祉・身体的・精神的・社会的ウエルビーイング（人間学・保健学、心理学、教育学、社会学） 基本的人権保障、子ども・患者・障害者・高齢者・女性等の権利擁護（法学、社会福祉学） 家族問題（家族法学、家族社会学、家族心理学） ソーシャルワーク、ケアマネジメント（社会福祉学）
	保健・医療（歯科医を含む）・介護・福祉の統合化 ケアマネジメント（医学・公衆衛生学・臨床医学、保健学、看護学、社会福祉学等） バリアフリー（都市計画学、建築学、住居学、福祉工学、地域社会学、教育学等）		

注）「マクロ」は巨視的、「メゾ」は中間的、「ミクロ」は微視的。
出典：「社会福祉・社会保障研究連絡委員会報告 社会サービスに関する研究・教育の推進について」、日本学術会議第17期社会福祉・社会保障研究連絡委員会、2000年。

おわりに

この随想は、とりあげたテーマが多すぎ、一つひとつの説明が不十分で読者にわかりにくいのではないか、と反省している。この拙文を読んで関心をもたれた方に、紹介した文献を参照していただければ幸いである。

最後に、若い研究者への希望を書かせていただきたい。

第一に、納得できない理論に対しては、率直に批判してほしい。学問は批判と反批判を通じて進歩する。特に、古い時代の古い理論は、そのままでは新しい時代の新しい現実に適合しない。新しい現実に適用して、その有効性・妥当性を検討し、新しい理論を創造してほしい。

第二に、自分の理論に固執しないで、当事者・後輩や隣接分野の研究者・専門職から謙虚に学びつつ、協力・連携してほしい。社会福祉学「固有」の枠に閉じこもって、独善的にならないでほしい。現実の社会変化に対応して、福祉政策も福祉実践も変化しているのだから、それらの変化に柔軟に対応しつつ、隣接分野の研究者や専門職に受容・支持される理論を創造してほしい。

二　中学・高校時代の思い出

出典『広島県立戸手高校百周年記念誌』二〇一七年

「懐かしの昭和歌謡・高校三年生」を聴くたびに、私は六七年前の戸手高校三年生時代を思い出している。その頃の社会状況は、若い読者（後輩）は知らないだろうが、この『百周年記念誌』を読むうちに、わかっていただける。

本校は、太平洋戦争後の占領政策によって、それまでの農業学校を母体として、総合制・共学制・小学区制の三原則による新制高校になった。

私は、一九四四年に府中中学校に入学し、一九四八年に旧制中学校五年生＝新制高校二年生になり、翌四九年戸手高校三年生になった。

府中中学校で五年間学び、戸手高校では一年間学んだが、私の人生にとっては戸手高校三年生の一年間が最も重要な成長期＝転換期だった、と思われる。

府中中学校では、一年目は太平洋の島々で日本軍が玉砕し都市の空襲が激化する情報を伝えられながら、軍事訓練など軍国主義教育を受け、防空壕造りなど土木作業をさせられた。二年生になると軍需工場で旋盤工などをさせられながら、広島原爆の被害や福山空襲などを見聞し、「いつ死ぬかわからない」と思うようになっていた。

敗戦後は、教育政策が一八〇度転換し、「平和と民主主義」教育が始まった。

しかし、教科書もない状態で、生徒の中には戦争中の軍国主義教育や強圧的教師への批判が強まった。このような状況のなかで、生徒に自由な調査研究をさせその成果を順番に発表させるゼミナール形式の授業を行った西洋史教師のお陰で、私は図書室の文献を用いてフランス革命史を研究することができた。国語教師が、古典文学を学ばせてくれたことも、忘れられない。

一九四七年、四年生になると、旧制高校最後の入試を受けるか否か、落ちた場合は旧制府中中学校卒業と新制戸手高校編入とのどちらを選ぶか、という選択を迫られた。私は模擬試験でトップクラスだったので旧制六高を受験したが失敗した。そのため、戸手高校三年生になることに決めた。

もう府中市に通学しなくなるので、帰宅途中よく寄った書店で戦没学生手記『はるかなる山河に』（手記追加版『きけわだつみのこえ』岩波文庫）を購入し、沖縄戦で戦死した従兄を偲びながら春休みを終えた。

戸手高校普通科には、府中中学校・誠之館中学校・府中高女・福山高女等の生徒が集まり、教師は民主主義教育すなわち生徒の自主的学習活動の指導に配慮し、生徒も生徒自治活動や課外活動を自主的に展開した。

私は、文芸部と図書部に参加し、文芸・読書が好きな仲間と活動した。夏休み前に、文芸雑誌創刊計画をたて、詩・俳句・和歌・評論の原稿を集め、編集会議を開いて、『胎動』という雑誌名を提案した。顧問の教師は、「この名称はどうかな?」と再検討を求めたが、私は「何を連想するかは、その人の品性によるのでは?」と生意気な反論をした。

この雑誌に私は、「萩原朔太郎研究序説」という評論を書き、将来は文筆業で生活したいと思うようになった。文芸部の一年生の日野岩枝さんが、「東大文学部にいる兄（日野啓三）に読んでもらい、帰郷したら紹介する」と言ってくれた。日野家族は、ソウルから引揚げ、啓三さんは府中中学校から一高・東大文学部と進み、「現代文学」の同人に参加していた。啓三さんは「よく書けている」と評価し、私が東大に入学した後もアドバイスしてくださった。卒業後は、読売新聞の外報部に勤務しながら、優れた小説を次々に書き、芥川賞をはじめ多くの文学賞を受賞された。残念ながら、啓三さんも岩枝さんも逝去された。

戸手高校で学んだ同級生の親友のうち、山本博君は逝去されたが、宮原精治・岡田智晶・滝谷滉・占部泰造の諸君とは文通を続けている。

追記　滝谷滉君は、私と同じ母子家族で、住所も近かったので親しくなり、父上の蔵書を次々に貸してくれたが、進学を断念し、裁判所事務官に就職された。それから一〇年くらい後に、広島市の宮島線で、偶然、再会してお互いの近況を報告しあい、司法修習生として広島市に来ていると知り、交際を再開した。私が東京に住みはじめた頃、滝谷君は新橋の弁護士事務所で働いていて、親交が復活し、向老期からは年一回中学校在京者クラス会で会うのを楽しみにしていた。残念ながら、今年（二〇一八年）になってすぐ、八五歳で逝去された。

三　河村望東京都立大学名誉教授との六三年間

出典『学問と教育を駆け抜けて—河村望先生追悼文集』河村望先生追悼文集刊行委員会　二〇一六年

河村望さんと私は、一九五二年四月に東京大学社会学研究室でお会いしてから、二〇一五年四月に最後のお別れをするまで、六三年間の長い歳月、親しく交際してきた。

河村さんは、たびたび海外の大学・大学院で研究・教育活動を行ったが、その他の期間は東洋大学、都立大学、東京女子大学と都内の大学に勤務し、私は、広島県立女子短大→女子大学、東京女子大学、東京都神経科学総合研究所、茨城大学、東洋大学、新潟医療福祉大学と転々としていたし、研究テーマも異なっていたため、日本社会学会年次大会などの際に会って、近況や共通の関心事を話し合ったり、著作のうち関心を持って読んでもらえそうなものを交換する期間が長かった。

だが、六三年間のうちには、たびたび会って親交を深めた時期が何度かあった。

私たちは新制大学の二期生で、社会学科同級生は三〇名余だったが、旧制高校卒業生と新制高校卒業生がほぼ半々で、私たち新制高校卒業生に社会学科自治会活動の積極的参加者が多かった。入学した直後の一九五〇年六月二五日に朝鮮戦争が始まり、九月には大学レッドパージを企図する占領政策に反対して定期試験をボイコットした。一九五二年、社会学科に進学する直前の二月に、大学構内のポポロ座公演に私服警官が潜入しているのを発見し、警察手帳を取り上げてその内容を公表し、抗議活動を行った学生運動の責任者として、吉川勇一さんが退学処分された。吉川勇一さんは社会学科の上級生で、警察手帳に大学院に進学した北川隆吉さんを尾行した記録があったため、社会学科自治会はさまざまな抗議行動を行った（注1）。

授業が始まってから特に不満だったのは、ゼミだった。上級のゼミは、旧制の最後のクラスと新制の最初のクラスで、林・尾高両教授と福武・日高両助教授が担当され、私たちのクラスは教養学部で受講した黒川教授が兼担でゼミを担当し、集団の一般理論をつくるために用いられたギャング集団の調査報告書をテキストにし、翻訳させて誤訳を指摘するという指導を受けた。このようなゼミ運営に満足できず、改善要望を続けた。後期になって四年次のゼミは林教授か尾高教授のいずれかを選択させられ、福武・日高両助教授の指導を受けることができない、とわかったため、自治会として三年次生を対象にアンケート調査を実施し、その集計結果に基づいて福武・日高両助教授のゼミ指導を選択できるよう改めてほしいと申し入れることにした。大学院に進学されていた北川先輩に相談して、福武先生に要望書を受け取って頂いたが、しばらくして尾高教授から「教授会で決定済みだから変更できない」と回答された。

四年次ゼミは、林ゼミと尾高ゼミに分かれて始まったが、間もなく尾高教授が海外出張されたため、塚本哲人助手と高橋徹助手とが担当された。河村さんと私は、林→塚本ゼミで卒業論文を書いたが、マルクス主義の影響を受けた論文が多かったので、卒論提出後、塚本助手は「社会学科卒業生は、アメリカ社会学の基本概念を理解しておいてほしい」と英文のテキストを読ませてくれた。

なお、四年次頭初の社会学科自治会は、三年次生とともに五月祭企画として農村調査報告展示と革命後の中国から帰国した南博先生の講演会を実施した。

上記のような活動を協力して行っているうちに、河村さんと私は親しくなったが、後に「学生時代に悪い遊びに誘った友人だ」と誤解されかねない紹介をされて困ることがあった。「悪い遊び」とは、学生運動やマルクス主義の学習であり、北川隆吉先輩による指導に大きな影響を受けている。

一九五七年、河村さんが都立大学助手になった年に、私は福武先生に国内研修の指導をお願いし、幸いにも福武・北川「静岡県湖西町調査団」に参加させて頂いた。そこで、河村さんと卒業以来のことや都立大助手は任期制で将来が保障されていない不安などについても話し合った（福武直編『合併町村の実態』東大出版会、一九五九年）。

河村さんと私が親交を重ねた期間は、一九六六年に古屋野正伍教授（注2）に招かれて東京女子大学助教授になって、三鷹市牟礼キャンパス内の教員住宅に住み、近くの三鷹台団地に住んでいた河村家を訪問した数年間であった。当時、都立大学助教授に昇進し大学院も担当したばかりで、団地自治会では玲子夫人とともに活躍し、二人のご子息にもよい父親であった河村さんは、新しい環境にどう適応するかについても親切に助言してくれた。玲子夫人も加わって雑談しているうちに、日本女子大の二人のガールフレンドと親交があるばかりか、高校時代にガールフレンドだった日野啓三氏の妹さん（注3）が隣人であるとわかり、意外な人間関係に驚いた。

数年後に私は教員住宅を出て小金井市のマンションに引っ越し、東京女子大から東京都神経科学総合研究所に転職、離婚・再婚など多事・多難な日々が続き、一九七八年に茨城大学に転じ、一〇年後に東洋大学に招かれるまで水戸市と東京の間を毎週往復していたので、毎年数回、しかも短時間しか河村さんと会えなくなっていた。

その期間、河村さんは、兄上が早逝され、生家の後継者となり、母上を慰め、亡き父上の遺志を継いで研究活動の内容を拡大されたと推察される。このことは、河村さんの厖大な著作のリストを見て、どの時期にどのような研究をされたか検討するとよくわかると思われる。母上を送られ、東京女子大学を退職されてからは、玲子夫人とともに日本女子大同窓生の生涯学習活動に参加され、日本女子大学教育史や学祖・成瀬仁蔵の業績などを研究し、続々と著作を公刊されている。

河村さんとの交友は、東京女子大の社会学研究室で復活した。河村さんが、東京女子大の大学院社会学研究科創設時に招聘された当時、私は学部の非常勤講師として週一回出勤していたので、毎週研究室で雑談を楽しんでいた。二人とも、公立大学からミッション・スクールの東京女子大学に移ったため、いろいろカルチャーショックを受けてとまどったことなども話し合った。

学生時代から長い歳月、友人として交際してきたのに、レジャーを楽しむ時間は持てなかったので、「定年退職したらマージャンを楽しもう」と話し合っていた。ところが、私の方が、「医療と福祉との関連を研究しているから」と新潟医療福祉大学の社会福祉学部長に就任を要請され、「学部完成まで四年間」就任し、その後ひき続いて「博士課程完成まで五年間」、論文指導特任教授となって課程博士を誕生させた。やっと自由時間が楽しめると思った時、入居予定の新築のマンションが完成して転居することになり、その準備をしなければならなくなった。このような事情を、河村さんにどう伝えようか、と思っていたところ、玲子夫人から「脳腫瘍のため自宅で長期療養を始めていて、会いたがっている」と伝えられた。そのために、目白台のお宅に時々お見舞いに行き、昔話をしたり、共通の知人の近況をお伝えしたりして、楽しい時間を過ごした。河村さんが東洋大学助手時代に同僚だった山下袈裟男名誉教授が研究生活を回想されて最近刊行された『生活雑記―回想ノート』（川島書店、二〇一二年）をおみやげに、東洋大学の思い出を話し合ったり、東京大学で教えを受けた日高六郎先生の思い出を聞き書きした新刊書をおみやげにして、それぞれの記憶にあることを伝え合うなど、話題は尽きなかったが、彼が徐々に疲れやすくなり、話し合うことができる時間が短くなった。

ホスピス病棟に入院された後は、面会できる時間が短くなり、私も、妻が何度も入院して、在宅時でも宅配便を受け取るのが困難になるほど各種の症状が重くなり、要看護状態になったため、短時間の見舞いもできなくなった。河村さんと私との長い友人関係のうち、最初の時期と最後の時期とが最も親密であったことを、せめてもの慰めにしながら、折にふれてあれこれと記憶に刻まれていることを思い出して、心の中で対話を続けている。

河村さんと私とを比べると、初めは共通点が多く親密になったが、次第に相異点が著しくなった。初めに見つけた共通点は、彼が私よりも半年早く生まれた新制高校の同級生で、母子家族の次男であり、自由に生き社会参加できると、学生運動に参加しながらマルクス主義社会科学を中心に学習し、東京大学大学院に進学しないで、自主的に社会学研究・教育者の道を歩んだことである。二人とも、内心では、学部時代のクラス・メートで東大大学院に進学して当時アメリカ社会学の最先端であるとされていたT・パーソンズの研究を始めていた塩入力氏や富永健一氏に劣らない研究成果を上げようと志していた。

私たちの相異点は、次第に著しくなった。河村さんは、北川隆吉氏を中心とする若いマルクス主義的社会学研究者グループに参加して理論研究と調査研究を行い、優れた論文を次々に発表し、一九六〇～六二年にアメリカのフィスク大学大学院に留学して『黒人大学留学記――実感的アメリカ論』を発表した。これらの業績が高く評価されて、一九六四年に都立大学助教授に昇任、翌一九六五年から大学院も担当し、都立大の社会学研究・教育の主柱になった。

当時、日本社会学会のなかで有力な学派になっていたマルクス主義社会学の立場で優れた著作を次々に公刊したが、客観的にマルクス主義の問題点を次々に発見・批判し、さらに広い観点から社会学を再検討し、大著『日本社会学史研究』（上・下、一九七三年、一九七五年）を公刊し、高い評価を受けて日本社会学会・尾高賞を受賞した。それによって自信を深め、いっそう旺盛な研究活動を続け、次々に研究成果をまとめて公刊している。

オーストラリアやアメリカの大学にたびたび招かれて研究・教育活動し、国際交流しながら日本の歴史・社会・

文化を客観的に見直したことも、河村さんが視野を拡げ、新しい研究課題に次々と挑戦した契機になっただろう。また、アメリカ社会学研究を終えて帰国し、戦争が中国から太平洋に拡大した時期に研究成果を十分に生かせなかった父上の遺志を継いで、残された訳書や著書ができるだけ広く活用されるよう加筆・解説して公刊されたことも、河村さんの研究志向を多様化することに役立ったであろう。

河村さんは、健康に育ち、スポーツ選手になってきたえた逞しい身体を持ち、研究意欲が強く、過労を重ねたために、たびたび発病し重症化して入院治療を受けて、最後は脳腫瘍のための長期間にわたる療養生活に耐えたが、遂に永遠の眠りについた。私は、鉄棒の懸垂が一回もできなかったほど虚弱なので、過労にならないよう「細く長く」生きている。

河村さんに先立たれたのは残念でたまらないが、私の心の中で彼はいつまでも生きている。折りにふれて、思い出し、心の中で対話している。

玲子夫人をはじめ、ご遺族の方々や教えを受けられた方々も、同じ気持ちではないだろうか。若い方々には、河村さんの志を受け継ぎ活かして、よりよい人生と日本社会をつくる活動を続けられるよう期待している。

注1　吉川勇一さんは優秀な学生だったので、福武先生は熱心に復学するよう図られたが、彼は「大学に謝罪しない」と、市民運動（原水爆禁止運動、ベトナム戦争反対運動、憲法九条を守る運動など）に生涯を捧げ、河村さんのすぐ後に逝去された。

注2　古屋野先生は福武先生と岡山一中・六高の同級生で、東大では経済学部に進学されたが、一九五〇年から岡山大

学教育学部で社会学を担当され、一九五四年に広島県立女子短大助手に就職した私を福武先生の教え子と知ってから、機会あるごとに親切に指導・助言して下さった。最初は、岡山・広島両県の研究者チームにより『近代産業と地域社会』（東大出版会刊、一九五六年）を報告書として書き上げた共同調査研究であるが、学部を卒業した直後の私を、「社会学を学び始めた時期は同じ頃だから」と、地域社会調査や住民意識調査に他の共同調査研究者以上の役割を与えて下さった。

東京女子大に移られてからお会いする機会が少なくなったが、一九五六年の夏、広島県立女子短大を女子大学に昇格させたばかりの研究室に来訪され、「東京女子大学が新規キャンパスに短期大学部教養科を新設するので参加してほしい」と依頼され、教員住宅を用意し、社会学科で家族社会学を担当するなど生活・教育条件を整えて頂いたので赴任したが、七年後に都立大学に移られたので、私も都立神経科学総合研究所に移った。私が茨城大学にいた時、古屋野先生は常磐大学教授に就任されたので、非常勤講師として学部・大学院教育に協力しながら、茨城県の社会学研究者の指導をして頂いた。喜寿記念事業を常磐大学の柄澤行雄先生・和田清美先生と三人で担当させて頂いた。（『日本とアジアと世界と』古屋野正伍先生喜寿記念誌、一九九三年刊）。

注3

日野啓三氏の妹さんは、高校時代に二学年下だった。広島県は一九九四年に総合・共学・小学区の三原則によって高校を再編成したので、農業学校の校舎に近隣町村居住の高校生が集められた。各学年とも普通科生徒数は少なく一クラスずつで、三学年の文学好きの生徒が集まって文芸部をつくり、夏休みに文芸部雑誌の創刊号を発行した。その創刊号に、私が「萩原朔太郎研究序説」（四百字三〇枚）を書いたので、帰省した日野啓三氏に紹介して頂いた。日野氏は、再編成前の中学校の先輩で、一高に進学し後輩の生徒に進学指導の講演をしてくれた。東京大学社会学科卒業後、読売新聞外報部で働きながら芥川賞作家になった。葬儀には堤清二氏が委員長になり、著名な作家が多数集まっていた。遺族席にいた妹さんに挨拶したが、数年後逝去された。お二人とも、私の社会学科進学に助力して頂き、感謝している。

四　園田恭一東京大学名誉教授との五三年間

出典　山手茂・米林喜男・須田木綿子編『園田保健社会学の形成と展開』東信堂　二〇一三年

園田先生は、一九九三年三月に六〇歳で東京大学医学部を定年退職された後、名誉教授の称号を与えられ、同年四月から二〇〇三年三月まで一〇年間、東洋大学社会学部社会福祉学科・大学院社会福祉学専攻教授として勤務し、七〇歳で定年退職され、ひき続いて同年四月から新潟医療福祉大学社会福祉学部教授に就任されたが、二〇一〇年二月に七七歳で逝去された。

私たちが、初めて知り合い、共同研究したのは、一九五七年、園田先生が大学院に進学され、私が広島女子短期大学から東大社会学研究室に国内留学をした時に、共通の恩師・福武直先生が企画された静岡県湖西町調査に参加させて頂いた時であった。その時から逝去されるまでが五三年間、東洋大学と新潟医療福祉大学で同僚として協力しあったのが一七年間である。思えば長い歳月、友人として親しく、研究・教育に協力しあって頂いた。この長い歳月をふりかえると、次々に記憶が蘇ってくるが、ここでは、東京大学から東洋大学に移られた当時のことを中心に書いてみたい。

園田先生が東京大学を退職されて東洋大学社会学部社会福祉学科・大学院社会福祉学専攻の教授に就任された当時、社会福祉学の研究・教育は全面的改革を迫られていた。社会福祉サービスを担う専門職として「社会福祉士」資格が法制化され、保健・医療サービスを担う医師・看護師など医療専門職と同じく、大学・大学院における専門的研究を基盤とする社会福祉専門職として教育・養成するよう要請されていた。ところが、社会福祉学科・

大学院の実態は、社会福祉専門職を養成するに必要な研究・教育条件を備えていなかった。学界では、社会福祉学の「市民権」は未確立だった。

社会福祉学の研究・教育を日本で最も早くから開始した数少ない大学のひとつである東洋大学でも、社会福祉学の研究・教育条件の整備は難航していた。私は、一九八八年の春に茨城大学から東洋大学に移ったが、それは、「社会福祉士法が制定され、それに対応して社会福祉学の研究・教育条件を整備するために、現行の社会福祉学専攻(応用社会学科の四専攻のうちの一専攻)を独立の社会福祉学科に改組する準備を進めているから、協力してほしい」という依頼にこたえて微力を尽くそうと考えたからである。

東洋大学社会福祉学専攻に移って最初に受けたショックは、七名の専任教員のうち、五六歳の私が二番目に若い教員だと知ったことである。茨城大学の社会学担当教員のなかでは最年長だったし、東大の定年は六〇歳、地方の国立大学の定年は六五歳である。「東洋大学の社会福祉学専攻にはなぜこんなに高齢教員が多いのか」と考えると、その原因は学部と大学院との関係にあるとわかった。

当時、社会福祉学専攻の七名の教員は、一学年約一〇〇名の学部学生を教えながら、大学院社会福祉学専攻博士前・後期課程の院生を指導していた。「これは、ひ弱な一階の上に、二階・三階を積み上げているような組織だ」と私は思った。教員人事は、「大学院担当可能」という条件で高齢者に偏り、しかも博士課程なので「博士の学位」所持者として医学博士が一人は必要とされていた。このような状況で、私は就任早々「なるべく早く博士論文を書いてほしい」と大学院担当教授から要望されたが、それに対して、「社会福祉士養成教育の確立、国家試験合格者の増加、そのための社会福祉学科への改組などに全力でとりくみたい」とこたえ、社会福祉学研究・教育体制の整備を推進されてきた山下袈裟男教授から依頼された業務の遂行に微力を尽くした。

社会福祉学科設置計画策定が進み、教員人事計画を立てる段階になって、園田先生を東京大学定年退職後に迎える可能性があるとわかったので、私は大学院博士課程の指導に最適と考え、山下教授と協力し、教員選考会議で激論を読けた後に採用決定することができた。園田先生は、文京区本郷にある東大で学部・大学院・助手時代→同じ文京区内にあるお茶の水女子大学で専任講師・助教授時代→再び東大医学部時代と、全て文京区内の大学で過ごされたので、文京区内すぐ近くの東洋大学に移るのを喜んで承諾された。社会福祉学科発足と同じ時期に、東洋大学白山キャンパス再開発が進んで一六階の研究・教育棟が完成し、文系五学部の教員の三分の二が個人研究室に入ることになった。社会福祉学科は、教員が二名増員されて九名になり、六名が新しい研究室を使用し、残り三名は教養課程がある朝霞キャンパスの個室と白山キャンパスの学部共同研究室の机を使用するという計画をどう立案するかが、初代社会福祉学科主任に就任した私の課題になった。「クジ引きにしたら」という声もあったが、学科設立準備・教員招聘等の役割を担当していた私は、大学院担当等の職務や生活条件等々を考慮して研究室の配分を決定した。

大学院担当を期待して招聘した園田博士をはじめ、一番ヶ瀬康子博士（日本女子大学から）、古川孝順博士（日本社会事業大学から）、窪田暁子教授（東京都立大学から）、大友信勝教授（日本福祉大学から）、大学のすぐ近くに住み二部学生の指導に熱心な天野マキ教授が、六研究室を使用し、若い佐藤豊道・森田明美両助教授と私が共同研究室の机と朝霞の研究室を使うことにした。文系三博士が大学院を担当するので、従来のように医学博士に依存しなくてもよくなった。教員の年齢構成も、私が三番目の年長者になり、他の学科と同様にバランスがとれてきた。

園田先生が東洋大学に寄与されたこととして、第一にあげられるのは、大学院教育の拡充であろう。それまで大学院教育をリードしていた窪田教授は、「園田先生が論文審査に加わって下さったので、自信を持って判定することができるようになった」と感謝していた。当時は、社会福祉学でも大学院教育が重視されるようになり、修士課程にも博士課程にも入学者が増加し、論文博士の審査申請も増加していた。園田先生の名声を知った看護師や韓国からの留学生も増加した。東洋大学では、夜間の「福祉社会システム」修士課程を新設したので、看護師やソーシャルワーカーなど医療・福祉の実践的研究を行う院生が多かった。そのため園田先生の指導を受ける院生が多く、論文審査の時期には、多数の論文をキャリー・バックで運び、大学の近くのホテルに宿泊されていた先生の姿が忘れられない。園田先生は、このような状況では行きとどいた指導ができないと、一番ヶ瀬教授に主査になって頂き、私がまとめた論文集『福祉社会形成とネットワーキング』（亜紀書房、一九九六年）を博士論文として申請・承認するよう配慮され、協力して院生の指導を行ない大学院教育の経験を積ませて下さった。

第二にあげられるのは、社会福祉学ばかりではなく東洋大学社会学部全体の研究・教育の充実に寄与されたことである。園田先生が東洋大学に勤務されていた当時、大学院時代にクラス・メートだった竹内郁郎・高橋（岡田）直之・広瀬英彦の三先生が学部長などの要職にあり、園田先生も社会学研究所長などに推され、リーダーシップを発揮された。大学院社会学研究科でも社会学専攻と社会福祉学専攻の教員・院生の交流が活発になった。一九九四年から三年間、日本社会学会理事に選出されて活躍された。

社会福祉学科設立祝賀パーティで、社会学科に長年勤務されていた名誉教授から、「社会福祉学を学問として成立させるように」とアドバイスされたが、そのような偏見を次第に払拭することができたと思われる。園田先生は初めて日本社会福祉学会大会に参加された時には「お粗末な学会だ」と批判されていたが、すぐに学会の討論に積極的に参加されるようになった。特に、日本地域福祉学会と日本保健福祉学会には結成当初から参加され、理事など指導的役職につかれている。園田先生のコミュニティ研究および保健社会学を基礎とした地域福祉学と保健福祉学は、指導を受けた多くの後継者たちが社会福祉研究のあらゆる分野に適用し発展させており、現在、最も中心的課題になった地域保健福祉の推進に役立っている、といえよう。

東大保健社会学教室で指導を受けた多くの修士・博士の方々と同じように、東洋大学と新潟医療福祉大学の社会福祉学研究室で指導を受けた多くの修士・博士の方々は、それぞれの職場で園田先生から受けた指導を思い出しながら、研究・教育・実践活動をされていることと思う。その一端は、本書に寄稿されている論文に示されている。

社会は激変し、保健・医療・福祉も変化し続けているから、弟子は師の業績を超える業績を上げる必要がある。そのためにも、園田先生の着実な調査研究方法、研究・教育への真摯な姿勢と情熱、まわりの人びとへの親切な配慮など、教えられたことを次の世代に伝えてほしい。先輩から受け取ったものを、さらに発展させて、次の世代に渡して行くことによって、歴史が作られて行くのである。

最後につけ加えておきたいのは、園田先生の「仕事と生活」についてである。私が、園田先生の仕事と生活について知ることができるようになったのは、一九七〇年代、先生が東大保健社会学研究室に入られ、先生のおすすめで私が東京都神経科学総合研究所社会学研究室に入ってから、東大保健社会学科の非常勤講師を依頼されたり、保健医療社会学研究会活動を開始し、頻繁に連絡しあう必要が生じたからである。園田先生は、夜十二時前に帰宅されることはほとんど無く、たいてい朝八時前後に電話で連絡しあった。先生は、「夜八時ごろまで会議や学生・院生の指導のために自分の時間がとれないので、その後に自分の研究のために読んだり考えたり書いたりしている」と説明された。先生は過労で睡眠不足が続いていたが、それは東京大学医学部という厳しい研究環境のなかで、ただひとりの社会学者として、新しい学問である保健社会学を確立し、研究・教育両面で評価されるよう働いていたためであろう。東洋大学にお迎えした時、「これからはノーマルな生活をして下さい」とお願いしたが、東大に近いため東大院生の論文指導や共同研究など多くの保健社会学関係の仕事を継続され、それに東洋大学社会学部、ひき続き新潟医療福祉大学の新しい仕事が加わったために、「仕事と生活」のバランスがとれず過労状態が読き、寿命を縮められたことを残念にまた申しわけなく思っている。

なお、園田先生と私がともに参加した共同調査研究はたくさんあるが、特に密接に協力しあったのは、園田先生が中心になって実施された一九九九〜二〇〇〇年度（科学研究費）を中心とする「健康・福祉の課題解決にかかわるコミュニティの役割に関する日米比較研究」である。当時、セントルイスを何度も訪れて、都心部スラムで保健福祉ＮＰＯ活動のマネジメントをしていた須田木綿子さんと共同調査をしたことは、貴重な経験として忘れることができない。調査旅行中はノーマルな規則正しい生活をされており、「園田先生は外国旅行から帰られると、生き生きされている」といわれる理由がわかった。もっとゆとりがある生活をされ、高齢期を楽しんで頂きたかったと残念に思っている。

五　山下袈裟男東洋大学名誉教授との二八年間

出典『山下袈裟男先生追悼文集』山下袈裟男先生追悼文集刊行委員会　編集・発行　二〇一七年

山下先生と私とは、私が一九八八年四月に東洋大学教授に就任してから二〇一六年七月にお別れするまでの二八年間に、ご指導を受けたり、ご依頼に応じてお手伝いしたりしながら、さまざまな教育･研究活動をしたり、余暇活動を楽しんできた。そのなかで、特に深く記憶に残り、いつまでも忘れられず、折にふれて思い出して在りし日の山下先生を偲ぶことがしばしばある。そのなかから、山下先生の社会学・社会福祉学の研究・教育者像と人間像の一端を示していると思われることを書いて、読者の方々が山下先生を偲ぶよすがにして頂きたい、と思う。

山下先生は、私よりも九歳年上なのに、学部学生時代はほぼ同じ時期だった。お会いする前は、東洋大学の学部・大学院で研究・教育活動のリーダー役を続けられ、多くの業績を上げられている先輩だと思っていたが、学生時代はほぼ同じ時期だと知って、驚くと同時に親近感を抱いた。

私たちの学生時代は、昭和二〇年代の中期、すなわち戦後日本社会が激動するなかで始まった。戦後の復興期で、民主化政策が推進され、新しい日本国憲法が実施されて、憲法が規定する基本的人権を保障する新しい民主的社会を形成するために社会学が果たすべき社会的役割が真剣に検討されていた。山下先生は一九五三年東洋大学卒業、私は一九五四年東京大学卒業だった。私が最も親しかったクラス・メートの河村望東京都立大学名誉教授は、社会学研究者としての第一歩を、山下先生と同僚の東洋大学助手として歩み始めていた。山下助手と河村助手がいっしょに写っている写真を見せてもらい、当時の思い出をそれぞれからお聞きしたこともあった。

東洋大学の入学式と卒業式は、皇居に近い日本武道館で開催されたので、山下先生と一緒に参加して待ち時間に雑談している時に、「学生時代にこの近くのデモ行進に参加したことがある」と話され、「ではどこかでご一緒になったことがあるかも知れませんね」と、当時の思い出を話しあったことがある。第二次世界大戦が終ってから五年目に朝鮮戦争が始まり、「逆コース」が強まったため、全学連を中心とする学生の反戦・平和運動が盛んになった時期だった。山下先生も私も、このような学生運動を座視することはできなかった。

しかし、山下先生と私とは、九年の年齢差があり、戦争体験には大きな相違があった。山下先生は、中国戦線で苛烈な戦場体験をされ、故郷の信州に帰還された後は、今後どう生きるか模索を続けられた。当時、赤岩栄牧師が、「信仰はキリスト教、実践は共産主義」と、共産党に入党したことが、マス・コミで大きくとり上げられ、「信仰・思想・社会的実践活動」をめぐる盛んな論争が展開されて、山下先生は深く影響を受けられた。このような経験を経て、山下先生は東洋大学社会学科に進学し、「人間と社会との関係」を研究テーマにする社会学を学ばれたのである。

私は、一九四五年に中学二年生になり、軍需工場に動員されて旋盤工として働いたり、広島原爆被爆者が帰郷した惨状を見たり、福山空襲を近郊で体験したり、「兄さん」と慕っていた従兄が沖縄戦で戦死した状況を生還した部下から聴いたりしたので、「戦争と人間」「社会と人間」などについて学びたいと思い、東大文科二類→社会学科に進学した。

このようなそれぞれの体験を話しあいながら、社会学を学んだ後、それぞれの職場の事情や社会的要請などによって、社会福祉学を中心に研究・教育活動を続けてきたことを、互いに理解しあった。しかし、山下先生と私とは、社会学から社会福祉学に重点を移してきた経過は大きく異なっている。

山下先生が社会学から社会福祉学に研究・教育の重点を移され、着実に研究・教育業績を上げてこられた経過は、本書の序文および先生の「東洋大学社会福祉学研究・教育史」や他の寄稿者の追悼文などによって詳しくわかるであろうから、ここでは省略する。

しかし、私の社会学・社会福祉学の研究・教育史は、この機会に説明しないと理解して頂けないと思うので、概略を説明させて頂きたい。私は、卒業論文において、政治社会学の一分野の「選挙社会学」の方法論を検討し、「現代日本の総選挙」を分析し、「ボス・チェイン・システム」による「集票活動」を明らかにして、「主権者による自主的投票が可能になる市民社会を創造しなければ、新憲法が規定する民主主義国家は実現しない」と結論した。この論文を評価して頂いて、福武直・日高六郎・高橋徹編『講座社会学・五・民族と国家』（東大出版会、一九五八年刊）に「選挙」を執筆させて頂いた。だが、社会学科を卒業後、広島女子短期大学に就職した私は、授業と地域社会から求められた研究課題にとりくむことにした。

授業については、「社会科の学生に社会学を教え論文指導をするとともに、保母を養成している児童科と栄養士を養成している食物科の学生および同じキャンパスにある県立保育専門学校の学生に『社会福祉』を教えてほしい」と依頼された。そのため、神田書店街で社会事業・社会福祉関係専門書を買い集めて広島に運んだ。こうして、私は社会学と社会福祉学を、教えるために学び、学生とともに地域社会の諸課題を調査研究した。

当時は、児童福祉施設で働く保母の養成が重要な課題だったが、広島には「原爆孤児」のための児童養護施設が多く、母子家庭の幼児のための保育所も求められていた。成長した「原爆孤児」のために「子どもを守る会」が相談援助活動をしていた。原爆被爆者は多かれ少なかれ原爆放射能をあびているので、「原爆後遺障害と貧困」の悪循環に悩む者が多く、「被爆者援護法」による救援を求めていた。このような被爆地広島の社会問題を調査研究した結果、「原爆被爆者援護」も福祉政策の課題であると考えた（『世界の社会福祉・七・日本』旬報社、二〇〇〇年刊に収められている拙稿「被爆者関連政策」を参照されたい）。また、広島県や広島市から福祉行政に協力を求められることも多くなった。

一九六〇年代になると、経済成長にともなって都市化・核家族化が進み、多様な生活問題・社会問題が噴出・深刻化するのに対応して、社会政策・福祉政策が拡充され、福祉国家・福祉社会の創造が課題になり、全国各地に福祉大学・福祉学部・福祉学科が続々と設立された。また、高学歴化によって短期大学の四年制大学への改組も進んだ。

広島女子短大でも管理栄養士制度の創設をきっかけに、四年制大学への改組が課題になり、各科で改組案が検討された。中学校社会科教員養成を目的として法学・経済学・歴史学・社会学・倫理学・人文地理学担当教員によって構成されていた社会科を、最小限の教員増によって社会福祉学科に改組する計画を策定する役割を与えられた私は、当時関西で社会福祉学界のリーダーだった岡村重夫先生に相談し、社会福祉学科設置基準を充足する計画をたてた。ソーシャルワークと「児童福祉」の担当助教授を一名増員し、「社会事業史」「生活保護」などは非常勤講師に担当して頂き、私が「社会学」「社会福祉学」関係の八科目を担当する、という人事計画とカリキュラムを策定した。学科設立準備とともに、当時の社会福祉学関係専門文献を検討して「社会福祉学方法論の再検討」（『広島女子短期大学紀要』Ｎｏ・一五、一九六四年に初出、拙者『社会問題と社会福祉』亜紀書房、一九八八年に再掲）を書き、「広義の社会福祉」として福祉国家・国際社会福祉などを含む研究対象と社会諸科学・人間諸科学を総合する研究方法を示した。

東京女子大学では、短期大学部で社会学概論・集団社会学など、文理学部社会学科で家族社会学などを担当しながら、日本原水爆被害者団体連絡協議会（日本被団協）専門委員になって被爆者援護法要求運動に協力するとともに、文部省社会教育局の婦人教育専門研究会による『家庭の生活設計』刊行と全国各地の生活設計学習活動に協力した。東京都民生局の婦人部などの福祉分野でもさまざまな課題について調査研究に協力した。

東京都神経科学総合研究所に移ってからは、東京都と厚生省の難病対策調査研究班に患者・家族の生活実態と医療福祉に関する調査研究を依頼され、専門医をはじめ医療専門職と医療ソーシャルワーカーなどと共同研究を続け、日本医療社会事業協会の「医療福祉職制度化」運動にも協力した。また、東京大学医学部保健社会学教室の園田恭一先生や順天堂大学で医療社会学を担当していた米林喜男先生などと協力して「保健医療社会学研究会」を立ち上げた（徐々に成長して「学会」になり、発展している）。パーキンソン病など難病患者団体の結成や全国レベル、都道府県レベルの難病団体連携にも参与した。

上記の活動は、所属していた研究所の外での活動だったので、「神経科学に関する研究」という本務に拘束されるのが苦痛になった頃、茨城大学から「社会福祉学担当教授になってほしい」という依頼を受け、喜んで転職した。国立大学では、社会福祉学部・社会福祉学科を有する大学は皆無なので、茨城大学に初めて社会福祉学研究・教育組織を立ち上げる可能性を探りたい、と考えた。赴任するとまず県社会福祉審議会委員の委嘱を受け、東大社会学科の先輩・川又友三郎生活福祉部長の依頼によって地域福祉推進計画の策定、国際婦人年等の福祉国際年に対応する県計画の策定や県内の公・私福祉関係職員の研修に協力した。また、公・私の保健・医療・福祉関係専門職と連携して茨城県医療社会事業協会を立ち上げた。

上記の活動を、東大社会学科の先輩で、家族問題研究会や東京都民生局婦人部の委員会などで親しくして頂いた東洋大学教授・田村健二先生が評価されて、東洋大学に招いて下さった。

田村教授からは、「早く博士論文を書いて大学院を担当してほしい」と依頼されたが、私は山下教授から依頼された社会福祉学科設立計画の策定が急務であると考え、「社会学部社会福祉学科」として特色ある計画を策定するために協力した。山下教授は、計画が実現した時、「あなたに手伝ってもらってよかった」と感謝され、初代学科主任に推して下さった。

私自身のことを長く書いてしまったが、上記の経過があったので、山下先生は天野先生と私の二人だけに葬儀について知らせるよう遺言されたのであろう。

一九九六年、山下先生と田村先生が同時に定年退職されたので、記念謝恩会を天野先生と佐藤豊道先生に分担して頂いた。山下先生は助手時代から定年に至るまで東洋大学で研究・教育に従事されていたので、全国各地から中高年者を含む多数の教え子が集まり盛会だった。

山下先生は、退職記念として、『転換期の福祉政策』（ミネルヴァ書房、一九九四年刊）を編集され、巻頭に、長年の社会学・社会福祉学研究に基づいた長文の論文を掲載されている。

また、山下先生は、社会学部の教員と卒業生や大学院生との交流を図って、学内学会として白山社会学会を結成し発展させるよう指導的役割を果たされ、退職にあたって多額の寄付をされたので、学会員の共同研究論文集『日本社会論の再検討』（未来社、一九九五年）を刊行させて頂いた。出版記念会に出席して頂いた時の山下先生の笑顔が忘れられない。

白山社会学会は、私を歓迎して、「保健・医療・福祉の総合化」に関するシンポジウムを開催された。卒業生会員のうち、一九七三年以来保健・医療社会学研究会→学会で協力してきた米林喜男先生や、一九六七〜六九年に文部省社会教育局婦人教育専門研究会で共同研究し『家庭の生活設計』を共同執筆した奥田道大先生などと同じ白山社会学会の会員になり、毎年学会大会でお会いするのを楽しみにしていた。山下先生は、退職後も毎年大会に参加され、卒業生や後輩教員、大学院生の研究発表に耳を傾けられ、再会の挨拶や近況報告などを楽しく聴かれていた。帰途にお伴した時には、たびたび喫茶店で休憩しながら雑談した。

私は、山下先生のご家族のことは殆ど知らない。奥様が逝去された時に初めてお宅に行き、受付けの手伝いをしたところ、先生から最後まで一緒にお送りするように依頼された。奥様の遺稿集『狭山雑記』（三六四ページ、一九九三年刊）を、「生きた証し」として自費出版されたので、どんなに愛妻家だったかわかった。

山下先生が病に倒れられ、その後病院で治療・リハビリテーションを受けられて、老人ホームに入居された時期には、一度だけ病院にお見舞いに行き、一度だけ老人ホームにお訪ねした。山下先生は、とても喜ばれ、当時の状況を詳しく説明して下さった。できれば度々お訪ねしたいと思っていたが、私は新潟医療福祉大学社会福祉学部長として新潟市で生活し、学部完成後は大学院博士課程完成まで特任教授として新潟通いを続けながら、妻の看護をしていたため、自由時間が乏しかったので、時々文通したり電話でお話しすることしかできなかった。次第に疎遠になるのを「申しわけない」と思っていたところ、天野先生から「山手だけに葬儀を報らせるように」と遺言されたと伝えて頂き、「ご無沙汰し続けて申しわけありません」と後悔の念が湧いてきた。お通夜では、心からお詫びしながら、長年のご厚意にお礼を申し上げ、ご冥福をお祈りした。

Ⅱ　論文とエッセイ

一　原爆被爆者問題と被爆体験の意義

出典　広島県文化会議編集・総合文化誌『ひろしま』創刊号（一九六四年八月）

三十万の全市をしめた
あの静寂が忘れえようか
そのしずけさの中で
帰らなかった妻や子のしろい眼窩が
俺たちの心魂をたち割って
込めたねがいを
忘れえようか！

―峠　三　吉―

被爆体験と原水爆禁止運動

日本の原水爆禁止運動が、国民運動として発展したもっとも重要な原因は、広島・長崎の原爆被害、およびビキニ水爆実験被害と放射能汚染の危険という国民的体験のためである。この国民的被爆体験のもつ意義の大きさは、多くの人々が認めている。そのうちのひとり日高六郎氏は、原爆被爆体験の意義を次のように評価している。

日本国民が唯一の被爆国民であるという体験の深さは、日本の平和運動、反戦運動、原水爆禁止運動の根源です。それあるがゆえに、日本の民主主義運動は、いままで辛うじてその生命を保ってきたとさえいえます。

（「国民運動と組織」、『世界』、一九六一年十一月号）

原爆被害、特に被爆者の悲惨な苦しみは、被爆以来二〇年間にわたって、さまざまな形で、さまざまな媒体によって伝えられてきた。とりわけ、原水爆禁止運動が、国民運動として盛り上がって以来一〇年間は、運動のなかで被爆者問題が大きくとりあげられ、被爆者の訴えが国民に深い共感をよびおこし、被爆者の被爆体験が国民的体験になってきた。

しかし、最近の原水爆禁止運動が分裂し混迷している姿をみると、被爆体験の深刻さがどこまで運動のなかに汲みとられているのだろうか、という疑問がわいてくるのは私だけではないであろう。原爆被爆者は、どこまで国民に理解されているのだろうか。国民はどこまで被爆者との連帯感をもっているのだろうか。被爆体験は、どこまで国民のものとなり、原水爆禁止運動のなかで生かされているのだろうか。

このような疑問を解く手がかりとして、手もとにある資料からみつけ出した若干の問題点を検討してみたい。

被爆者問題はどう伝えられたか

原爆被害の真相と被爆者の悲惨な苦しみは、原爆被害がタブーとされていた占領期においても、さまざまな形で訴えられていた。代表的なものとして、原民喜・大田洋子らの小説、栗原貞子・峠三吉らの詩、正田篠枝らの短歌、長田新編の手記集『原爆の子』などがある。この時期を「証言」する入手しやすい文献をあげれば、今堀誠二氏の『原水爆時代』（三一新書）がある。

一九五二年講和条約発効後は、新聞、雑誌、写真集、映画、放送などを通じて、一般国民にひろく原爆被害と被爆者問題が伝えられはじめた。一九五四年のビキニ水爆実験による被害を契機に、原水爆の威力と脅威は、いっそう大きく国民に伝えられた。ここでは、それらのひとつひとつを紹介する余裕はないが、広島の原爆被害と被爆者問題について書かれた、原水爆禁止世界大会の資料だけをあげてみても、次のように多数の資料がある。

㈠　『八時一五分―原爆広島一〇年の記録―』、世界平和集会広島世話人会編集兼発行、一九五五年（第一回大会・広島）。

㈡『原爆被害者実態調査報告』、原水爆禁止広島県協議会編集兼発行、一九五六年（第二回大会）。

㈢『原爆被害者実態調査報告Ⅱ』、原水爆禁止広島県協議会編集兼発行、一九五七年（第三回大会）。

㈣『原爆被害の実相と被害者の苦しみ』、日本原水爆被害者団体協議会編集兼発行、一九五九年（第五回大会・広島）。

㈤『原水爆被害白書・かくされた真実』、日本原水協専門委員会編集、日本評論新社発行、一九六一年（第七回大会）。

㈥『ヒロシマ・原爆と被爆者』、日本被団協・広島県被団協編集兼発行、一九六三年（第九回大会・広島）。


これらの資料のほか、毎年の世界大会討議資料のなかでも被爆者問題がとりあげられており、世界大会の討議のなかでも被爆者の訴えや意見が大きな役割を果たしている。また、毎年、八月六日前後には、新聞、雑誌、放送など一般のマス・メディアによっても、被爆者問題がとりあげられ、国民に伝えられている。

これらの資料によって、日本国民、とりわけ原水爆禁止運動に積極的に参加している活動家は、原爆被害の真相や被爆者の実態について、すでによく理解しているはずである。原水爆禁止運動が、被爆体験を基礎とし、被爆者救援運動と密接に結びつけて推進されるべきであることも、運動の指導者や活動家はよく理解しているはずである。

被爆者問題はどこまで理解されているか

だが、原水爆禁止運動の現状をみると、被爆者問題がどこまで正しく理解されているか、どこまで深く理解されているか、疑問を感じないわけにはいかない。

原爆被爆者について、「知っている」ことと、「理解している」こととは全く別である。たとえば、ABCCの研究者は、被爆者について多くのことを「知っている」だろうが、正しく「理解している」かどうかは疑わしい。被爆者を、「いつ発病するかわからないから」といって差別している人は、被爆者について「知っている」けれども、「理解している」とはいえないのである。

「理解する」とは、表面的現象の根底にあるものを洞察し、問題の核心・本質を認識することである。原水爆実験がくりかえされ、大量の「死の灰」が世界中にばらまかれており、しかも原水爆戦争の脅威が人類をおびやかし続けている現在、国民全体、人類全体がすでに被爆者であり、さらに将来いっそう悲惨な被害を受けるおそれがある。狭い意味の被爆者は、広島・長崎の被爆者であるが、将来は国民全体・人類全体が被爆者になるおそれがある。原水爆禁止運動の指導者・活動家は、どこまで深く被爆者を理解しているか、被爆者との連帯感をもっているか、ひとりひとり謙虚に反省してみる必要があるだろう。原水爆禁止運動のなかで、被爆者問題を正しく理解し、被爆者との連帯感を深め、被爆体験を理論化するための努力が必要である。

被爆者問題を正しく理解する前提として、問題を数量的にとらえようとする最近の傾向について反省しなければならない。現代においては、「人間の苦しみという具体面よりもむしろ、抽象的で数量的な要素を強調」する傾向が強まっているが、これは現代の人間疎外の特徴のひとつである「量化」という傾向のあらわれである（エーリッヒ・フロム『正気の社会』参照）。

「広島で何万人原爆死したか」、「この一年間に原爆症で死亡した人は何人か」、「現在原爆症患者は何人いるか」、「生活に困窮している被爆者が何人いるか」などという質問がくりかえされている。

さらに、「どのような病気について被爆者と非被爆者との間に有意差があるか」、「被爆者と非被爆者との生活水準の差はどの程度か」などという質問もくりかえされている。このような質問に答えるだけでは、原爆被害や被爆者問題について正しい理解を与えることにはならない。被爆者問題について理解したいと望む人には、被爆当時の悲惨な情況、被爆以来現在まで続いている原爆症や貧困や差別による惨憺たる苦しみを、具体的な生々しい形で知るとともに、被爆者の立場に立ち、被爆者の内面を洞察して、被爆体験のもつ意義を被爆者とともに考えていただくよう期待する以外にはない。統計的な数字は、被爆者問題を理解するための一つの手がかりにすぎないのである。

原爆被爆体験と「死の灰」の体験

日本国民の被爆体験のなかには、広島・長崎の原爆被爆体験と、第五福竜丸をはじめとするビキニの「死の灰」の体験がふくまれている。この両者の相違点と結節点とを明らかにしておくことは、国民の被爆体験を深化・理論化し、それを通じて原水爆禁止運動の正しい発展に役立てるために必要であろう。

まず、両者の相違点から考えてみよう。広島・長崎の原爆被爆体験は、何よりも核兵器による大量虐殺・後遺障害の悲惨な体験として受けとめられている。「ノー・モア・ヒロシマ」の叫びは、核兵器の使用、すなわち核戦争の悲惨を訴え、核兵器の使用を禁止し、核戦争を防止しようとするところから始まった。原爆から水爆への核兵器の発達は、将来の核戦争が世界中をヒロシマにし、人類を絶滅させる脅威をもっているものとして受けとめられた。

他方、ビキニの水爆実験による「死の灰」は、久保山愛吉氏の生命を奪い、マグロのなかにも放射能として発見され、日本国民の生存を脅かすものとして体験された。「死の灰」の調査研究が進められ、その結果が発表されるにつれて、それが日本国民だけではなく、全人類に対して、おびただしい放射能障害や幾世代にもわたる遺伝的障害をひきおこす脅威が明らかになった。原水爆実験そのものがもたらす脅威と、それが製造→貯蔵→使用となってもたらす核戦争の脅威とが結びついて、国民的な原水爆禁止運動が爆発的に盛り上がったのである。

このように、広島・長崎の被爆体験と、ビキニの「死の灰」の体験とは、その当初においては相違点をもっていたが、原水爆禁止運動が発展するにつれて、深く結びついてきている。原爆被爆体験は、当初は被爆の瞬間および直後の体験にかぎられていたが、「死の灰」による放射能障害の認識が深まるにともなって、原爆被爆生存者にも残留放射能をふくむ放射能による障害が慢性原爆症となって残っていることが認識されるようになった。原爆による大量虐殺の悲惨な体験を基礎に、水爆戦争による全人類の絶滅の脅威が、実感をこめて認識された。しかも、水爆戦争が瞬間的に人類を絶滅させるのではなく、廃虚に生きのびた人間には、長期にわたる原爆症＝原水爆放射線障害による惨憺たる死をもたらすものであることが明らかになった。

ソヴェトの核実験再開、中国の核実験などによってひきおこされているわが国の原水爆禁止運動の分裂と混迷とを考えるとき、この問題の解決のために国民の被爆体験をどう運動に結びつけるか、十分検討しなければならないと思われる。この点について日高六郎氏は、すでに三年前に次のように書いている。

ソヴェトの平和政策を十分に評価すると同時に、しかしにもかかわらず、(誤解をあえて避けないでいえば) そのこといちおう切りはなして、実験再開には反対せざるをえない日本国民の意志を明確にすべきだと思います。そのさいとくに重大なこととして、実験が直接に広島・長崎の被爆者たちにおよぼす累積的な効果です (註『原水爆被害白書』参照)。

(前掲「国民運動と組織」)

原爆被爆体験と戦争体験

原爆被爆体験を掘り下げ、そこから原水爆禁止運動のエネルギーと方向とを見出そうとするならば、原爆被爆体験に固執するだけではいけない。日本国民の戦争体験にも結びつけ、さらに世界各国民の戦争体験にも結びつけて、原爆被爆体験の意義を明確にしなければならない。橋川文三氏は「戦争体験論が、わが国の思想伝統において、歴史意識の形成・変革のための唯一の機会である」と強調しているが、原爆被爆体験論は世界史的な歴史意識の形成の機会としてとりわけ重要な意義をもっているといえよう (橋川文三「日本近代史と戦争体験」、『現代の発見・第二巻・戦争体験の意味』、今堀誠二『原水爆時代』など参照)。

第二次大戦中の大量虐殺事件に、三つの重要な事件がある。第一に、ナチス・ドイツによるユダヤ人の計画的大量殺人 (六〇〇万人～一二〇〇万人) があげられ、第二に日本軍による中国人の虐殺 (軍民あわせて全体で一〇〇〇万人以上、南京事件だけでも二〇万人）があげられる。第三がアメリカ空軍による広島・長崎への原爆投下である（日高六郎「戦争と人間性の崩壊」、『講座現代倫理・第七巻』）。このような事実にもとづいて考えるとき、日本国民はとりわけ中国国民の戦争体験と日本の責任を理解し、現在の中国の政策が生まれている歴史的背景を理解するに努めるとともに、日本が原水爆の「被害国から加害国に」ならないための運動に真剣にとりくむべきであるといえるであろう。しかし、このことは日本の原水爆禁止運動が、中国の政策に追随すべきであることを意味するのではない。中国国民の戦争体験と日本国民の原爆被爆体験がいっそう深く交流することを通じ、核戦争阻止という共同の基本的目標にむかって、相互の自主性と特殊性を尊重した協力の方法を見出すことが必要である。日本の原水爆禁止運動は、世界で唯一の原爆被爆国民であるという国民的体験を基礎とし、その国民的体験を深めつつ、情勢の変化に柔軟に対応することによってのみ、真の国民運動として発展できるであろう。

追記　「被爆者問題はどう伝えられたか」の資料のうち、㈡、㈣、㈤、㈥の編集・執筆には、筆者も参加している。㈥は、大江健三郎『ヒロシマ・ノート』（岩波新書、一九六五年）四二ページで、一九六三年の原水爆禁止大会が分裂し混乱したなかで、「僕を一瞬眼ざめさせ、感動させる」と記された「被爆者を囲む懇談会」で活用された。この大会に参加された大江健三郎氏と日高六郎先生に宿泊されたホテルでお会いした。後に、大江氏は長男・光さんが重度障害児として誕生され父親として苦悩されていたことを知り、日高先生は末弟が重度の心身障害児だったことを、今年（二〇一八年）六月七日、一〇一歳で逝去された先生を悼む作家・黒川創氏の追悼文で知った（毎日新聞　七月二日夕刊）。

二　遅れて原爆にかかわった一教師として

出典『原爆被災証言記―忘れられた学徒たち―』県立広島第二高等女学校・県立広島女子大学同窓有志　二〇〇七年

この『被爆証言記』に、教師として寄稿をするよう依頼されて、光栄に思っています。

今年は、敗戦後六〇年。この原稿を書いている三月には、東京大空襲の被害体験を風化させないための各種のイベントが盛んに行われています。八月には、広島・長崎をはじめ全国各地で、原爆被爆体験を次の世代に伝えるための多様な活動が展開されるでしょう。この『被爆証言記』も、その一環として企画されていますので、完成したら是非拝読させて頂きたいと願っています。

最初に、私が原爆とどうかかわったか、記憶をたどりながら、忘れられないことを書きます。私は福山市郊外の農家に、一九三二年三月誕生し、

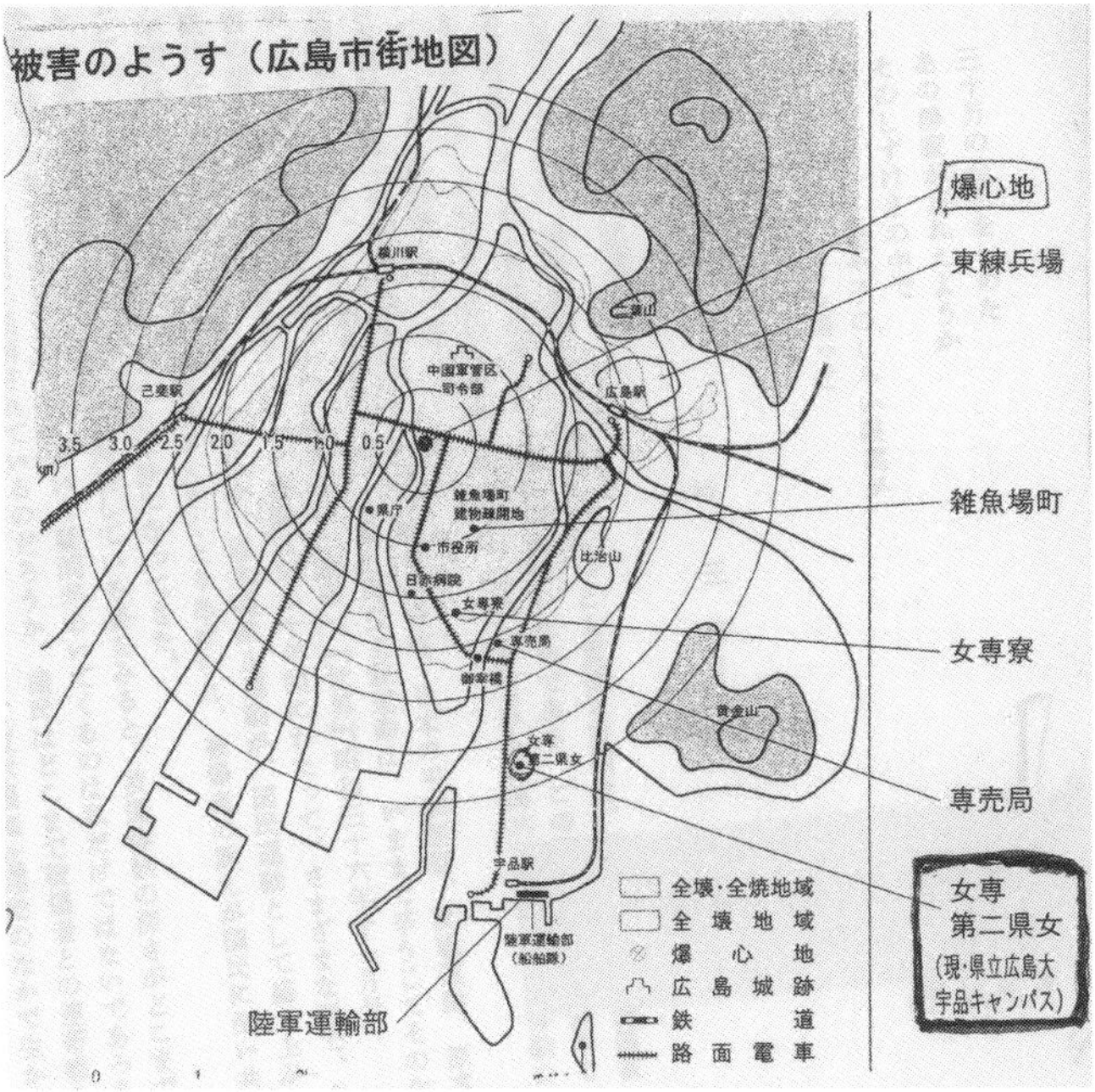

被害のようす（広島市街地図）

一九四五年八月には、県立府中中学校二年生で軍需工場の工員に動員されていました。八月六日には、工場に出勤し、広島に投下された「新型爆弾」による被害について説明を受けました。その直後から、私が住んでいた村にも、広島から続々と原爆被爆者が帰郷され、重症の方々や死亡された方々の噂を聞くようになりました。井伏鱒二の御家族が隣村に疎開されており、『黒い雨』に描かれた被爆者と同様な方々や、広島市から疎開していて父兄を失った遺族の方々も、たくさんいらっしゃいました。

私が広島市に住み始めたのは、一九五四年四月、広島県立女子短期大学助手（社会学・社会福祉学担当）に就任してからです。最初に部屋を借りた家で、家主さん夫婦から「上の子は原爆で死に、下の子は原爆症で寝たきりです。あなたが、うらやましい」と、原爆被害について聞かされ、「何かしなければ」と考えました。ちょうど、ビキニの水爆実験の直後で、原水爆禁止運動が燃え上がった時期でしたから、故石井金一郎先生や、学生有志といっしょに、学内で「何をすべきか」話しあったり、学外のいろんな集会に参加したりしました。当時の学生は、私にとっては妹の世代にあたり、家族の被爆体験（被爆者の父や母、兄弟姉妹、被爆死した兄や姉）を持っている方々が、積極的に原水爆禁止運動に参加していました。

また、当時広島大学教授だった中野清一先生は、御夫妻で「子どもを守る会」の活動をされ、御自宅を原爆で親を失った子どもたちに開放され、親代わりの役割を果たされていました。専門が同じ社会学でしたので、私もたびたび中野先生のお宅に行き、二〇歳前後に成長した子どもたちの話し相手になったり、結婚の相談に応じて仲人役をしたりしました。

原水爆禁止運動が発展するにつれて、原爆被爆者救援運動も盛り上がり、「原水禁運動と被爆者救援運動とは車の両輪」といわれるようになりました。そこで重要な課題としてとりあげられるようになったのは、被爆者の実態調査（病気・健康・家計・職業・家族生活などの調査）でした。昭和三〇年代（一九五五年〜）に入ってからは、毎年のように実施された被爆者調査に参加し有志学生調査員に協力してもらって報告書を書きましたが、それらは原爆医療法要求運動や同法改正運動の資料として活用されました。

私は、一九六六年四月から東京女子大学に移りましたが、当時「日本原水爆被害者団体協議会」が「原爆医療法から被爆者援護法へ」という目標を達成するための運動を開始していましたので、伊東壮先生（広島で被爆、山梨大学教授、後に同大学学長、二〇〇〇年逝去）に協力して専門委員会を組織し、『原爆被害の特質と「被爆者援護法」の要求』（一九六六年十月）をまとめる作業を行い、翌年四月『世界』（岩波書店）に「〝被爆者援護法〟はなぜ必要か」を発表するなど、一九六八年に「被爆者特別措置法」が成立するまで微力を尽くしました。

東京都には、広島・長崎に次いで、原爆被爆者がたくさんいます。広島女子大同窓生や広島・長崎の被爆者の方々をはじめ、核兵器廃絶や被爆者援護について関心を持つ方々と、被爆体験の継承について話しあう機会がしばしばあります。

戦争末期、私たち男の子は、「人生二〇年。国家のために戦って死ね」と教え込まれました。すぐ上の世代には、二〇歳前後で戦死した方々が多く、また私と同じ一九三二年生まれの同世代には、広島・長崎の中学校・女学校の一・二年生で爆心地近くの家屋疎開などに動員されて被爆死した方々が多数いらっしゃいます。

戦後六〇年間も生きてきた私たちは、短い人生・苦難に満ちた人生を生きた先輩や同世代に代わって、悲惨な戦争体験を、戦争を知らない若い世代に伝え、再び戦争を起こさない社会をつくるために、生命ある限り活動すべきではないでしょうか。

この『被爆証言記』が、そのために出版され、活用されるよう念願いたします。

追記 二〇一六年三月に、浜谷正晴一橋大学名誉教授から依頼された「第二回被爆者問題学習懇談会」に出て、報告したところ、終了後、広島女子短期大学の卒業生から挨拶され、広島時代の思い出と近況について話しあった。杉並区で「語り部活動」をしていることや被爆者活動や反核活動をしている同窓生がいるので連絡しあっていることなどを知り、早速、同窓生の集まりを開いた。その後、同窓会関東支部（県立大学が統合されて現在は県立広島大学同窓会）の年次総会でも、短大時代の卒業生のテーブルを中心に被爆者活動や反核活動に関する情報が交換されている。

三　『医療と福祉』の回顧と展望

出典　日本医療社会福祉協会誌『医療と福祉』一〇〇号　二〇一六年

はじめに

本誌一〇〇号記念誌に寄稿するよう依頼されて、まことに名誉なことだと感謝しながら、「何を書いたらよいか」迷った末、戦後七〇年をふりかえることにした。占領政策によって保健所や国立療養所・国立病院など医療機関に配置された医療ソーシャルワーカーが、占領軍が撤退して後に消滅の危機状況に置かれたため、制度化をめざして活動を始め、一九五三年に本協会の前身「日本医療社会事業家協会」を結成して以来の歴史を知っている人が少なくなっているので、私が本誌に書いた記事とそれに関する記憶によって本協会の歴史を回顧し、今後の活動への期待を述べさせて頂く。

私が書いた記事は、一九七八年刊第三三号『特集・資格制度討議資料第二集』の「医療ソーシャルワーカーの資格の制度化を要望する請願書」とその制度化に関する「検討資料」、一九八五年刊第四五号の「老人保健法施行にともなう医療ソーシャルワーカー業務の変化」、二〇一五年刊第九七号「全国大会特集第六二回（茨城）大会」のうち「茨城県ソーシャルワーカー協会結成準備期」（記念誌）と「茨城県協会結成までの自主研修とソーシャルアクション実践」（講演）の三回掲載されている。古い号は入手困難な方が多いだろうが、第九七号は本誌の三号前なので、大部分の会員の方々には読んで頂いたと思う。この機会に、私のソーシャルアクション実践史を補足することから書き始めることにしたい。

現代史の研究のためには、記録文書を読んで正確に事実を把握するだけではなく、当事者に面接して記憶されている重要な事実を聴取する方法が用いられている。後者は、オーラル・ヒストリーと称され、政治学や社会学で盛んに用いられるようになっている。社会福祉では、回想法として認知症予防効果があるとされているので、この機会にセルフ・ケアの認知症予防対策を兼ねて、私が一九六〇年前後から半世紀以上の期間にわたって経験した医療ソーシャルワーカーと共同して実施した調査や本協会の活動に参加した体験などの記憶を想起して、この拙文をまとめたい。

Ⅰ　広島原爆病院と被爆者支援活動

私が医療ソーシャルワーカーと初めて共同調査したのは、一九五七年に「原爆医療法」が施行されて、「被爆後一二年経ってやっと医療保障を受けられるようになった」と喜んで受診した被爆者が、「原爆症ではない」と診断され、納得することができないので諸症状を訴えると、「気のせいだ」「原爆ノイローゼだ」と答えられた、という不満・苦情・クレームが社会問題化し、原水爆禁止日本協議会（日本原水協）が広島・長崎の研究者に協力を求めて組織した専門委員会の調査団に参加した時だった。社会学・社会福祉学研究者としての私は、広島原爆病院医療相談室を訪れて、ソーシャルワーカーに協力してもらって、被爆者のケーススタディを実施した。被爆者の訴えを聴取して、専門委員・広島大学医学部病理学担当の杉原助教授に、「なぜ苦情を訴える被爆者が多いのか？」について説明してもらった。杉原助教授の説明と私たちの調査結果を総合すると、被爆者のクレームの原因は、次のように要約することができる。

アメリカは、「原爆による死亡者は、八月被爆時から一二月までに死亡した人びとであり、急性原爆症から回復した人びとは健康になっている」という公式見解を示しながら、原爆後遺障害を調査研究する機関（ＡＢＣＣ）を置いて、被爆者と非被爆者とを比較する調査研究を続けていた。私が一九五四年に広島市に住民登録をしたところ、早速ＡＢＣＣから調査員がやって来て、「原爆被爆しましたか?」と質問した。ＡＢＣＣは、被爆者と非被爆者との比較調査を継続し、「統計学的に被爆者に有意に多いことが証明された疾病」だけが「原爆症」である、という診断基準を設け、厚生省はこれに従って「原爆医療法」を施行していたのである。しかし、被爆者の多くは、ケロイドが残ったり、体力が低下し「不定愁訴」「原爆ぶらぶら病」が続いたり、被爆後一〇年過ぎて発病する白血病など各種の癌になったのではないかと不安を感じたりして受診するので、「原爆症ではない」と診断されても納得することができず、相談室を訪れて苦情を訴えていたのである。

杉原助教授は、原爆症の病理学的研究の結果を次のように説明された。「原爆放射線は人体の細胞核にダメージを残すので、急性原爆症から回復しても、後遺障害・慢性原爆症は一生涯続く。原水爆実験による〝死の灰〟が人類の脅威になったのは、実験が繰り返されると放射線の被害が累積するからだ。被爆者の疾病は、性病など放射線被害と無関係であることが明らかな疾病以外、すべて原爆医療法による医療費給付の対象にすべきだ。」日本原水協専門委員会は、杉原理論に基づいて「原爆医療法」改正運動の要求根拠を示して世論を盛り上げ、一九六〇年に「原爆医療法」改正が実現し、「一般疾病」が医療給付の対象にされた（日本原水協専門委員会編『原水爆被害白書』日本評論社、一九六一年）。

上述した被爆者支援の経験に基づいて、医療ソーシャルワーカーと本協会の課題について、以下の三点をあげたい。

第一に、医師の診断・治療方針について患者が疑問・不安・不満を訴える時には、アドボカシーをすることを検討しなければならない。しかし、医療については専門的な判断が必要なので、信頼できる医師・医学研究者に相談する必要がある。最近は、セカンド・オピニオンを求めることが容易になっているので、適切に情報提供したり、相談窓口を設けている患者団体に相談するよう助言することも有効であろう。

第二に、ソーシャルワーカー集団（施設内・地域内）、県協会・日本協会は、患者・家族会や専門医集団をはじめ関係専門職集団にアドボカシーの支援やソーシャル・アクションへの参加を求めることである。

第三に、アドボカシーやソーシャル・アクションには失敗例があるので、専門的ソーシャルワークとして効果的に実践するために、先行実践事例に関する情報を収集・検討したり、関係する医学・法学・社会福祉学を学習し、研究者に支援依頼することが大切であろう。

Ⅱ　被爆者援護法要求運動から資格制度化ソーシャル・アクションへ

私が初めてソーシャル・アクションの実践に参画したのは、日本原水爆被害者団体協議会（日本被団協）から、「被爆者援護法要求運動に協力してほしい」と依頼されたときである。この依頼にこたえて被爆者特別措置法制定に至ったソーシャル・アクション実践の経験を評価した日本医療社会事業協会会長の児島美都子氏から、一九七三年、「医療ソーシャルワーカー資格の制度化を求めて国会請願運動の準備をしているのだが、協会の運動方針がまとまらないので、協力してほしい」と依頼された。この依頼に対して、「資格制度化研究委員会を設置して、その委員長に委嘱されるなど条件が整備されたら引受けましょう」と答え、東京都協会と日本協会に加入して情報収集を始めた。東京都協会には、ＰＳＷ協会のリーダーの影響を受けて資格制度に批判的な新左翼的傾向の発想を持つ役員がおり、全共闘派の学生運動経験者もいるので、児島会長主導の日本協会の提案を批判する会員が多かった。私は、都協会のベテラン役員と話しあいながら、日本協会の情報収集・検討を続け、児島会長から「資格制度委員会を設置し委員長になって頂きたいと決定しました」と回答されると、直ちにソーシャル・アクション計画を策定し、理事会に採択されたならば、直ちに活動を開始するための作業を、資格制度委員に選ばれた方々とともに遂行した。

この当時の詳しい経過については、本誌第九七号九～一三頁に述べているので、再読して頂くことを前提としてソーシャル・アクションの方法について要約したい。

ソーシャル・アクションは、患者・障害者をはじめ国民の「健康で文化的な最低限度の生活を営む権利」を保障する政策を要求する運動である。その成果をあげるためには、第一に要求事項とその根拠を明らかにし理解・支持を求める文書を作成し、第二に世論を喚起するためのオピニオン・リーダーを呼びかけ人とした署名運動、国会議員や行政担当者などへの協力依頼、患者・障害者団体の支持・参加依頼などの活動を続け、機が熟したと判断したら国会請願集会を開き、各党議員に請願採択に協力してもらう。この過程で、新聞・テレビなどマス・コミによって広く国民世論の支持を得るなど、運動の方法・技術を効果的に活用しなければ、目的を達成することができない。

資格制度委員には、当時国立公衆衛生院で医療ソーシャルワーカーの調査研究を続け、多数の共同調査報告を発表して、資格制度化運動に参加してきた阪上裕子さんをはじめ熱心な方々に就任して頂き、活発に議論した成果を文書にまとめて提案し、理事会に採択してもらった。

児島会長の下で一九七三年から七六年まで四年間かけてまとめられた要求事項を再検討した結果を、下図のように体系化した。

なぜこのように改めたか、本誌第九七号で説明しているので、ここで重ねて説明しないが、本協会『五〇年史』では改める前の項目が国会請願で採択されたと数人が述べているので、次の協会史では是非とも事実に基づいて訂正して頂きたいことだけ指摘しておく。本協会に派閥対立があり、偏見・固定観念が強い役員がいるために事実に基づかない歴史を書いているのは、まことに嘆かわしいことである。その責任は編集委員にある。次の協会史出版にあたっては、編集委員の選定を適切に行ってほしい。

また、一九七八年刊第三三号『特集・資格制度討議資料第二集』には、国会請願運動開始当時の重要な資料が網羅されているので、次の協会史の編集にあたっては、必ず活用してほしい。歴史は、重要な記録・資料と当事者証言に基づいて正確に書かなければ、今後の活動に役立てることはできない。

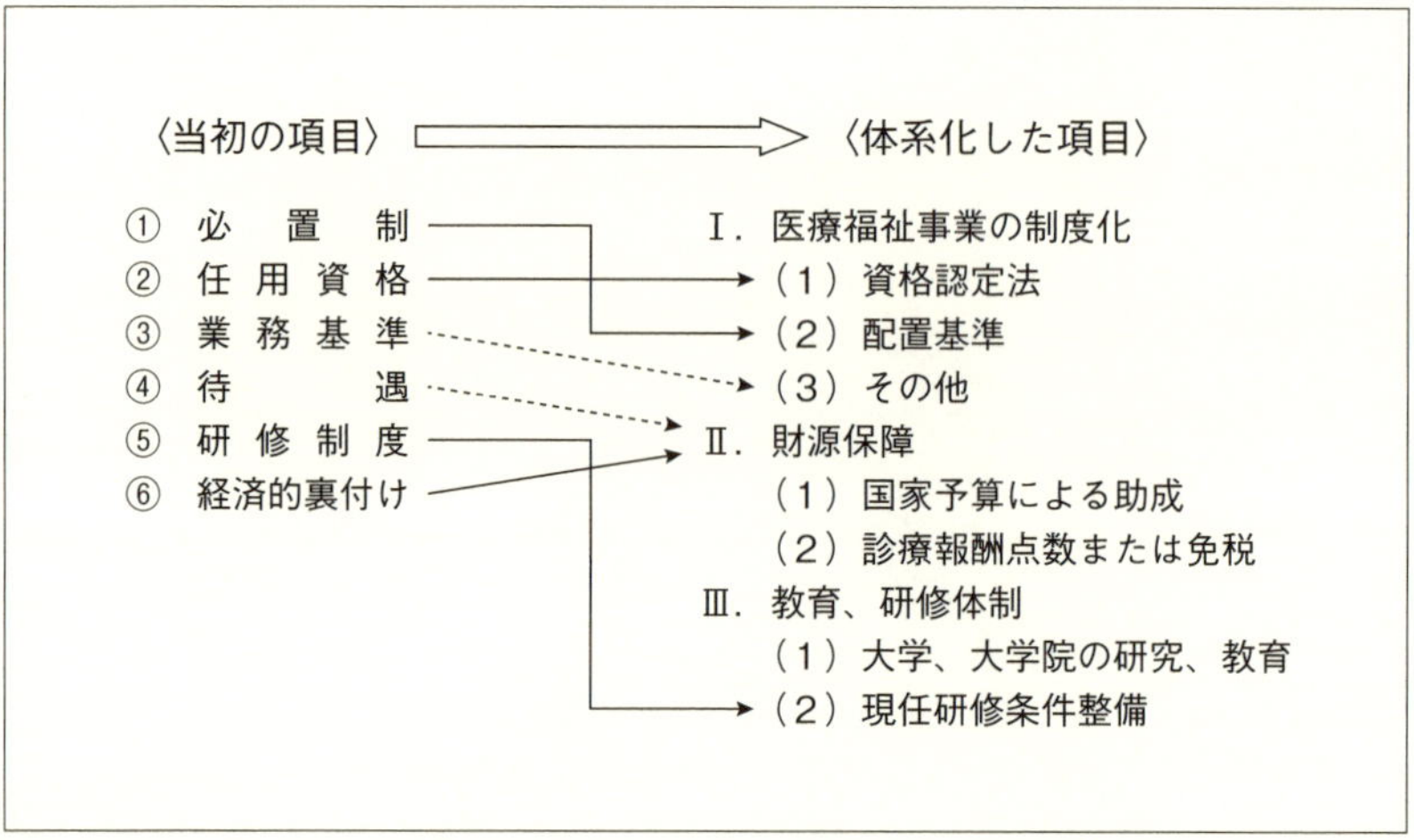

Ⅲ　請願採択後の制度化推進―厚生科学研究から「医療ソーシャルワーカー業務指針」へ

国会請願が採択された後、協会から依頼された国会議員が関係委員会で制度化推進について質問した。それに対して、大谷藤郎公衆衛生局長は、「制度化は考えていない」と回答した。児島会長の下で国会請願運動を推進し、請願は財源保障の項目以外は衆参両院の委員会で採択されたにも拘らず、公衆衛生局の方針を変えることができなかったのであるから、協会役員は、「考えていない」という理由を検討して、制度化推進対策を再構築しなければならなくなった。「制度化は考えていない」理由として、「一般のソーシャルワーカーや保健婦との業務分担が明確でない」「保健婦等の関連職種との業務分担や連携の在り方が明確にされていない」という二点があげられているので、制度化運動推進のために児島会長から須川豊会長に交替して公衆衛生局との関係の改善を図って頂いた。当時の情報は、国会委員会議事録から得られるので、次の協会史編集に際しては必ず参考にしてほしい。

須川豊氏は長年にわたって公衆衛生行政に従事されており、戦後に医療ソーシャルワーク普及と制度化に尽力された先輩の遺志を継いで本協会の理事を続けられたので、公衆衛生局の厚生科学研究を受けて、一九七九年度に「医療ソーシャルワーカーの業務における他職種との分担と連携に関する研究」、翌八〇年度に「医療ソーシャルワークの保健医療分野における専門技術性の位置づけに関する研究」を実施するよう図られた。

厚生科学研究には、熱心に医療ソーシャルワーク実践研究を続けてきた協会員が積極的に参加し、須川会長の指導・助言を受けて充実した報告書を提出した。その後、へるす出版社と相談して、一九八二年に『医療ソーシャルワーカー（ＭＳＷ）の役割と専門技術―保健・医療・福祉の統合』にまとめて出版した。編集部の意向に従って須川・山手編としているが、各章・節についてはそれぞれ分担執筆者名を記している。

この厚生科学研究報告によって、医療ソーシャルワーカーの専門業務および関連諸専門職との連携の実態が明らかになったため、一九八九年に局長通達として示された「医療ソーシャルワーカー業務指針」の作成に活用された。医療ソーシャルワーカーの業務は、この「業務指針」によって、行政レベルで制度化された、といえるであろう。

一九八五年刊第四五号に、山手茂「老人保健法施行にともなう医療ソーシャルワーカー業務の変化」が掲載されているが、これも須川会長の指示によって実施した本協会員による共同調査研究報告である。老人保健・医療・福祉の総合化が推進され、ソーシャルワーカー業務が変化している実態を明らかにし、政策・制度の改革に資することを目的とする調査であった。

上記の共同調査は、国立公衆衛生院の阪上研究室を拠点として実施した。当時、私は茨城大学に転職しており、学内の諸委員会や学生部長の業務で多忙になり、その上、地域の保健・医療・福祉活動や茨城県医療社会事業協会結成準備活動にも参画していたため、共同調査の事務局は阪上研究室に置かせて頂き、私は、調査計画策定会議に参加したり、調査結果を文章化する程度のことしかできなかった。

また、本協会の運営についても、須川会長に協力したためであろうか、私には理解できない非難のターゲットにされたので、学生部長職についたことをきっかけに理事会等に欠席を続けた。だが、日本ソーシャルワーカー協会には、仲村優一会長に請願運動に協力して頂いた返礼として協力していた。このような状態だったため、社会福祉士と医療ソーシャルワーカーとの関係が大きな論争点になった時に、何もできなかったことを、いまでも残念に思っている。ゼネリックＳＷとしての社会福祉士がスペシフィックＳＷとして医療ソーシャルワーカー資格を認められ、厚生労働省のタテワリ行政が改革されつつあることに期待したい。

おわりに

私が医療ソーシャルワーカーと共同調査を実施してから半世紀以上の歳月が経過し、本協会の活動に参加してから四〇年以上経過している。八四歳になった私は、正確な記憶は乏しいので、古い記録を見直し、遠い記憶を蘇らせながらこの文章を書いてきた。その過程で考えた今後の協会活動において検討してほしい課題を提案して、結びとしたい。

第一の課題は、本協会と日本医療福祉学会とが、いっそう密接な協力関係を作るための検討と協議の継続である。専門職団体である本協会の運営には、所属機関の相違や支持する政党・イデオロギーの相違などによる派閥対立が激化した時期が幾度かあった。私はこのような対立が専門職団体に持ちこまれることには反対する。しかし、社会集団のなかに対立が生じるのは避けられない。そこで、医療ソーシャルワークのなかの対立は外部から持ちこまれるのではなく、専門的な医療・福祉内の対立として客観的・学問的に検討しなければならない。現代の専門職は、学問的基盤に基づき、強い使命感と倫理に支えられて、活動している。各専門職はそれぞれ基盤となる学問・科学に基づいて活動しており、医療ソーシャルワーカーは、医療社会福祉学を基盤としなければならない。このような考えに賛同した医療ソーシャルワーカーと研究者が参加して日本医療社会福祉学会が結成され学会活動を続けてきた。この学会と本協会との間で、人的交流が深まり、事務局も大規模な協会に小規模な学会が同居させて頂く、など協力関係が密接になっている。医療・医学では、各専門分野で専門医団体と専門研究者団体との関係が密接になっているので、それを参考にして協会と学会との協力関係をさらに拡充することを、今後の課題のひとつにして頂きたい。

第二の課題として、保健・医療・福祉の総合化を推進するために、連携する相手である各専門職の協会・学会との相互協力関係を拡充することである。そのためには、大学病院や総合病院・専門病院および地域社会で継続的に実践している多職種チームワークのメンバー間の相互理解を深め連携活動の成果をあげる日常的な試みを報告しあい、先進的事例を共同研究することも有効であろう。

私は現場ソーシャルワークの経験はないが、原爆被爆者共同調査や東京都および厚生省の難病調査研究班の共同調査などの経験から、医師・医学研究者をはじめ看護師・保健師など保健・医療専門職から学び、保健・医療・福祉サービスの総合化・ネットワーク化とチームワークについて理解を深めることができた。

終りに、本誌と協会のいっそうの発展を祈念する。

四　茨城県ソーシャルワーカー協会結成準備期

（茨城県ソーシャルワーカー協会『三〇周年記念誌』）

出典　『医療と福祉』九七号、二〇一五年

はじめに

茨城県ソーシャルワーカー協会から、「二〇一四年は創立三〇周年にあたるため『三〇周年記念誌』を発行し、日本医療社会福祉協会全国大会を開催する準備をしているので、寄稿してほしい」と依頼され、まことに光栄なことだと有難く思いながら、結成準備を進めた当時のことを思い起こしている。私は一九三二年に生まれ今年（二〇一四年）まで八二年も生きてきており、この四年間は年金生活を送っているので、機会あるごとに自分史を自己点検している。この原稿を書くのは自己点検の一部をまとめる絶好の機会だと感謝している。

しかし、八〇歳代になってから老化が進み、三〇年以上も昔のことを正確に思い出すのは難しい。しかも、四年も前に研究・教育職から引退し、その直後にバリアフリーの新居に引っ越して、当時の記録をほとんど処分してしまっている。したがって、記憶があやふやなことについては、長竹教夫さん（現在・文京学院大学准教授）に助けてもらってこの原稿を書いている。（文中の方々の職名は当時のまま）

茨城大学社会福祉学担当教授に就任して

私は、一九七八年に茨城大学人文学部社会科学科の社会福祉学担当教授に就任し、県内の社会福祉の諸分野からの協力依頼に応じながら、「茨城県に保健・医療分野を中心にソーシャルワーカーの協会を組織し、ソーシャルワークの条件整備を推進して、難治性疾患患者・心身障害者とその家族を支援したい」と考えていた。なぜ、このような考えを持っていたかを説明するには、それまでの研究・教育に関する自分史を詳しく説明しなければならないが、それには多くの紙数を要するので、ここでは二点にしぼって説明しておきたい。

第一は、高度経済成長が進み、都市化・核家族化や少子化・高齢化が進展して、「福祉国家の建設」、「福祉元年」に続く福祉の拡充が課題になっている日本には、各県に置かれている国立大学に教育学部や医学部と並んで社会福祉学部が新設され、各県住民の教育ニーズや保健・医療ニーズとともに福祉ニーズが充足されなければならない、と考えていたことである。残念ながら、国立大学には明治以来のアカデミズムが根強く温存されており、現代社会が必要とする社会福祉学という新しい学問は「市民権」を認められていなかった。

このような状況の中で、茨城大学は経済学科を社会科学科に改組し、社会福祉学担当教授のポストを設けた。ところが、公募によっては適任者が得られなかったので、社会学会人脈を通じて私に就任を依頼してきた。私は、将来、社会福祉学科、社会福祉学部をつくる可能性を探りたいと考えて就任したのである。

第二は、茨城大学教授に就任した当時、私は日本医療社会事業協会医療福祉職制度化研究委員会委員長や東京都医療社会事業協会理事として「医療ソーシャルワーカーの資格・配置・養成などの制度」を求めて国会請願運動を続け、医療専門職従事者や患者・障害者をはじめ多くの国民の支援を得て、一九七八〜七九年に衆参両院で請願項目の基本部分が採択された。このソーシャル・アクションを通じて、都道府県の間に大きな差があることが分かり、茨城県には活動的な会員も県協会も存在していないことを知った。そのため、私は茨城大学に就職した直後から、県内のソーシャルワーカーのネットワーキングを行ない、県協会を結成することを自分の課題のひとつにしたのである。

県協会結成を目指すネットワーキング

茨城大学に就職して、初めて水戸市に住んだ私は、あらゆる機会をとらえて、ソーシャルワークを拡充するネットワーキングを推進した。幸い多くの機会を得ることができ、それぞれの機会を活用してネットワークを作り、それらを拡充・連結することができた。

第一のネットワークは、日本医療社会事業協会の名簿で見つけた県内ただ一人の現役会員であった国立水戸病院のソーシャルワーカー・島田登美さんに挨拶したことから始まった。二人で県協会を発足させることは出来ないので、しばらく状況の変化を待っていたところ、島田さんから「私の後任のソーシャルワーカーを推薦してほしい」と依頼された。島田さんは戦後、占領軍が病院・保健所にソーシャルワーカーを配置するよう指導した時期に採用されて以来、約三〇年にわたって福祉サービスを必要とする患者を地元自治体の福祉行政機関と連携して熱心に支援し、水戸福祉事務所から表彰されたこともあるという。特に、身体障害者福祉法が改正されて、肺・心臓・腎臓などの機能が著しく低下し回復できない患者が「内部障害者」として認定されるようになって以来、専門医と福祉機関との連携を媒介するソーシャルワーカーの役割は専門医療機関に不可欠であると認識されるようになっていた。このような状況で、高齢のため退職する島田さんが医局に挨拶に行き、「公務員削減方針のため後任者は予定されていない」と伝えたところ、医局から「是非とも後任ソーシャルワーカーを採用してほしい」という強い要望が出たので、「適任者を推薦してほしい」と私に依頼されたのである。

この依頼を受けた時、長竹教夫さんが私のゼミを終えて国立公衆衛生院のソーシャルワーカー養成課程（大学卒対象・一年間）に進学した直後だったので、「最適任者」と推薦した。国立水戸病院は直ちに採用を決定し、一年間の課程が終わるまで、研修と本務とを両立できるよう配慮して頂いた。そこで、長竹さんと相談し、当面は多忙な業務を軌道にのせるよう働きながら、地元のソーシャルワーカーとネットワークをつくり、徐々に県協会を結成する準備を進めることにした。

第二のネットワークは、精神保健分野のソーシャルワーカーや保健婦（精神衛生相談員業務担当）と、各種の研修会を通じて知りあったことがきっかけで拡がった。茨城県には、戦後早い時期から精神医療ソーシャルワークが始まっており、私が赴任した当時は精神衛生センターと保健所のネットワークを中心にして、活発に地域精神保健活動が推進されていた。このような状況のなかで、私も研修活動に招かれ、多くのソーシャルワーカーや保健婦と親しくなった。特に活動的なベテラン・ソーシャルワーカーの新保佑元さんとは、早くから県協会結成について話しあい、結成準備活動に大きな役割を果たして頂き、結成時には副会長に就任して頂いた。

第三のネットワークは、水戸済生会総合病院の丹野清喜院長をはじめとする地域医療・保健・福祉に熱心に活動されていた医師の方々との協力関係である。私は、茨城大学に就職して間もなく、県社会福祉審議会委員に委嘱され会議に出席して隣席の丹野院長と名刺交換をし、「済生会は社会福祉法人でしょう。病院にソーシャルワーカーはいますか?」と質問したところ、「適任者がいれば採用したいと思っている」と答えられた。その後しばらくして、日本協会の関西選出理事から、「谷澤隆子さんが水戸市に転居して求職しているので支援してほしい」と依頼された。直ちに丹野院長に推薦して、採用して頂いた。丹野院長はその後日本病院会「病院機能評価基準」作成委員長になられ、ソーシャルワーカー業務を評価基準項目に加えられた。また、私は県・市医師会役員の方々に難病対策研修への協力を求められ、医療と福祉との連携、ソーシャルワーカーの専門業務などについて理解を深めて頂くよう努めた。

上述のようなネットワークが、それぞれ拡充するとともに、相互に結びつきを深めて、医療・保健・福祉の連携が進展し、医療・保健・福祉機関に専門職研修を志向するソーシャルワーカーが徐々に増加して、県協会を結成しようとする機運が次第に熟してきた。

上述したような県内ソーシャルワーカーの主体的条件と客観的状況の判断に基づいて、県協会結成のための具体的計画をたて、実施したのは、一九八二年から八四年までの期間だった。

この期間の主要な記録は、地元紙『いはらき新聞』が記事にして掲載し、広く県民に伝えてくれている。その要点は、初代事務局長の長竹さんがまとめて紹介してくれている。

私が茨城大学に転職して県協会結成を重要課題のひとつにした一九七八年から六年目の一九八四年に県協会が立ち上がり、その後三〇年間に県協会は大きく立派に成長していることは、誠に喜ばしいことである。結成当時にご尽力いただいた村上会長、新保副会長、長竹事務局長をはじめ会員の皆様、ご支援頂いた丹野院長をはじめ医師の方々、『いはらき新聞』の記者の方々、患者会の皆様に心からお礼申し上げる。

これからも五〇周年を祝えるよう、泣いたり笑ったりすることもあるだろうが、息長く活動を続けていかれるよう期待している。

追記　県協会結成当時にご協力頂いた村上会長・新保副会長・丹野院長はすでに逝去された。この機会に追悼する。

私の時評

茨城大人文学部教授 山手 茂

延ばそう平均寿命

保健・医療・福祉一体で

今年も、あと四日を残すだけになった。この一年間をふりかえりながら、来年の課題を考えてみたい。

まず、全国的な動向からとりあげてみよう。この一年間の最大問題は、低成長、財政難のなかで行政改革をどう進めるか、という問題であった。第二臨調には財界の意向が強く反映しているため「小さい政府」が目標とされ、国民の「自助」が強調され、福祉、教育など社会的サービスが後退させられようとしている。このような動きに対して、革新政党をはじめ多くの国民は「反対」の声を強めている。しかし、低成長が続き、高齢化が進展する将来、社会的サービスへの需要の増大に対応するためにはさまざまな「改革」を進めることは避けられない課題であると考えられる。

十二月十日に発表された今年度の厚生白書を読むと、序章「高齢化社会への本格的対応」では「人口の高齢化や核家族化」のため疾病、老後などへの「個人だけでの備えには限界」があり、社会保障は「国民生活に不可欠」であるとのべている。第一章は「社会福祉の充実」、第二章は「健康」、第三章は「年金」を扱っているが、私が最も心強く感じたのは、第二章で「保健・医療・福祉の総合化」を今後の重要課題として強調していることである。

本県でも「保健・医療・福祉・教育・社会参加」などを総合して地域福祉を推進する具体的方策が今年から研究されはじめた。この研究成果は、来年には次々に発表され実施に移されることになろうが、ここでは「保健・医療・福祉の総合化」がなぜ緊急に必要であるか私見をのべてみたい。

本県の保健・医療・福祉の水準に関する指標として最もしばしばとりあげられるのは、人口当たりの医師数や、病院のベッド数である。たしかに、本県は他県に比べて医師数は少なく（昭和五十五年現在、下から四位）、ベッド数も少ない（同下から十四位）。しかし、これらの指標よりも、もっと重要なことは、平均寿命が短いことである。男性は下から九位、女性は下から二位である。

福祉の目標は「健康で文化的な生活」の保障であるから、平均寿命が短い原因を究明しこれに対する対策を推進することを最優先の課題としなければならない。平均寿命が最も長い沖縄県（女性は一位、男性は二位）は、ベッド数は下から八位、医師数は下から二位である。平均寿命の長短は、ベッド数や医師数によって決定されるのではなく、さまざまな生活条件によって決定されると考えられる。

県民の「健康で文化的な生活」を保障するには、医師ばかりでなく、看護婦、保健婦など専門職を適正に配置し保健・医療サービス供給体制を整えることが必要である。さらに、県民の健康づくりや予防、再発防止やリハビリテーションのためのセルフ・ケアなどの活動を促進することも重要である。

このためには、病院、診療所、保健所、福祉事務所、福祉施設など保健・医療・福祉関係機関の連携を強めることが不可欠である。特に、難病患者、障害者、寝たきり老人や痴ホウ老人の地域ケアを促進するには、保健・医療・福祉サービスを総合する「かなめ」の役割を担う医療ソーシャルワーカーが必要である。各県には、医療ソーシャルワーカーが増加し、それぞれ県協会を結成して活動を拡充しているが、本県にはまだ数が少なく県協会も結成されていない。

新しい年には関係者の協力をえて茨城県に医療ソーシャルワーカー協会を誕生させることを最重要課題としたい。

いはらき新聞　1982（昭和57）年12月27日

いはらき　昭和５８年（1983年）　１月７日　（金曜日）

県内組織化へ、あす準備会

医療ソーシャルワーカー

高まる役割　後進県返上めざし

療養生活や社会復帰手助け

重い傷病や心身障害と闘っている患者、家族の療養生活や社会復帰などの諸問題解決を援助する医療ソーシャルワーカーは病院、保健所、リハビリテーション施設などで活躍しているが、県内のワーカー数は少なく組織化されていないのが実情。全国的には日本医療社会事業協会（須川豊会長）のほか三十八都道府県に医療社会事業協会が設けられており、本県は〝後進県〟に属する。こうした中で、本県にもようやく協会設立の動きが出始め、日本医療社会事業協会理事の山手茂茨大人文学部教授らが中心となって八日、県医療社会事業協会結成準備会を発足させる。来年度中には結成される見通しだが、高齢化社会の進む中で保健・医療と福祉を結ぶ医療ソーシャルワーカーの役割はますます重要となるだけに、同ワーカーの資格認定制度化などとともに準備会の動きが注目される。

準備会の発足を記念した医療ソーシャルワーク講演会はあす午後二時半から四時まで、水戸市・国立水戸病院会議室で開かれる。講師は医師で千葉労災病院医療相談室長（医療ソーシャルワーカー）の大図霊弘氏。「医療と福祉を結ぶ医療相談室の役割」と題して講演する。

準備会の事務局となっている国立水戸病院医療相談室によると、県内で把握されている医療ソーシャルワーカーは十六人。このほかにもいると見られているが、実態をつかめない状況にあり、事務局では医師や看護婦、保健婦など関係者に講演会への参加を呼びかけている。

日本医療社会事業協会は、二十八年に結成された全国組織。ソーシャルワーカーが医療チームの中で福祉の専門的知識を使って疾病の予防、治療や社会復帰の妨げとなる諸問題を解決できるよう援助する医療社会事業を推進しており、現在の会員は約千六百人。

同協会の下部組織として都道府県単位に医療社会協会が設けられており、関東地方以北で設立されていないのは本県だけ。あすの講演会終了後、協会結成準備会の規約や運営方法などを検討することにしているが、事務局担当の堀竹教夫さんは「県内でつかんでいるワーカーはわずか十六人だが、このほかにもいるはず。準備会として実態をつかみ、来年度中には協会を結成したい」と話している。

一方、医療ソーシャルワーカーの資格認定制度化は日本医療社会事業協会と全国の協会が数年前から取り組んでいるが、まだ実現していない。これは、全国の患者、家族がひとしくソーシャルワーカー・サービスを受けられるよう、ワーカーの資格認定、配置基準、財政的保障などを法制化しようというもの。山手教授が委員長を務める同協会の制度化研究委員会が中心となって、ワーカーの資格制度確立に向けて活動を続けている。

いはらき新聞　1983（昭和 58）年　1 月 7 日

吐玉泉

▲高齢化社会の進む中で保健・医療と福祉を結ぶ、医療ソーシャルワーカーの役割はますます重要となってきているが、きのう県医療社会事業協会結成準備会（代表・山手茂茨大人文学部教授）が誕生。

▲国立水戸病院で開かれた準備会発足記念の講演会には、ワーカーや看護婦、保健婦、薬剤師、弁護士など関係者四十人が詰めかけ、講師の千葉労災病院医療相談室長・大図霊弘氏の講演に熱心に耳を傾けていた＝写真。

▲全国的にみると、すでに三十八都道府県にそれぞれ協会が設立されており、関東地方以北で組織されていないのは本県だけ。これでようやく本県も協会結成へ向けて具体的に動き始めたわけだが、山手教授は「県内の実態もまだつかめていないが、主要病院には複数のワーカーを置きたいというのが夢。これから、行政機関にも本腰を入れて取り組んでくれるよう働きかけたい」と意欲的。準備会の事務局は国立水戸病院医療相談室（☎0292[illegible]）。

いはらき新聞　1983（昭和 58）年 1 月 9 日

いはらき

昭和５９年（1984年）　５月１３日　（日曜日）

「患者の福祉」援護

県医療社会事業協が発足

重い傷病や心身障害者に対する家族の療養生活や社会復帰などの問題解決を援助する医療ソーシャルワーカー（福祉士）の県内組織、県医療社会事業協会（村上穣会長）が十二日に結成された。同ワーカーの普及と向上、さらに患者が安心して医療を受けられ自立の道を援助するのが目的。これまで本県はワーカー数が他県に比べ極端に少ないなどの理由から組織化されず、病院関係者や一般患者から協会設立の要望が出ていた。高齢化社会が進み、精神障害の有病率が高まる中、保健と医療、福祉を結ぶワーカーの役割はますます重要となっている。

・同協会設立の準備会事務局となった国立水戸病院医療相談室によると、県内のソーシャルワーカーは精神科担当を入れて約二十人。埼玉、千葉両県のワーカー数（約百人）に比べ極端に低く、関東以北で県単位の医療社会事業協会が設けられていなかったのは本県だけだった。

全国的には二十八年に結成された日本医療社会事業協会（会員約千六百人）を中心に、三十八都道府県に協会が設けられ、ワーカーが医療チームの中で福祉の専門知識を使っての疾病の予防、治療や社会復帰の妨げとなる諸問題を解決できるよう援助する医療社会事業を推進している。

同日、水戸市文化福祉会館で行われた設立総会には県内各地のワーカーや関係者ら約三十人が出席。国立水戸病院副院長の村上会長は「今後、ソーシャルワーカーとして個人のレベルアップのみならず組織の強化を図り、よりよい医療を受けやすい環境づくりにつとめていきたい」と、病院と患者の〝パイプ役〟になることを強調。初年度事業計画として、年一回の総会、研修会、講演会の開催などのほか、当面、会員が少ないため、各ブロックごとにこまめな活動を通して会員相互の連携を図ることを決めた。

役員は次の通り。

▽会長　村上穣（国立水戸病院副院長）▽副会長　山手茂（茨大人文学部教授）新保祐元（湯原病院）

県医療社会事業協会の設立総会

いはらき新聞
1984（昭和59）年
5月13日

五　福祉社会研究の三レベル――マクロ、メゾ、ミクロ――

出典『福祉社会学研究』第四号　二〇〇七年

はじめに

「福祉社会の基盤を問う：ソーシャル・キャピタルとソーシャル・サポート」をテーマとするメイン・シンポジウムが企画されている福祉社会学会第四回大会の基調講演を依頼され、社会学と社会福祉学とが交錯する分野でほぼ半世紀にわたって行ってきた研究の成果を報告することができるのは、誠に名誉なことであり心から感謝したい。どこまでご期待に応えられるか自信はないが、まず福祉社会学の方法論について検討し、それをふまえて福祉社会研究の三レベル、すなわちマクロ（国家）レベル、メゾ（組織・地域社会）レベル、ミクロ（個人・家族）レベルの各レベルの研究対象と研究法、および三レベルの相互関係について検討したい。報告時間が限られているため、ひとつひとつの事項の説明や各事項の相互関係の説明を詳細に行うことはできないので、参考文献や図・表を紹介している。もしも、興味をもたれたら、それらを活用して説明不足の点を補って頂ければ幸いである。

一　福祉社会学方法論

研究対象

福祉社会学の研究対象は、いうまでもなく社会福祉に関する社会現象である。具体的な現象としては、福祉国家、社会政策（総合福祉政策）、社会保障（生活保障・医療保障および保健・医療・福祉サービス保障）、地域保健・医療・福祉（コミュニティ・ケア）、家族福祉（在宅ケア）、セルフ・ヘルプ活動、ボランティア活動、福祉ＮＰＯ活動、これらを包括する福祉社会など、多種・多様な現象があげられる。これらの現象は、近代以前に源流を持つものも含まれているが、共通して一九世紀末から今日にかけて、成立・発展し総合化されてきている。社会が近代化し、さらに質的に変化して現代化するにともなって、多種・多様な社会福祉現象が出現し発展してきたのは、いうまでもなく社会構造・人口構造・生活構造が変化し、多様な社会問題・生活問題が噴出し複雑・深刻化してきたために、それらに対応する方策として創出され拡充されてきたからである。

このように考えれば、福祉社会学の研究対象は、直接的に社会福祉にかかわる現象だけでなく、間接的に社会福祉にかかわる社会現象、すなわち社会構造・生活構造および社会問題・生活問題・社会病理現象なども含んでいる、といえるであろう。歴史的にみても、貧困問題や「貧困と病気の悪循環」などが、救貧対策や医療保障制度・医療ソーシャルワークなどの成立・発展の要因であったし、それらの社会学的・社会科学的調査研究が福祉政策および福祉実践の課題を明らかにすることに役立ってきた。

研究方法

前項で述べたように、福祉社会学の対象が社会構造・生活構造の変化→社会問題・生活問題・社会病理現象の多様化・複雑化→対応策としての社会福祉であるとするならば、福祉社会学の研究方法は基本的に現象学的方法でなければならない。社会現象を調査研究し、その成果に基づいて理論を構成する、という現象学的方法は、社会学のみならず社会科学・人間科学のあらゆる分野において用いられてきた基本的方法である。社会学においては、変動する社会を対象とする社会調査に基づいて新しい現象が把握され、新しい社会理論が形成され、時代遅れの古い理論が修正・革新されてきた。このような社会学の伝統が、再評価され、継承されなければならない。そのことを前提とした上で、福祉社会学独自の研究方法を開発・確立するために、二課題を掲示したい。

第一の課題は、福祉社会学が発展して、福祉国家というマクロ・レベルから個人・家族などミクロ・レベルまで多くの研究対象にとりくむにつれ、政治学・経済学・法学など主としてマクロ・レベルの研究を積み重ねてきた社会科学および心理学・医学・保健学など主としてミクロ・レベルの研究を積み重ねてきた人間科学と共同研究することが必要になっている。日本学術会議の社会福祉・社会保障研究連絡委員会は第一七期報告において、表1のようにマクロ・メゾ・ミクロの各レベルにおける研究課題とそれにとりくむ諸科学を整理している。研究課題にとりくむためにはtask-orientedで、関連諸科学が連携してmulti-disciplinaryに研究を進める必要がある。

第二の課題は、理論の検証方法を再検討することである。アカデミックな社会学においては、「調査によって理論を検証する」ことが強調されていた。しかし、福祉社会学においては、「政策論は政策効果によって検証す

表1　マクロ・メゾ・ミクロ各レベルの研究課題と諸科学（例示）

	マクロ	メゾ	ミクロ
研究課題 （学問分野）	福祉国家 政策決定過程 行政、財政 （政治学、行政学、財政学） 法・権利義務関係 （憲法、社会法、民法、行政法） 経済社会構造と国民生活 （経済学、社会学） 社会福祉政策 社会保障政策 （社会福祉学、社会政策学）	地方自治体 政策決定過程 行政、財政 （政治学、行政学、財政学） 自治体条例、分権化、権利擁護 （地方自治法、社会法、民法） 地域経済社会構造と 住民生活 （経済学、社会学） 地域福祉、施設、NPO運営 （地域福祉学、経営学、アドミニストレーション研究）	個人の健康・福祉 身体的・精神的・社会的 ウエルビーイング （人間学・保健学、心理学、教育学、社会学） 基本的人権保障、子ども・患者・障害者・高齢者・女性等の権利擁護 （法学、社会福祉学） 家族問題 （家族法学、家族社会学、家族心理学） ソーシャルワーク、ケアマネジメント （社会福祉学）
	保健・医療（歯科医を含む）・介護・福祉の統合化 ケアマネジメント（医学・公衆衛生学・保健学、看護学、社会福祉学等） バリアフリー　（都市計画学、建築学、住居学、福祉工学、地域社会学、教育学等）		

出所；日本学術会議 社会福祉・社会保障研究連絡委員会第17期報告、2000年

る」「実践理論は実践効果によって検証する」という新しい理論検証方法を開発・確立することが必要ではないであろうか。例えば、少子化対策論の検証は、少子化対策とその効果についての国際比較研究によって行われており、実践理論の検証はエビデンス・ベースド・メディスン（EBM）やエビデンス・ベースド・ソーシャルワーク（EBSW）などの方法を中心に進展している。

もうひとつの福祉社会学史

福祉社会学が社会学の一分野としての「市民権」を獲得するには、福祉社会学史研究も重要であるため、研究成果が次々に発表されている。それらを補足する「もうひとつの福祉社会学史」のデッサンを提示したい。

一九四八年七月、日本社会学会は「新制大学教養講座としての社会学のあり方とその講義要綱」研究会を設け、翌一九四九年四月「新制大学教養講座社会学教授要綱第一案」をまとめ、同年一〇月、日本社会学会第二二

回大会の共同研究会において検討し、「教養課程社会学教授要綱」を作成した。その内容は八章構成であるが、第七章「社会問題」は、「社会問題」「社会政策」「社会事業」の三節から成っている。この「要綱」を基準として一九五三年『教養講座社会学』が出版されたが、「要綱」の第七章「社会問題」は章・節数の限定を理由として割愛され、一九六七年に刊行された『教養講座社会学（新版）』に第四章「社会問題」（Ⅰ社会問題、Ⅱ社会政策、Ⅲ社会福祉）として復活している（日本社会学会編『教養講座社会学（新版）』一九六七年、有斐閣）。日本社会学会が編集した『教養講座社会学』の旧版で割愛された「社会問題」の章が新版で復活し、「社会事業」が「社会福祉」に改称されているのは、一九六〇年代に日本経済が急成長し、都市化・核家族化が進展して国民の生活構造が激変したために新しい社会問題・生活問題が噴出したのに対応して、「皆保険・皆年金」「福祉六法」などによって「福祉国家」が形成された当時の現実的要請にこたえようとしたことを示している。

一九五八年に刊行された福武直・日高六郎・高橋徹編『社会学辞典』（有斐閣刊）において、「社会福祉学」の項目を担当した大橋薫は「名称はあるにしても、社会福祉学はまだ学的体系として一般に認められるまでに確立されていない」と否定的に評価し、「福祉社会学」の項目を担当した雀部猛利は「福祉社会学の課題は、現代社会における社会的不調整の現実形態に関する分析を行なうとともに、社会の経済的・文化的構造がもたらした社会的障害（貧困・疾病・自殺・離婚・頽廃・浮浪・怠惰・犯罪・ノイローゼなど）を社会的に克服しようとして、社会がどのような社会的実践を示しつつあるかを分析しなければならない」と課題を述べている。なお、大橋も雀部もともに、福祉政策研究よりもソーシャルワーク実践研究を重視していたと推察される。

一九四七年に、「社会学と社会政策」を書いた福武直は、一九六五年に設立された社会保障研究所の参与・理事・所長を歴任し、法学・経済学・社会学などが参加した学際的社会保障・社会福祉研究を指導し、多くの福祉社会学研究者を育てた。一九七〇年代後半、政府・与党によって提唱された「老親と子の同居」の伝統を「福祉における含み資産」として維持すべきだという「日本型福祉社会論」を、「幻想」であると厳しく批判するなど、社会保障・社会福祉政策の拡充をめざす理論を展開し、「福祉社会への道」を明らかにした。また、一九七二年、第九期日本学術会議の産業・国民生活特別委員会における社会福祉の研究・教育体制の拡充対策の検討に参加するなど、社会福祉の研究・教育条件整備に尽力した（注1）。

福祉社会学史の研究においては、福武だけでなく多くの研究者の研究史を調査研究することが必要である。ここでは、私の自己紹介を兼ねて、自分自身の研究史を要約する。

私は、一九五四年、東京大学社会学科を卒業して県立広島女子短期大学（後に県立広島女子大学・県立広島大学）・東京女子大学・東京都神経科学総合研究所・茨城大学・東洋大学・新潟医療福祉大学に勤務し、五二年間社会学・社会福祉学の研究・教育を続けてきた。クラス・メートには、真田是氏や河村望氏などがいたが、真田氏は昨年死去し、河村氏は日本社会学会も退会している。私も今年度末に後期高齢者の仲間入りするので、このたび私の研究史を振り返る機会を与えて頂いたことに感謝している。

私は、社会学・社会福祉学論文集を四冊出版している。そのなかで、福祉社会学と社会福祉学の研究方法論、原爆被爆者問題・難病患者問題・女性問題・消費者問題・家族問題など社会問題とその予防・解決策、福祉国家論・福祉社会論・地域福祉論・福祉専門職論・福祉NPO論・保健医療福祉ネットワーク論など、社会学と社会福祉学が交錯する多くのテーマをとりあげている（注2）。これらのなかで、私が最も長くかかわってきたのは原爆被爆者問題である。私が広島市に赴任した一九五四年には、ビキニ水爆実験による「死の灰」の脅威を契機として原水爆禁止運動が高揚し、それに併行してヒロシマ・ナガサキの原爆被爆生存者救援運動も活発化して、「被爆者援護法」制定を求めるソーシャル・アクションが開始された。このような状況のなかで、社会学研究者として被爆者実態調査に参加して調査報告パンフレットを三冊書き、一九六一年に原水爆禁止日本協議会専門委員会編『原水爆被害白書』の「被爆者の生活史」と「被爆者の生活」との二章を執筆した。東京に移った直後の一九六〇年代後半、「原爆医療法から被爆者援護法へ」を運動の目標にした日本原水爆被害者団体協議会は、伊東壮（山梨大学経済政策教授のちに学長）と私を中心に専門委員会を組織して、被爆者の諸要求の理論的根拠と施策体系を明らかにし、それを揚げて一九六八年の「被爆者特別措置法」さらに一九九四年の「被爆者援護法」の制定に成功した。図1は、被爆者援護法要求の根拠を示す原爆被害の全体像であり、図2は一九五七年「原爆医療法」の制定から一九九四年「被爆者援護法」制定までの施策の拡充過程と主要施策の体系をまとめ

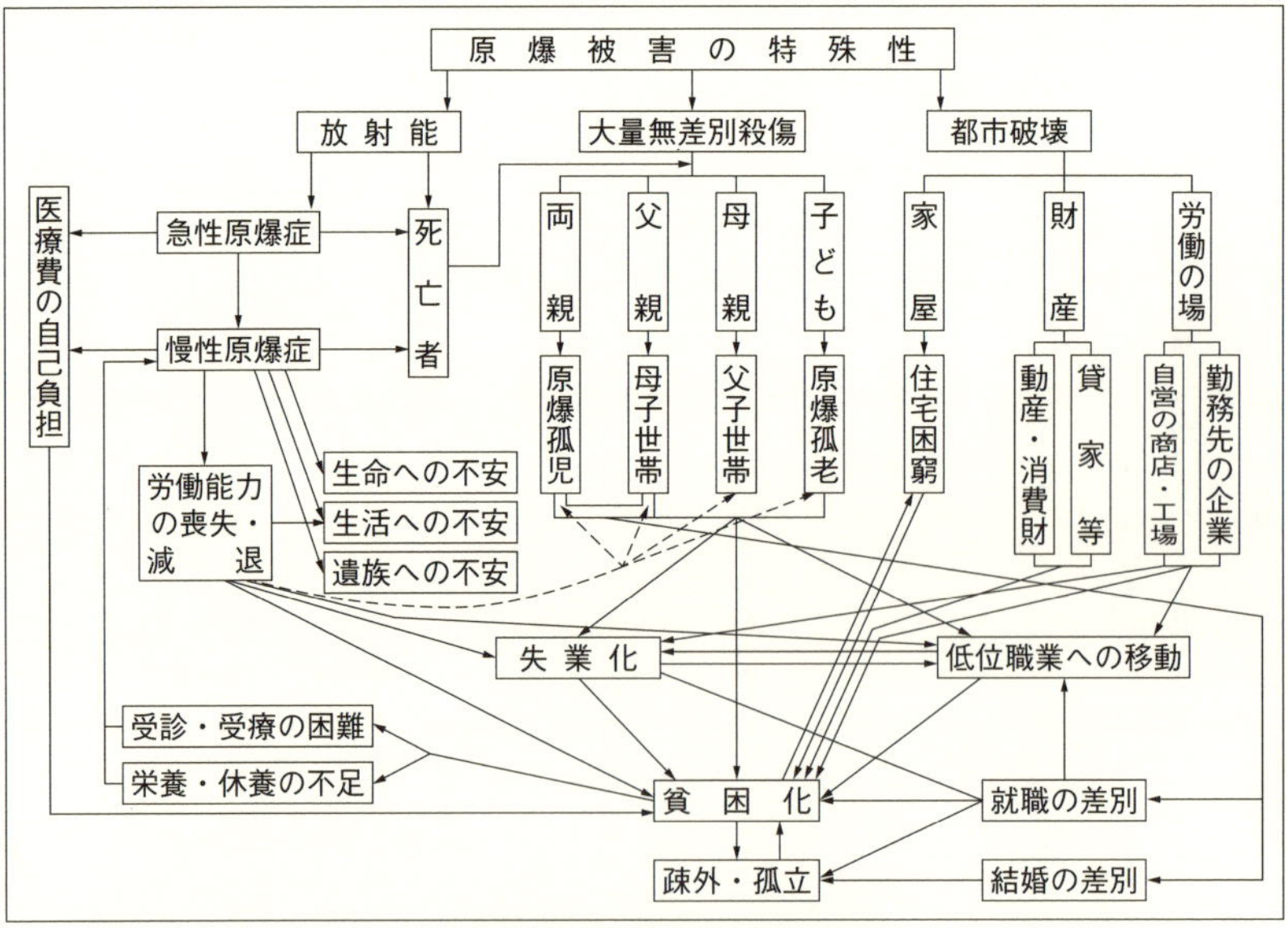

図１　原爆被害の諸要因の構造的関連

出所：日本原水爆被害者団体協議会『原爆被害の特質と「被爆者援護法」の要求』1966 年、中島竜美編『日本原爆論体系第２巻・被爆者の戦後史』日本図書センター、1999 年、所収

たものである。原爆が投下されてから現在までに六〇余年経ており、被爆生存者の平均年齢は七〇歳を越えているが、家族・親族・隣人・友人などのネットワークに支えられて日常生活を営みながら、地域・都道府県・全国の被爆者組織と支援組織に支えられて「原爆症認定要求訴訟」を続けている（注3）。

一九七四年、園田恭一「保健社会学の構想」（『社会学講座・一五・社会福祉論』、東京大学出版会）において、私の原爆被爆者調査研究は最も早い時期の保健医療社会学的研究として紹介されているが、福祉社会学的研究としても位置づけられるであろう。社会的要因による病気・障害の認定、被害として生じる多面的生活問題に対する保健・医療・福祉サービスの総合的保障、それらを要求するソーシャル・アクション、当事者の主体的セルフ・ヘルプ活動、地域のサポートネットワークなどは、福祉社会学にとっても保健医療社会学に

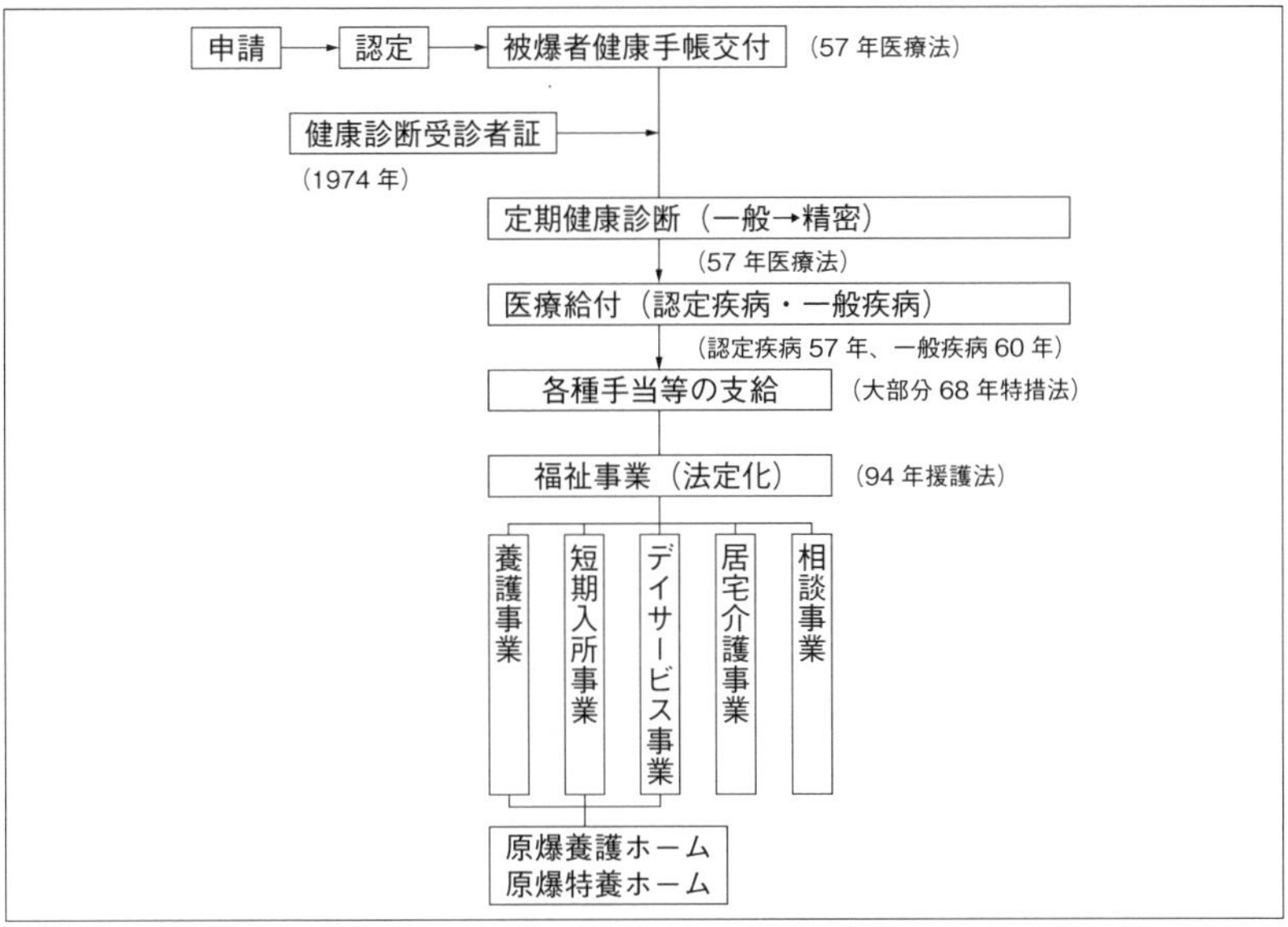

図2　被爆者援護法による施策の体系
出所：山手茂「被爆者関連対策」仲村優一・一番ヶ瀬康子編『世界の福祉・7・日本』2000年、旬報社

とっても共通の研究課題である。

二 福祉社会研究の三レベル

研究対象の三レベル

社会学研究者が増加し、専門分化が進むにつれて、研究対象を細分化し、その「内部構造」を詳細に調査することが「科学的」であるという考え方が支配的になった。例えば、家族社会学においては、専ら「内部構造」がとりあげられ「権力構造」「役割構造」「情緒構造」「親子関係」「夫婦関係」「三世代関係」などの調査研究が盛んに行われた。他方、マルクス主義の立場に立つ家族研究者には、資本主義と家族、労働政策と家族など、「社会と家族との関係」を重視し、「人間と家族との関係」を軽視する者が多かった。しかし、最近は、「マクロ（社会構造）」と「ミクロ（個人の生活・意識）」との関連を重視し、「公共的・社会的問題」と「私的・個人的問題」との相互関連を認識する「社会学的想像力」（ミルズ）を豊かにしている社会学研究者が増加しているようである。

社会福祉学（ソーシャルワーク研究）においては、福祉多元主義の浸透にともなって、ゼネラリスト・ソーシャルワーク理論が広く支持されるようになっている。ゼネラリスト・ソーシャルワーク理論においては、マクロ（国家・国民社会さらに国際社会）レベルの福祉政策・福祉計画、それらに働きかけるソーシャル・アクション、政策提案など、メゾ（組織・施設・自治体・地域社会）レベルのマネジメント、参加活動、共同活動など、ミクロ（個人・家族）レベルのサポート・ネットワーク、セルフ・ケア、生活再設計、互助活動、社会参加活動、学習活動など、それぞれのレベルにおけるソーシャルワークの課題と方法が明らかにされてきている。

日本学術会議の社会福祉・社会保障研究連絡委員会第一六期報告は、総合福祉政策理論、福祉多元主義理論、ゼネラリスト・ソーシャルワーク理論を参考にして、社会サービスの分野と社会サービスの提供主体との関係を表2のようにまとめている。サービス分野の間では総合化が進んでおり、サービス提供主体の間でも連携・協力が進んでいるが、それを理解する前提として社会サービスの分野と提供主体との全体像を把握しておくことが必要である。

研究法の三レベルと総合化

福祉社会の研究法の三レベルとは、福祉社会学および社会福祉学の研究方法の三レベルと同じであり、表1に示したマクロ・メゾ・ミクロの三レベルがそのままあてはまる。現代社会そのものを福祉社会としてトータルに認識しようとすれば、研究対象の三レベルすなわち福祉社会のあらゆる構成要素をそれぞれの対象に適した研究法によって調査研究するとともに、諸構成要素の構造的関連をトータルに把握しなければならない。図3は、福祉社会の構造を、主要な構成要素と相互関連を中心にまとめたデッサンである。福祉社会の基盤には、すべての人びとの自助・自立と共助・共同と公助・公的保障とのネットワークおよびソーシャル・キャピタルが必要であるが、これについてはメイン・シンポジウムにおいて明らかにされるであろう。

図4は、労働における性差別撤廃の諸課題の構造的関連を示している。この図の「婦人政策」は「男女共同参画政策」と改めるべきであるが、基本的な点は変わっていない。男女労働者が、ともに育児休業・介護休業を請

表２　「生活の質」の向上と「生きがい」の実現のための対策――諸サービスの総合化・量的充実・質的向上

主体	所得保障 消費生活	労働	保健・医療	社会福祉	教育・学習	社会参加	住宅	生活環境	福祉文化・価値観
国家	・年金制度一元化	・高齢者就労対策 ・育児・介護休業の保障	・保健・医療・福祉サービスの総合体系化 ・新ゴールドプラン・エンゼルプラン・障害者プラン等		・生涯学習の条件整備 ・エイジング学習内容の開発	・社会参加条件の整備 ・余暇時間充実対策	・公的住宅の保障 ・ケア付き住宅の保障	・安全、快適、バリアフリーな生活環境整備 ・生活関連公共施設の整備	・基本的人権保障 ・社会連帯意識の啓発
	・年金と雇用の関係の合理化		・保健・医療・福祉専門職の総合的・体系的養成計画						
自治体	・年金制度活用援助・啓発	・高齢者就労機会の開発 ・就労援助	・一次・二次・三次サービスの体系化	・施設福祉と在宅福祉・地域福祉の体系化	・生涯学習条件の体系的整備 ・学習リーダーの養成・情報提供	・社会参加活動の支援 ・住民参加の促進	・公的住宅・ケア付住宅の保障 ・住宅改造援助	・安全、快適、バリアフリーな生活環境の整備 ・生活関連公共施設の整備	・市民意識の啓発 ・コミュニティ意識の啓発
	・福祉的就労支援		・保健・福祉専門職の配置 ・保健・医療・福祉のネットワーク化						
民間団体	・生活協同組合・消費者団体のリサイクル活動	・ワーカーズ・コレクティブ活動	・保健・医療・福祉団体の自主的・自立的活動 ・生協・農協の助け合い活動 ・社会福祉協議会活動		・両親、高齢者、患者、障害者の学習活動	・親の会、老人クラブ、患者会、障害者団体の活動	・町内会、団地自治会、共同住宅管理組合等の活動 ・生活環境改善活動		・市民、生活者意識形成 ・福祉意識形成
	・有償、互酬ボランティア活動―患者・障害者のセルフヘルプ活動―ボランティア学習―セルフヘルプ活動―バリアフリー推進運動								
企業	・従業員の生涯福祉対策 ・長寿社会の消費者ニーズへの対応	・従業員の家庭責任遂行への保障 ・高齢者労働能力の活用	・従業員の健康管理 ・消費者安全対策	・育児・介護休業の保障 ・企業福祉の充実	・従業員の生涯学習支援	・従業員のボランティア休暇の保障	・従業員の家庭生活条件への配慮（単身赴任・遠距離通勤等への対策） ・生活環境 ・改善活動		・企業の社会的責任 ・企業の社会的貢献
地域社会	・共同消費・社会・資本整備の推進	・住民のニーズに対する仕事の開発	・住民主体の地域保健・医療・福祉活動の推進 ・コミュニティ（小地域）の互助活動の推進		・住民の主体的学習活動の推進 ・育児支援、児童育成活動	・コミュニティ活動の推進	・家庭間の交流・共同の場の形成とそれを活用した活動		・コミュニティ意識の形成 ・共同・共生意識、福祉文化形成
家族	・「人生80年時代」の生活設計 ・家族の役割分担の再検討、役割の再配分		・「健康と福祉」のためのライフスタイルの確立 ・育児・介護役割の再検討・再配分		・主体的・計画的生涯学習活動	・家族全員の社会参加	・住生活の長期計画（ライフステージに対応）		・「開かれた家庭」の形成 ・家族間の相互援助
							・老後のために住宅改造	・公共施設の活用	
個人	・「人生80年時代」の生活設計 ・社会保障・資産等を活用する長期生活設計		・「健康と福祉」のためのライフスタイルの確立 ・互助的サポート・ネットワークの形成		・主体的・計画的生涯学習活動	・主体的・自主的社会参加	・住生活の長期計画（再同居・転居など）		・自己実現 ・社会参加 ・生きがい ・人権意識
							・老後のための住宅改造	・公共施設の活用	

出所：日本学術会議　社会福祉・社会保障研究連絡委員会　第16期報告　1997年

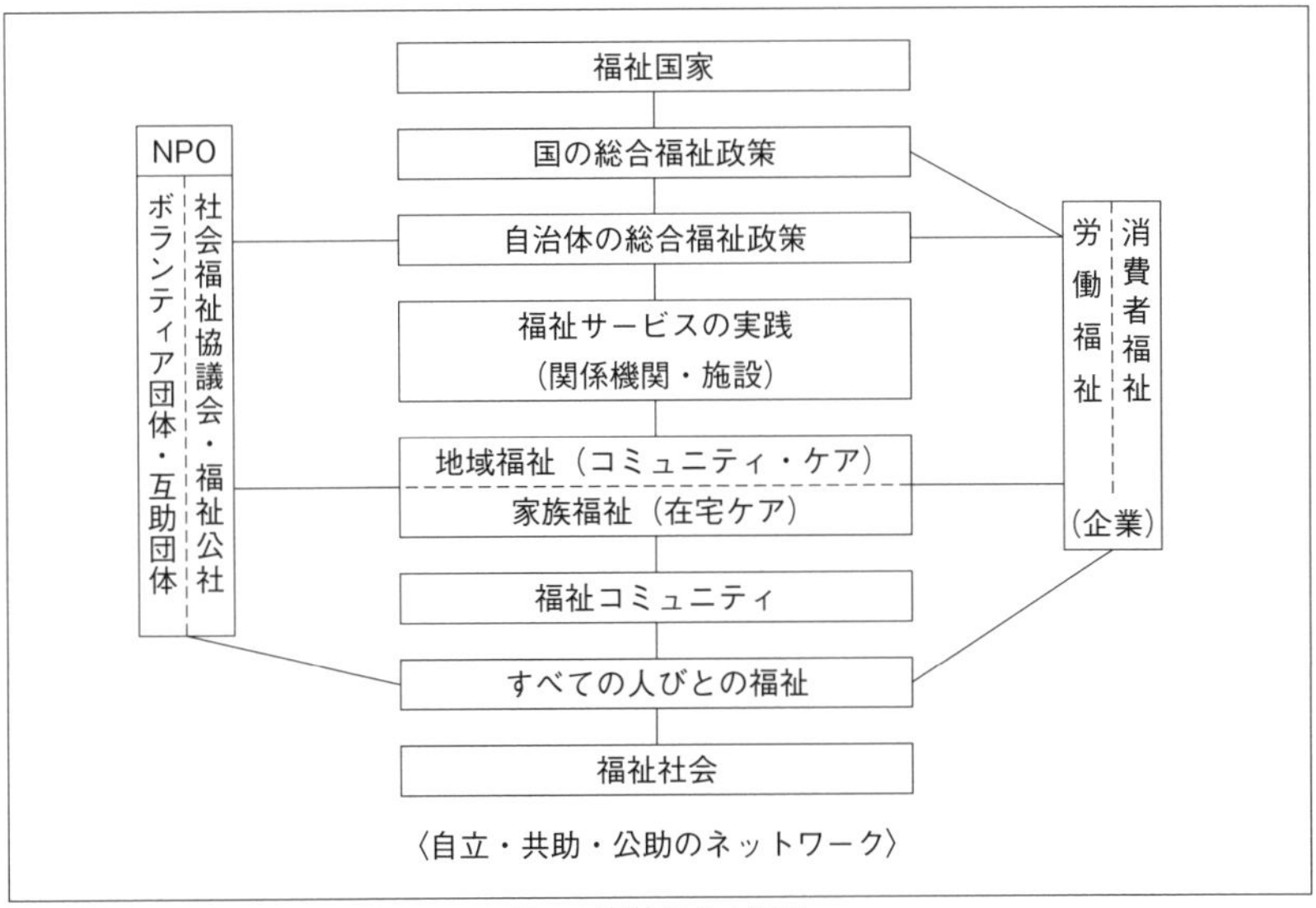

図３　福祉社会の構造

出所：山手茂（1988 年）

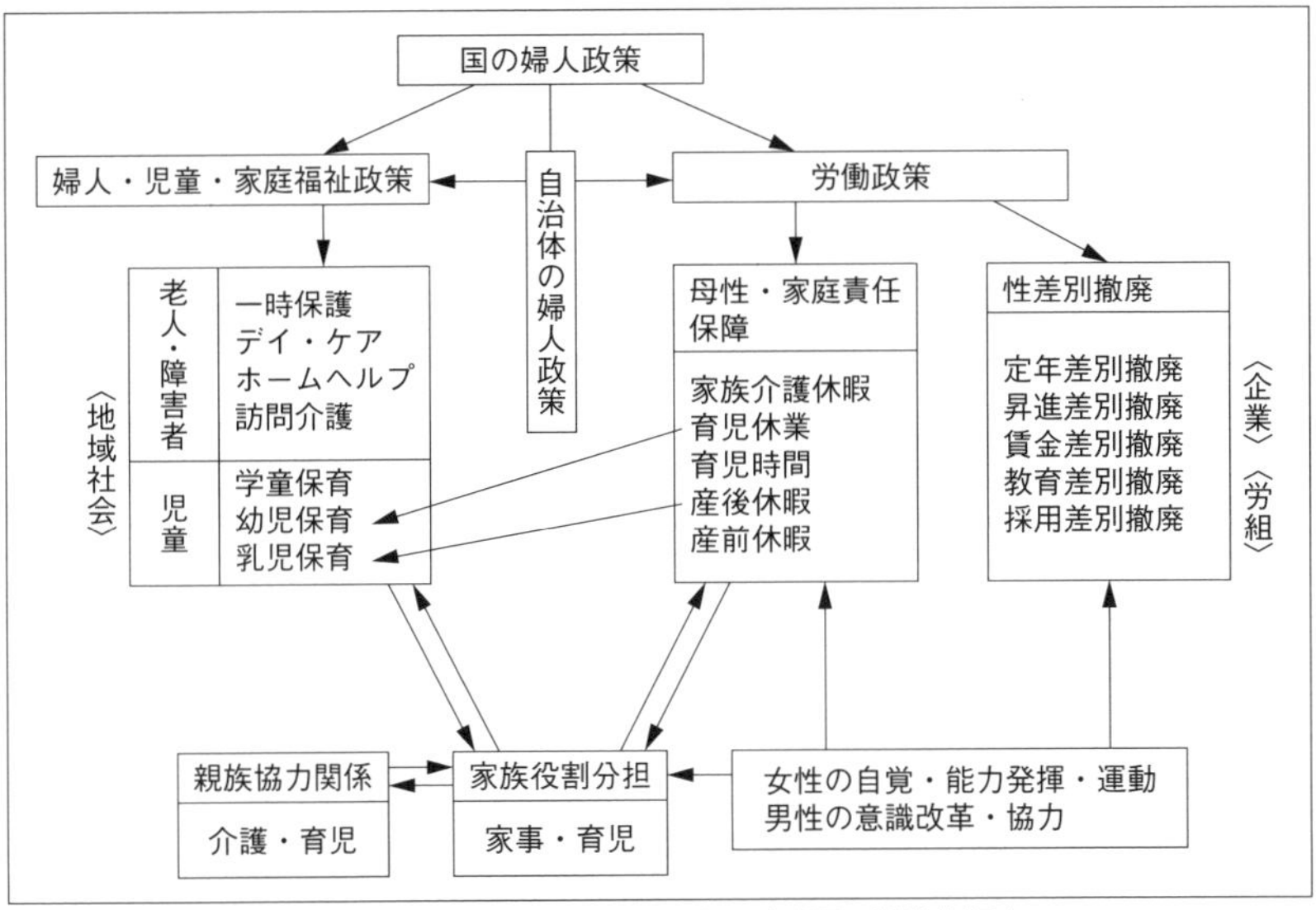

図４　労働における性差別撤廃の諸課題の構造的関連

出所：山手茂（1988 年）

求する権利を保障する法は制定されているが、企業は男性が育児休業・介護休業を請求することを妨げ、また家族においても伝統的性役割意識・行動様式が存在しているために、男性の育児休業・介護休業請求意欲は乏しい。近刊の船橋恵子『育児のジェンダー・ポリティクス』（勁草書房、二〇〇六）は、「マクロな社会政策とミクロな家族戦略のジェンダー・ポリティクス」の関連を明らかにすることを目的として、日本・フランス・スウェーデンの家族のケーススタディ結果と社会政策を総合的に比較研究し「社会政策とカップルの戦略との相互規定関係」を分析した労作である。今後は、企業の育児休業（さらに介護休業）や地域の保育サービス（さらに介護サービス）など、メゾ・レベルの調査研究も研究計画に組み入れてほしい。

レベルの相互関係―ケアマネジメントとソーシャル・アクションを中心に―

二〇〇三年九月、新潟市で開催された「全国社会福祉教育セミナー」で、CSWE（アメリカソーシャルワーク教育連盟）会長のF.R.Baskindは、ブッシュ政権によって厳しい状況が進展しているのに対抗するためthe Power of Social Workを強めている例として二〇〇二年のCSWE年次大会開会にあたってアドボカシー・グループ「政府の政策への影響」（Influencing State Policy）の設立者B.Schneiderが聴衆に「政策は実践に影響する、実践は政策に影響する」と提唱したことを報告した（注4）。

日本においても、政策と実践との相互関係の研究は深まっているが、なかでも松原一郎が図5に示す「ネットワークの三レベルと目標・活動の関連」は、参考になるであろう。この図には、マクロ（国・自治体）レベルの政策決定→メゾ（地域社会・組織）レベルのプログラム実施→ミクロ（個人・家族）レベルのサービス実施という政策→実践の過程と、実践を通じて見出された課題の提起というミクロ・レベルからのアドボカシー→地域・組織で検討された政策要求というメゾ・レベルのソーシャル・アクション→国・自治体の新しい政策（法・条例）の決定という、政策と実践の循環過程が明らかにされている。育児・介護および保健・医療・福祉を含むケアについては、マクロ・レベルの総合的マネジド・ケア政策→メゾ・レベルのケアマネジメント条件整備→ミクロ・レベルのケアマネジメント実践・事後評価・アドボカシー→メゾ・レベルのケアマネジメント条件改善対策とソーシャル・アクション→マクロ・レベルの新しい政策決定（法・条例の新設・改正）という過程が、福祉社会学の研究対象であろう。

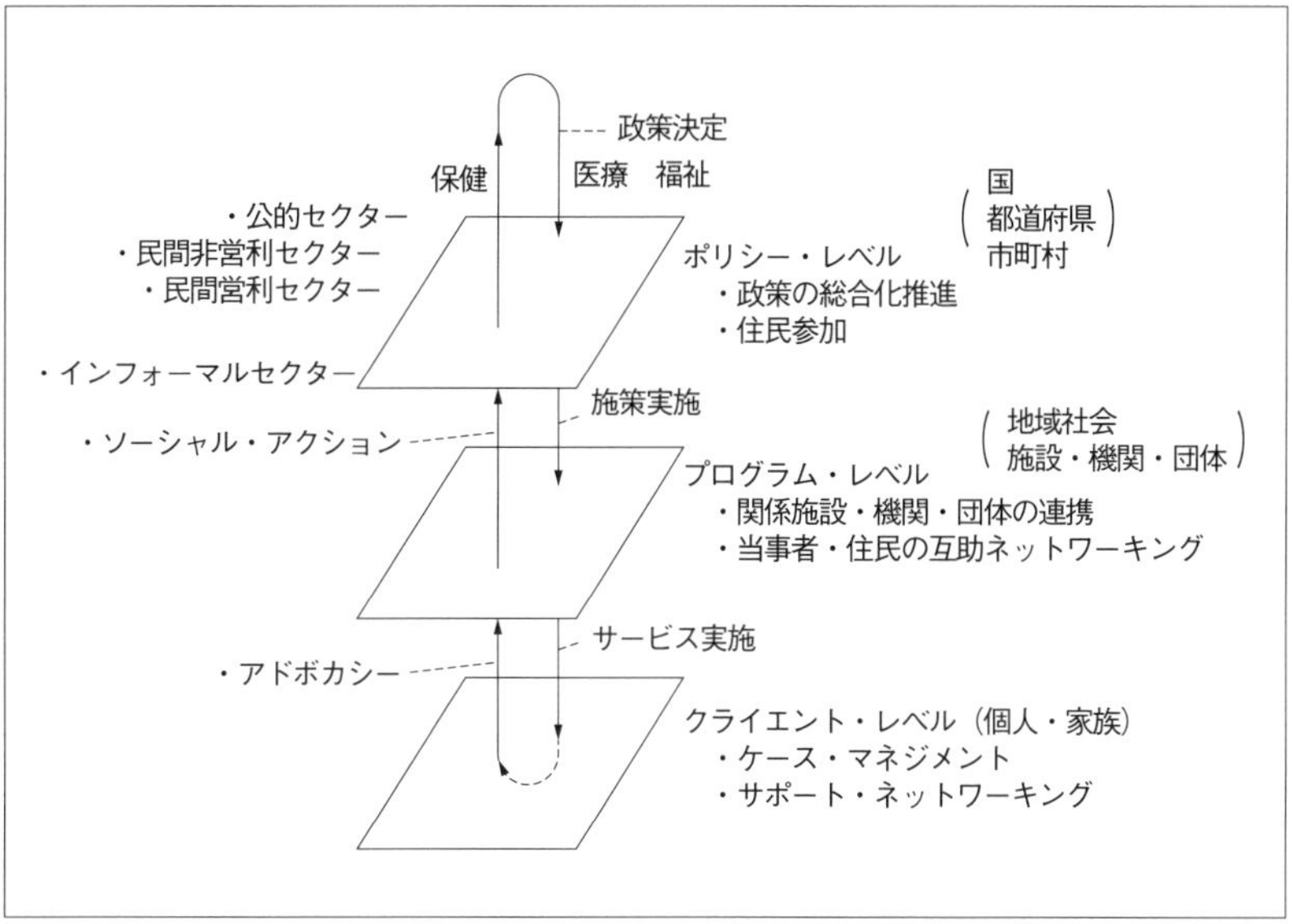

図５　ネットワークの３レベルと目標・活動の関連

出所：松原一郎「連携と分権の位相」（右田紀久恵編『自治型地域福祉の展開』法律文化社、1993 年、p.65）の図を一部修正して作成した

おわりに

いままでの福祉社会の研究は、「福祉国家の再編→福祉社会」というマクロな発想からの研究が多かった。これからの福祉社会の研究は、マクロ・メゾ・ミクロの三レベルを総合することが必要であり、福祉社会学が果たすべき役割が重要である。特に、生活者である国民の日常的な社会関係やネットワークによるソーシャル・サポートの研究は、ミクロ・レベルからメゾ・レベルへ、さらにマクロ・レベルへと「基盤」から出発して福祉社会の現状と課題を明らかにする道を拓くであろう。明日のメイン・シンポジウムに期待したい。


注1　福武直、一九八三、『社会保障論断章』東京大学出版会。

――、一九八六、『福祉社会への道』岩波書店。

なお、社会保障研究所の若手研究員だった武川正吾は、『社会政策の中の現代―福祉国家と福祉社会』（東京大学出版会、一九九九）の「あとがき」の「本書を福武直先生に捧げるにあたって」に、社会保障研究所時代の福武を回想している。

日本学術会議社会福祉・社会保障研究連絡委員会『勧告・対外報告・報告書集』（日本社会福祉学会、二〇〇五）のなかには、日本学術会議における福武直・北川隆吉ら社会学者が社会福祉研究に寄与した記録も含まれている。

第一六期・第一七期福祉研連報告のとりまとめは、大橋謙策と山手が担当した。

注2　山手茂、一九八八、『社会問題と社会福祉―社会学・社会福祉学論集』亜紀書房。

――、一九九六、『福祉社会形成とネットワーキング―社会学・社会福祉学論集二』亜紀書房。

――、二〇〇一、『社会学・社会福祉学五〇年』三冬社。

――、二〇〇三、『社会福祉専門職と社会サービス』相川書房。


注3　原水爆禁止日本協議会専門委員会、一九六一、『原水爆被害白書』日本評論社。

　このうち筆者担当第二章「被爆者の生活」が『日本原爆論体系第二巻・被爆者の戦後史』日本図書センター、一九九九に所収。

山手茂「原爆被災者・二二年後の要求」『世界』一九六七年四月号。前掲山手（二〇〇一）に所収。

――、一九八六、「原爆被害者問題」一番ヶ瀬康子他編『講座　差別と人権・五』雄山閣。

――、二〇〇〇、「被爆者関連対策」仲村優一・一番ケ瀬康子編『世界の福祉・七・日本』旬報社。

注4　『二〇〇三年度全国社会福祉教育セミナー報告要旨・資料集』事務局：新潟医療福祉大学社会福祉学部、二〇〇三。

六　近況報告――東洋大学大学院ＯＢ・ＯＧ自主ゼミ誌『生涯学習の仲間と共に』Ｎｏ・１〜Ｎｏ・３

１　当事者の立場から考えた高齢者福祉の課題

出典『生涯学習の仲間と共に』創刊号　二〇一五年

近況報告

一九三二年三月に生まれた私は、二〇一五年三月に八三歳になった。小学生の時に父が四〇歳で亡くなり、戦争末期の一九四四年に中学生になり、二年生になると軍需工場に動員されていた私は、「日本男子の生命は二〇歳まで」と覚悟していたが、一九四五年八月六日の広島原爆と八月九日の福山空襲で、「いつ死ぬかわからない」と思うようになっており、八月一五日「ポツダム宣言受諾」を知り「まだ生きられる」とホッとした。このような「戦中派」世代が、戦後七〇年間も生き、八三歳になったので、「昭和・平成八〇年間の社会史と自分史」について考えている。

まず、自分史の近況について報告しよう。私は三月生まれなので、小学校の頃はクラスのなかで身長が低かったが、その後は伸びて最高一七六センチになっていた。ところが、今では一六七センチで、いつの間にか一〇センチ近く縮んでいる。おそらく脳細胞もかなり委縮しており、忘れっぽくなっている。そこで「記憶よりも記録」と、カレンダーや手帳に予定を記入し、毎朝点検している。

生活は、二二歳で学部を卒業してすぐ広島県立女子短大に就職して以来、広島女子大、東京女子大、東京都神経研、茨城大学、東洋大学、新潟医療福祉大学と六か所の職場を転々とし、七八歳で退職して年金生活者になっている。五〇歳代の頃から、戦中・戦後に中学校で共に学んだ同級の首都圏居住者が毎年末にクラス会を開いているが、「お前はなぜ後進に途を譲らないのか?」と質問される時期があった。「社会福祉学の研究・教育者が少ないから、学部創設時に教授・学部長として、大学院設置時には論文指導教授として就任を要請されるためだ」と答えたが、もうそれも終わった。

五年前、新潟医療福祉大学大学院博士課程院生の論文審査が終り、同課程が完成して、私の役割が終るので、退職準備とあわせて「終活」に着手した。最初の「終活」は、研究・教育関係の図書・資料の整理である。新潟の研究室に置いていた物は同僚と図書館に寄贈し、自宅が新築マンションに引越す予定であったため、蔵書は特別に愛着がある文献だけを残して、他の専門書は郷里福山市が新設した市立大学と東洋大学院ＯＧが副学長だった田園調布学園大学に寄贈した。

これから先、何年間生きられるかわからないが、生命ある限り「生きがい」が感じられる「何か」をしたいと思っている。その「何か」のひとつが、この小文のテーマである「当事者の立場から考えた高齢者福祉の課題」について検討することである。よい機会を与えられたので、現在の考えをまとめて、皆様からご批判を求めたい。

アベノミクスで年金生活はどう変わるか？

昨年末の総選挙で、安倍首相は「この道しかない」と「アベノミクス」を継続すると主張し、多くの票を集め、与党議員を多数当選させた。その反面、棄権率はかってなく高かった。高齢者＝年金生活者は増加し続けているのに、所得格差を拡大している「アベノミクスを継続する道しかない」という安倍内閣が支持され、野党が敗北したのはなぜだろうか？　低所得層や高齢者の多くは、「自分の一票で政治や政策を変えることはできない」という無力感におちいっているのだろうか？　それとも、「景気が良くなれば、大企業や高所得層からのオコボレを受けられるかもしれない」という幻想にとらわれているのだろうか？

私は、国家公務員共済二七年間、私学共済九年間、厚生年金七年間、合計四三年間保険料を拠出しているから、年金額は比較的高額である。しかし、介護保険料・高齢者医療保険料や税金など天引き額は徐々に増え、手取り額は徐々に減少している。しかも、政府・日銀は二％物価上昇を目標とし、円安で輸入品の価格を上昇させるなど、家計支出を増加させる政策を推進している。このような年金生活者の現状と政策課題は、総選挙の論争点としてとりあげられることはほとんどなかった。マクロ経済との関係も心配だ。

一部の野党や野党候補者が提示した「所得再配分による社会保障・社会福祉の拡充」は、残念ながら総選挙の中心的な論争点とされず、多くの有権者の選択基準にならなかった。少数の候補者や有権者は社会保障・社会福祉や生活権保障について真剣に考えていたが、その考えを有権者に拡げ、世論を盛り上げることができなかった。

現役の教育・研究者だった頃には、仲間の社会保障・社会福祉関係の教育・研究者と同様に、福祉国家や総合福祉政策について講義したり執筆したりしてきたつもりだが、「その効果はどれだけあったのか？」「効果はほとんどないのでは？」と自省する日々が続いている。

ひとりの年金生活者・高齢市民・有権者として、社会保障・社会福祉政策推進活動にどのように参加し、世論や各世代の政治意識をどう変えるか、などの課題について考え続けたい。

自助・共助・公助の関係をどう考えるか？

私は広島県立女子短期大学助教授だった一九六三年度に、広島県地域婦人団体連絡協議会（地婦連）から依頼されて、『生活設計研究大会討議資料・家庭生活の現状と生活設計の課題』と題したB5判三四ページのパンフレットを作成した。当時、所得倍増計画に基づく高度経済成長政策が推進され、工業化・都市化・核家族化・高学歴化などが急激に進展し、「子の教育・マイホーム建設・老後生活費準備」が「生活設計の三大課題」とされ、金融機関はこの三大課題を達成するための貯蓄プランを普及する活動を展開していた。このような状況に対応して、全国各地の婦人会・婦人学級は、「生活設計学習」に着手したが、「生活設計とは何か？」「マネー・プランだけでよいのか？」という基本的な疑問が生じたため、文部省社会教育局婦人教育課に質問が集中した。そのため、婦人教育課は、広島県地婦連に「生活実態調査を実施して生活設計学習資料を作成する」調査研究費補助金を交付した。私が作成したパンフレットは、上記交付金によるもので、完成後直ちに婦人教育課に提出された。

上記の経過を知ったのは、一九六六年に私が東京女子大学に移った直後である。婦人教育課から、「社会学研究者三名、家政学研究者二名に参加を求めて〝家庭の生活設計〟専門研究会を作るので、参加してほしい」と依頼された。社会学の松原治郎委員（東大）は「生活構造論」、奥田道大委員（立教大）は「家庭と地域社会」、私は「社会変化と生活周期変化」と、それぞれの観点から報告した。五名の委員が分担執筆した『家庭の生活設計』は、全国各地の婦人教育リーダーや家政学・家族社会学者に広く読まれた。

しかし、マルクス主義の影響を受けた社会学者や社会福祉学者からは、「生活設計論は自助論だ」と批判された。「社会問題・生活問題は社会的原因によって生じるのだから、困窮している人は公助によって生活権を保障されるべきだ」「自助論は自己責任論だ」というのである。

高度経済成長が進んだ当時、「国民皆保険・皆年金」「福祉三法から福祉六法へ」「福祉元年」など「福祉国家政策」が拡充され、「公助」への期待がふくらんだ。しかし、一九七三年に第一次石油ショックが発生して低成長に転換した後は、ボランティア活動やコミュニティ活動など「共助」活動が進展している。「福祉国家」を支える「福祉社会」の内実を豊かにする課題は、私たちひとりひとりの生活課題にしなければならないだろう。「共助」活動の根底には、「自助」が必要だ。特に日常生活行動の自立にとっては、心と身体のセルフ・ケアの徹底が不可欠だと思われる。

2　高齢期の社会参加と心の交流

出典　『生涯学習の仲間と共に』第2号　二〇一六年

「一億総活躍社会」とは？

本誌が創刊されてから第二号の原稿を書き始めるまで一年間余りの間に、日本の社会にも私の生活にもたくさんの出来事があった。前号には「当事者の立場から考えた高齢者福祉の課題」について書いたが、今号では「高齢者の社会参加活動」について考えてみたい。

私は七八歳で退職して年金生活者になってから後は、社会的役割がほとんどなくなり、自由時間が増加したので、「これから何をしたらよいか？」と考えてきた。特に、安倍首相が、安保法制を成立させた後に、「一億総活躍社会」を提唱し始めて以来、「八四歳になった私に何ができるか？」と考えていると、「一億総動員」から始まり「一億総ザンゲ」で終わった戦前・戦中・戦後の歴史、そのなかの私の家族の歴史や私の生活史、そのなかで私が体験した苦難や見聞した悲劇などの記憶が次々に甦ってくる。

また、東大社会学科のクラス・メートで六三年親しく交際した河村望・東京都立大学名誉教授が昨年四月に逝去され、大学院で指導を受けた方々が追悼文集を刊行されて三月に偲ぶ会を開催された。さらに、東洋大学で学部と大学院の社会福祉学研究・教育組織の拡充に尽力された山下袈裟男・名誉教授が七月に逝去された。その他、先輩・同輩だけでなく後輩の訃報も、次々に伝えられてくる。一九九〇年頃、高齢者のコミュニティ・ケア最先進国と伝えられたデンマークを訪問し、コペンハーゲンの独居老人から「親しかった人たちが次々に逝くので、淋しい」と訴えられたことが、折にふれて思い出される。

このような日々を過ごしているので、私は、「心の交流」を中心とする「社会参加」の体験について報告したい。他者と「心の交流」を中心に「社会参加」することは、老若男女すべての人間が生きている限りとりくみ続けたい課題だと思う。

「一億総活躍社会」は全体主義的な幻想だが、「だれもが社会参加する社会」「差別されたり疎外されたりする人がいない社会」は理想であり、目標とする社会である。「一億総活躍社会」というスローガンの下で、無視され疎外される人が増加しないよう気をつけてほしい。

福山市高齢者の「次世代へのメッセージ」

昨年一二月に刊行された『次世代へのメッセージ—福山空襲、戦中・戦後の記憶から—』（福山市老人クラブ連合会編・福山市市制施行一〇〇周年記念事業）が送られてきた。私の姪・大庭三枝（福山市立大学准教授）が編集に協力し、私が書いた戦中・戦後に関する文章や母（私の妹）の空襲体験、母たちと沖縄戦で戦死した従兄の慰霊に行き「平和の礎」に刻まれた山手昌の名に手をあてていた記憶などを、「私の原体験とヒロシマ」にまとめ、連名で掲載してくれている。

この「私の原体験とヒロシマ」のコピーを福山市で生活している小・中・高校の同窓生で賀状交換を続けている友人たちに送って、『次世代へのメッセージ』を購読するように勧めたところ、その礼状に自分の戦中・戦後体験やそれをどのように次世代へ伝えてきたか詳しく知らせてくれた友人もいた。戦争体験を次世代に伝える活動を通じて、旧友間の親交が蘇った。

『次世代へのメッセージ』は、第一章福山空襲、第二章戦時下の暮らし、第三章戦後の歩み、第四章次世代に伝えたいこと、第五章その他（名誉市民、年表など）と、二〇一五年「市民平和のつどい」の記録、から構成されており、A4判、箱入りの保存版である。

なお、二〇一五年「市民平和のつどい」では、第六一回市民平和会議、第六一回原爆・福山戦災死没者慰霊式が、原水爆禁止運動福山推進連盟（事務局・福山市教育委員会）主催によって開催されている。「黒い雨」を書いた井伏鱒二が市内（当時は深安郡加茂村）に疎開しており、帰郷した被爆者も近くにいたのだ。福山市は広島県東部（備後）の中心都市だが、ヒロシマの被爆死者・被爆生存者は、福山市民のなかにも多数いるのである。

原爆被爆者から学ぶ学習懇談会

今年の一月、浜谷正晴一橋大学名誉教授から、「三月一九日に、第二回被爆者運動から学び合う学習懇談会で話してほしい」という依頼がとどいた。浜谷名誉教授は、一九六五年、厚生省が初めて被爆者調査を実施した際、調査委員の一人だった一橋大学石田忠教授の長崎被爆者調査に参加した学生調査員で、石田教授の後継者として被爆者調査を担当して、半世紀の間、一貫して被爆者調査を続けている。

第一回学習懇談会は、昨年一一月一四日に開催し、「原爆被害の実相を追及する―被爆者・調査・運動―」というテーマで、浜谷名誉教授が報告し、第二回は私に「一九五五年前後から『つるパンフ』頃まで、被爆者問題の調査とその理論化（被害論・援護法論）に当たった経験」を話してほしい、という。この依頼に対して私は、「そんな昔話をしても、役に立たない。〝私が被爆者問題をどう考えてきたか〟というテーマならば、話します」と答えた。

何度か打ち合わせを重ねて、三月一九日に四谷のプラザエフ5F会議室において、「被爆者問題をみつめる」というテーマで、「広島時代に被爆者とどう交際し、どのように被爆者救援運動と被爆者調査に参加したか」、東京に来て「被爆者援護法要求運動にどのように協力したか」、「被爆者問題の現状と課題をどのように考えているか」などについて報告した。短い時間に語り尽くすことはできないので、広島時代に書いた短い文章や、最近の新聞記事などのコピーをたくさん用意して、学習会だけでなく、帰ってからも、じっくり読んで考えてもらった。

この学習会の案内を見て、広島時代の卒業生が参加し、「懐かしい」と挨拶してくれた。私は二二歳で就職し、一八～一九歳の学生を教えるようになったから、卒業生はすでに七〇歳代になっている。挨拶してくれた卒業生は、被爆当時小学生で、杉並区被爆者の会の語り部が高齢化したので、最近になって語り部活動をしている、という。「同窓生仲間に話した結果、七月に集まりたい」ということになり、七名が近況と社会参加活動について話しあい、楽しい時間を過ごした。今後も、文通や同窓生仲間の集まりが続きそうである。

河村望・都立大学名誉教授との別れと新しい研究者仲間

一九五二年に東京大学社会学科に入って以来六三年間、研究でも私生活でも最も親しい友人だった河村望・東京都立大学名誉教授が、昨年四月に逝去され、今年三月に追悼文集刊行を機に「偲ぶ会」が開催された。脳腫瘍で療養生活を始めた時から、時々見舞いに行き、東大の恩師・日高六郎先生がオーストラリアに入国拒否された事件やジャーナリストによる日高先生の回想記録書、東洋大学で助手仲間だった山下袈裟男先生が最後に出版された研究生活回想書などを話題に、懐かしい昔話を話しあった。腫瘍がリンパ節に拡がって逝去され、淋しい思いをしていたが、お通夜と偲ぶ会で、新しい研究者との交流が始まった。

お通夜の席で、立教大学の関礼子教授が挨拶され、私が一九八六年に発表した「原爆被害者問題」（磯村英一・一番ヶ瀬康子・原田伴彦編『講座　差別と人権　第五巻心身障害者』）を引用された「ヒロシマ、あるいはミナマタを語り語られる心と身体」（『感性哲学』六）という興味深い論文を送って下さった。また、同年秋の日本社会学会大会で、「戦争社会学」というテーマのシンポジウムが開催されるという情報を与えて頂いた。

第三回被爆者問題学習懇談会が、四月二三日に立教大学で開かれるという案内が届いたので、関教授に当日お会いできないかとお願いしたところ、「先約あるから」と被爆三世の小倉康嗣准教授を紹介して下さった。小倉准教授は、原爆被爆者問題とともに原発被害者問題を熱心に調査研究され、調査方法としては事例的・質的方法を用いられている。石田・浜谷調査は、仮説検証的統計的方法が中心で、補足的に被爆者の訴えが事例として紹介されているので、調査研究方法論の検討も重要な課題である。

また原爆被爆者問題と原発被害者問題・水俣病患者など公害被害者問題などを比較し、それぞれの特殊性と共通性を明らかにすることも重要な課題であると考えられる。

「戦争社会学」シンポジウムについては、小倉准教授から三名のシンポジストのレジュメのコピーを送って頂いた。そのなかに、早稲田大学名誉教授の正岡寛司さんの報告があった。正岡さんとは、一九六六年、私が東京女子大学に移り、家族社会学研究者と家庭裁判所調査官・調停委員とが参加している「家族問題研究会」に入会した直後から、同じ広島出身者とわかって親しく交際してきた。私が被爆者問題について家族問題研究会で発表しても、正岡さんは被爆者としてカミング・アウトせず、被爆者問題の調査研究は全く行わずに、社会学一般理論研究と家族社会学研究に専念し続けてきていた。

正岡さんは、被爆後七〇年を経て、初めて被爆体験を報告したのは、「語り部」としての使命感による、と説明されている。正岡さんが研究史と生活史のなかで、被爆体験をどのように抱えていらっしゃったか、お聞きする機会を得たい、と思っている。

老いるにつれて失うものが多いが、新しい機会を得て人間関係をひろげ、心の交流を通して社会参加することができる。この一年間余りをふりかえって、このことを実感している。自主ゼミＯＢ・ＯＧの皆様に、今後ともよろしくご交際して頂くようお願いしたい。

個人の自由選択権と社会の多様化

安倍内閣は、「一億総活躍」の重要な分野として「女性活躍」を掲げているが、「女性活躍」の推進に不可欠な「選択的夫婦別姓」の制度化に着手していない。その原因は、「名字制度は日本の伝統」「日本社会の仕組みを根底からくつがえしかねない」などという国会議員の反対意見が有力なことである。自民党は、二〇一二年に発表した憲法改正草案で「家族は、社会の自然かつ基礎的な単位として、尊重される。家族は、互いに助け合わなければならない」とし、この草案による憲法改訂を図っている。

このような政府・与党の家族観は、社会の変化にともなう家族の変化を無視し、明治憲法体制下の家父長制家族を復活させようとする後ろ向きの家族観である。家父長制家族制度が成立したのは、江戸時代の武士家族を基本に、職業軍人や役人、企業管理職など、家父長の収入によって家計・家産の維持が可能な上層・中産階層に属し「夫は外、妻は内」の夫婦役割分担する家族が増加したためである。このような家父長制家族が、国家を構成する基礎単位＝「家」として制度化され、「家族国家観」が国民に教えこまれたのである。

戦後、日本社会の民主化のために、「すべて国民は個人として尊重される」（一三条）、「婚姻は、両性の合意のみに基いて成立し、法律は、個人の尊厳と両性の本質的平等に立脚して、制定されなければならない」（二四条）と規定している現行憲法が施行されたが、農家をはじめ自営業家族が多く、伝統的な生活様式や生活意識を維持する人が多かったため、家族や社会の民主化は急速には進まなかった。

しかし、戦後七〇年を経て、産業化・情報化・高学歴化・都市化・核家族化が進んでいるため、家族もあらゆる面で変化している。

雇用労働者や単身生活者が増加しているため、社会の構成単位が個人であることが、いっそう明らかになった。高学

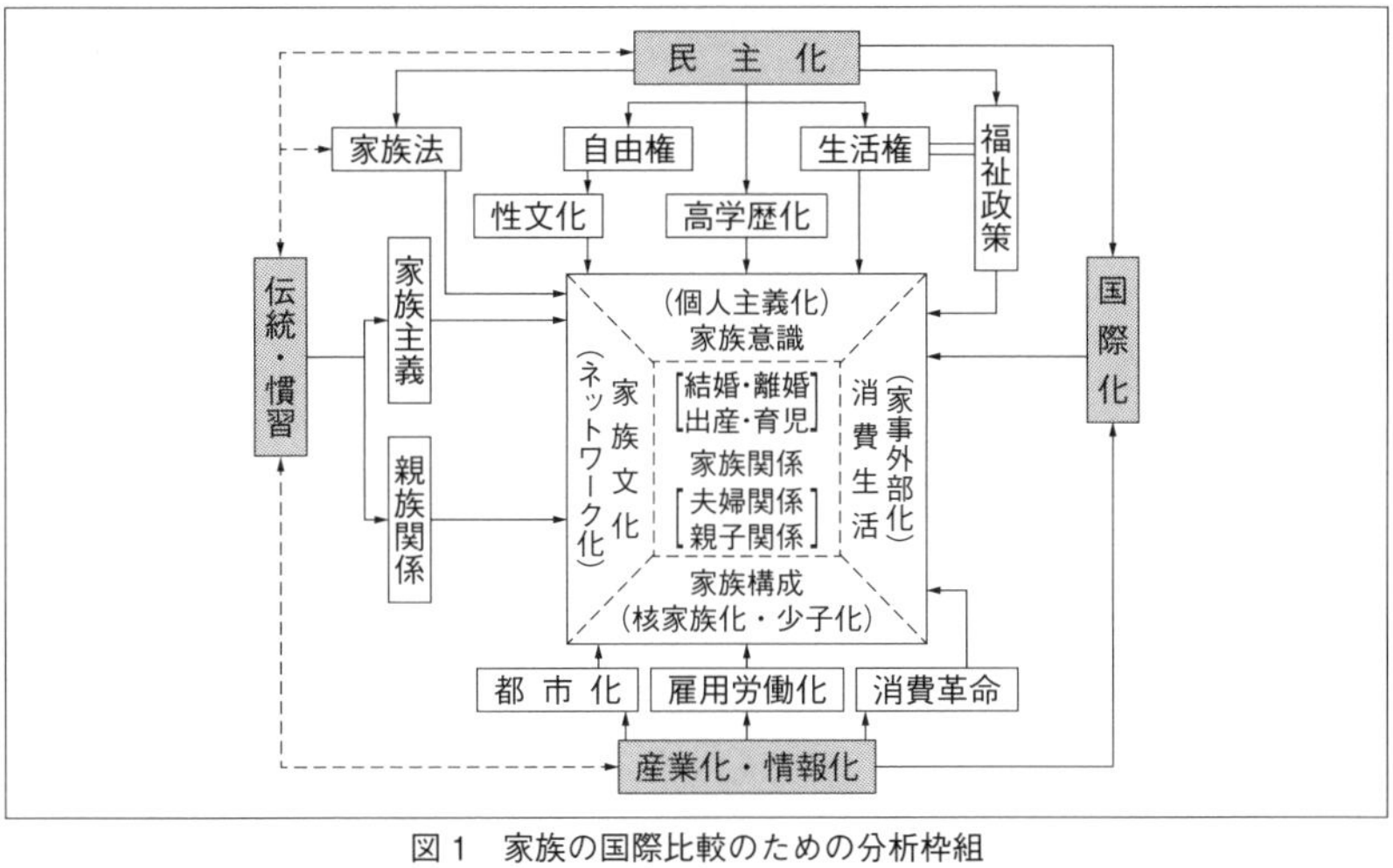

図１　家族の国際比較のための分析枠組
（山手「家族の国際比較研究」古屋野正伍・山手茂編『国際比較社会学』学陽書房、1995 年）

歴化・晩婚化・男女雇用平等化が進んでいるために、男女とも、自分の職業上の地位を確立した後に、結婚するようになり、結婚して姓を改めると困ることが多くなった。また、きょうだいが少なく、「家」を継ぐのが難しくて結婚をためらうケースが多くなった。

選択的夫婦別姓を認めないために、「女性活躍」を妨げ、「少子化」を促進する結果をもたらしている。社会の変化が家族や個人の生活をどう変化させているかきめ細かに分析し、社会・家族・個人生活の変化に的確に対応するきめ細かい政策を推進することが必要である。

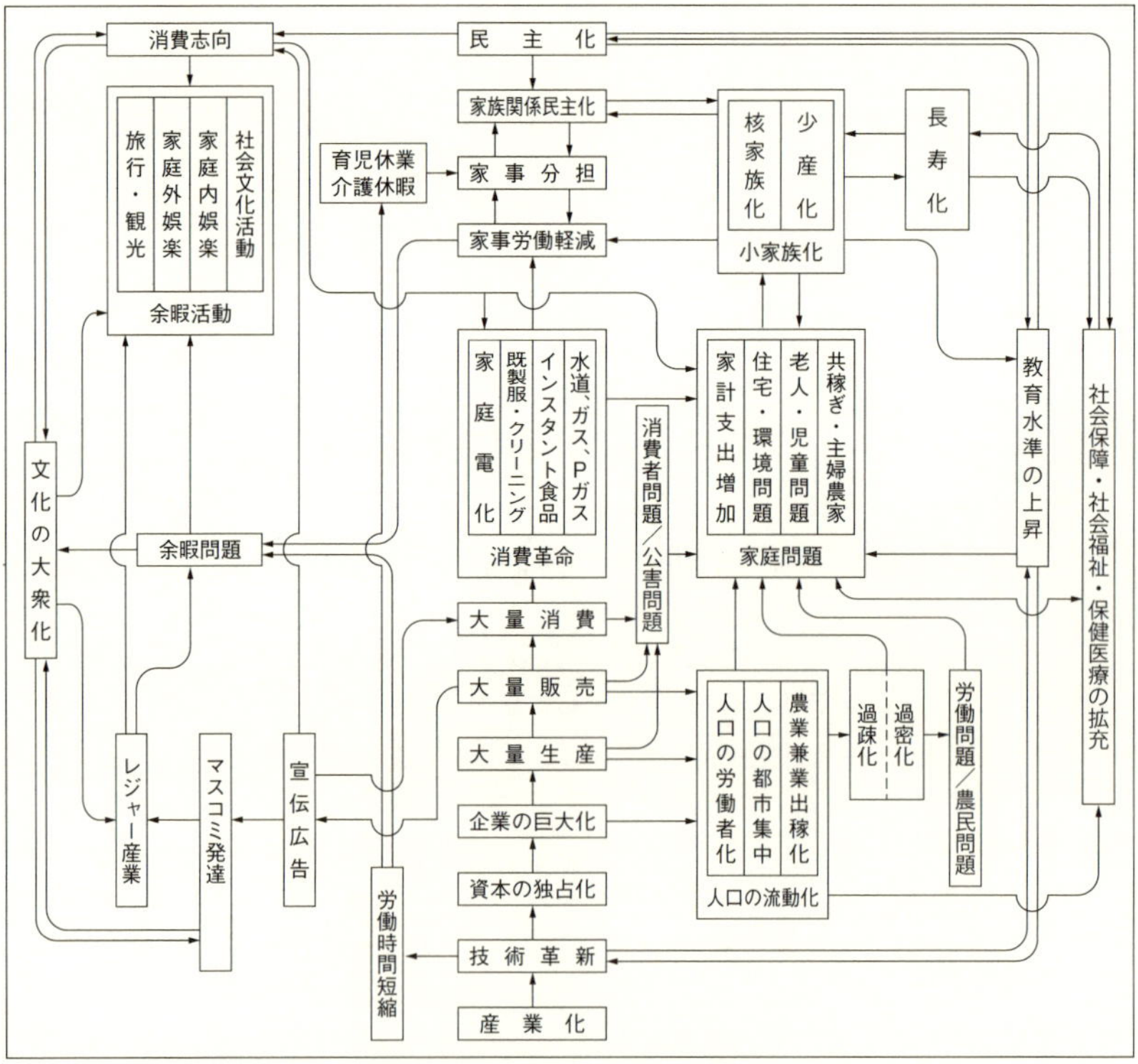

図２　現代社会の変化と家族の変化
（注：山手茂『現代日本の家族問題』（亜紀書房、1972 年）で用いた図を一部分修正した）

3　八〇歳代高齢者の初体験——蘇る記憶と記録

出典『生涯学習の仲間と共に』第3号　二〇一七年

はじめに

一九三二年三月に生まれ八五歳になった私は、二二歳から七八歳まで五六年間教員として各年度スケジュールと時間割に従って働き、退職して数年間はバリアフリーの新築マンションに引越す作業をした。その後は、大学時代のクラス・メートで六三年間親しく交際した東京都立大学名誉教授・河村望さんと東洋大学で社会福祉学科設置と大学院社会福祉学専攻博士課程充実に貢献された山下袈裟男先生の追悼が終わると、無為の日々を送るのではないか、と予想していた。

ところが、この一年間、山下先生の追悼文集を編集し追悼会に参加した他に、予想外のことをたくさん初体験した。

初体験したことのうち、遠い昔の記憶が蘇り、古い記録を検索して確認するなどして回想したことを書いてみたい。認知症予防のための回想法適用例として読んで頂きたい。

奥田稔先生の生前葬

昨年（二〇一六年）一〇月三〇日、奥田先生の生前葬に出席した。招待状には、「卒寿」を迎え、「いままで支えて頂いた方々に感謝の意を表す」ためであり、「死後棺から感謝を述べる術はありません」と生前葬の趣旨が述べられていた。さらに、今後の計画は、「私財を投じ奥田記念学術顕彰財団を設立し、これに余命を捧げる所存です」と説明し、「香典、供花の類は固く辞退します」とつけ加えられていた。

会場が新宿京王プラザホテルなので、相当な費用がかかると推察し、手ぶらで出席することはできないと思い、「財団への寄付」として寸志を用意し受取って頂いた。

会場には、八テーブルに各一〇人、合計八〇人の席が用意されていた。全国各地から、奥田先生が指導され就職などの世話をされた医師の方々が参加されており、東洋大学大学院OB・OG自主ゼミの参加者は沖野さんと私の二人だった。

「故人挨拶」で、「生前葬の意味、余命の生き方」について述べられ、それを受けての「参加者一言発言」が続き、私も発言を求められた。私は、「東洋大学を創設した井上円了が生前葬をしたが、よほど人望があり多くの人に慕われている人だからできるのだと思う」と感想を述べた。奥田先生は、日本医大名誉教授で優れた研究・教育業績によって叙勲されただけでなく、日本アレルギー協会の理事長として活躍され、医師・看護師・栄養士・保育士・教師・親の会役員などの参加を求めてネットワーキング活動をされている。

おみやげに、『卒寿の道程』を頂いた。これは、生いたちから、学生時代の生活や研究、就職や結婚などの記録から始まり、国内外における多面的な研究・教育・学会活動の記録、さらに多数の俳句など、九〇年の人生における重要な経験と成果が網羅されている貴重な著書である。

今年三月に、私が高校三年生になって一年間在学して卒業した広島県立戸手高校の一〇〇周年記念誌に一九五〇年三月卒業生代表として寄稿した「思い出」のコピーをお目にかけたところ、「多感な青春時代の思い出を大切にし、特に戦中戦後を過ごした時代を共有した先生との出会いは、私にとりこの上なく貴重であります」

と丁重なお返事を頂いた。これは、そのまま奥田先生にお返ししたい感想である。日本医科大学を定年退職された後に東洋大学大学院に社会福祉学を研究したいと入学された奥田先生と出会い、共同研究することができ、共感しあうことが多くあったことは、私にとって貴重な経験である。

なお、奥田先生は、「奥田記念花粉症学等学術顕彰財団」を設立され、本部を日本医大病院に置いて活動を開始されている。

『故仲村優一先生偲び草』

退職して後は社会福祉関係情報を知る機会が少なくなったが、風の便りに仲村優一先生が逝去されたことを知り、大橋謙策先生に追悼したいと情報提供をお願いした。

大橋先生から早速お返事とともに、『故仲村優一先生偲び草』（二〇一六年二月一四日）を送って頂き、熟読した。この冊子は、Ａ４判一二六ページの仲村先生関係情報を編集した貴重な文献で、ソーシャルケアサービス従事者研究協議会が「故仲村優一先生を偲び・感謝する集い」のために刊行したそうである。

主な内容は、仲村先生の年譜と研究業績、仲村先生著作集全八巻の目次、『ソーシャルワーク研究』29－3、二〇〇三年の「わが師を語る(1)仲村優一先生とソーシャルワーク」、『社会福祉研究』Ｎｏ・92　二〇〇五年の「随想　私の実践・研究を振り返って（六三）―福祉教育・ソーシャルワークの半世紀を顧みて」、『ソーシャルワーク研究』21－4、一九九六年の「ソーシャルワーク研究～二一世紀への架け橋―仲村優一と語る」および大橋謙策「仲村優一先生とソーシャルワーク」（『ソーシャルワーク研究』29－3、二〇〇三）と岡本民夫・秋元樹・白澤政和・岩崎晋也・古川孝順各氏の追悼文である。

私が仲村先生に初めてお会いしたのは、一九七七年に日本医療社会事業協会の医療ソーシャルワーカー資格制度化請願支持者署名運動にご協力頂きたいと、日本社会事業大学長室に訪問した時である。当時、仲村先生が中心になって提案された「社会福祉士法」が福祉関係労働組合や研究者の反対で実現できなかったので、仲村先生は「ソーシャルワーカー資格制度化の突破口を開いてほしい」と快く協力・激励され、一番ヶ瀬康子・岡本重夫・児島美都子・須川豊先生にも「呼びかけ人」に加わって頂き、多数の支持署名を集め、国会請願が採択された。しかし、厚生省の対応が消極的なので、私は仲村先生が指導されていた日本ソーシャルワーカー協会に参加して、国際的な情報を検討し、社会福祉士制度化ソーシャルアクションに協力した。

一九九四年に仲村先生が日本学術会議会員兼社会福祉・社会保障研究連絡委員長に就任された時には、大橋先生とともに幹事役に選ばれて、第一六期報告『社会福祉に関する研究・教育体制の拡充・強化に向けて―高齢社会に対応する社会サービスの総合化対策の一環として―』の起草を担当した。また、併行して「高齢化社会の多面的検討委員会」（幹事は医学代表と福祉代表仲村先生）による全国各地の調査と検討会をふまえた『医療面、福祉面からみた高齢者のＱＯＬと生きがい』（報告書）にも協力した。第一七期研連報告『社会サービスに関する研究・教育の推進について』の起草も、大橋幹事と私が担当した。第一六期と第一七期とは、一貫した内容の報告をしている。

なお、日本学術会議は、自然科学・社会科学・人文科学の学会のなかで基準を満たした学会の代表が会員に選ばれて構成された「学者の国会」といわれる組織である。社会福祉学は戦後に誕生した新しい学問であり、国立大学には社会福祉学部・学科が一校もなく独自の学問として確立するのが遅れていたため社会福祉学代表の会員はいなかったが、日本社会学会会員の配慮によって一番ヶ瀬康子先生が初めて社会福祉学代表の会員に選ばれ、仲村先生が二代目の社会福祉学会代表の会員に選ばれたのである。

仲村先生は、社会福祉学の研究対象と研究方法を明らかにし、社会福祉専門職の資格制度を確立することを目的に、社会福祉・社会保障研究連絡委員会を指導された。委員会の共同研究の成果をまとめた第一六期・第一七期報告は日本学術会議で承認され、社会福祉学の「市民権」が認められたのであるから、社会福祉学研究・教育者は、この報告を学び活用してほしい。

仲村先生が、なぜ私を日本学術会議福祉研連の幹事のひとりに指名して下さったのか、長い間謎であった。ところが、『社会福祉研究』の「随想　私の実践・研究を振り返って（六二）」を読み、「社会福祉の途を選んだわけ」として「原体験―反戦平和・人権・反核」の説明をされていることで、納得した。私も、同じ「随想　私の実践・研究を振り返って」の第七六回に掲載されているが、同じような「原体験」をして「反戦平和・人権・反核」を志向し、さまざまな活動をしている。

仲村先生は東大経済学部で大河内社会政策理論を学び、学徒出陣されて陸軍経理学校を経て岩国市の部隊に配属され、広島原爆投下一〇日後から数日間市内で残留放射能を浴びて被爆者手帳の受給を検討された。戦没学生の手記『きけわだつみのこえ』の八分の一にあたる五〇ページに友人三人の手記が収められている、と追悼されている。

私は東大社会学科で福武社会学を学び、社会学と社会福祉学の研究・教育を続け、原爆被爆者調査と被爆者援護法要求ソーシャルアクションに協力した。伯父夫妻が早逝したため同居生活をしていた従兄が陸軍士官学校を卒業し、戦車隊長になって沖縄戦で戦死した。その従兄が残した受験参考書を読みながら、「ほんとうはどの学校に進学したかったのか？」「どんな思いで沖縄で戦死したのか？」と思っていた時、書店で『戦没学生の手記・はるかなる山河に』（一九四九年第五版、後に増補・改題して岩波文庫『きけわだつみのこえ』）を見つけて購読した。仲村先生は、私が社会諸科学と人間諸科学を総合して、実践的社会福祉学を構築しようとしていたことを評価し、一番ヶ瀬先生と共編の『世界の社会福祉七・日本』（旬報社、二〇〇〇年）に「被爆者関連政策」を担当させて下さったのであろう。

山下袈裟男先生の追悼文集と追悼会

昨年（二〇一六年）七月一九日、九二歳で逝去された山下袈裟男先生が、天野マキ先生と私の二人だけに知らせ、香典は固辞して、家族葬をするよう遺言された。このことを天野先生から知らされたが、戦後東洋大学とともに生き、社会学部に社会福祉学科を設け大学院に社会福祉学専攻博士課程を確立することをライフ・ワークとされた先生を、私たち二人だけで送るわけにはいかないと、東京都内外に居住されている親しい方々に連絡した。お通夜に参加された方々の香典を固辞するのは難しいので、ご子息に「追悼文集を作る費用にするから」と受け取って頂いた。それ以来、一周忌に追悼文集を刊行し、追悼会を開催する計画をたて、準備活動を続けた。幸い多くの卒業生や後輩教員の協力を得て、去る八月一日に追悼文集を刊行し、八月五日に東洋大学の八号館で「山下先生を偲ぶ会」を開催した。

山下先生が天野先生と私の二人だけに知らせてほしいと遺言されたのは、山下先生が長年にわたって努力された東洋大学の学部・大学院における社会福祉学研究教育体制を確立する最後の段階で協力したためであった。私は、一九八八年、五六歳で東洋大学社会学部応用社会学科社会福祉学専攻に就職したが、七人の専任教員のうち天野先生が最も若く、それに次いで若いのが私だと知って驚いた。高齢の教員が多いのは、大学院社会福祉学専攻博士前期・後期課程を兼担しているために研究業績が多い高齢の教員が必要で、他の学科・専攻よりも若い教員が少なくならざるを得なかったのである。しかも、博士資格所持教員は文系では得にくいので、医学博士が一人は必要だった。

このような状況で、大学院担当教員からは「なるべく早く博士論文を書いてほしい」と要求されたが、私は社会福祉士養成のためには社会福祉学専攻を社会福祉学科に拡充することが急務であると考え、山下先生が進められている社会福祉学科設立計画の策定に協力した。特に、東洋大学社会学部の一学科である社会福祉学科の特色をわかりやすく示すために、社会学と社会福祉学の基本的科目を履修した後に、豊富な選択科目を履修し、社会福祉士か社会福祉系公務員・福祉関係企業専門職員かのいずれかをめざすコース別カリキュラムを図示し、好評を受けた。天野先生は専門書リスト作成などを担当された。設立が認可されて、社会福祉学担当教員は二名増員されて九名になり、定年退職者の後任者が続いて、山下先生が退職された時には、一番ヶ瀬康子・園田恭一・古川孝順の三博士、窪田暁子・山手茂・天野マキ・大友信勝の四教授、佐藤豊道・森田明美の二助教授という教員構成になり、私は三番目の年長者になった。山下先生は、「これで心おきなく退職できる」と何度も謝意を表して下さった。

天野先生は、日赤看護短大を卒業後助産婦として働きながら一九六二年に東洋大学に編入学して以来、山下先生の指導を受け、大学院博士課程を終了して後に他校に就職し、東洋大学に帰って最も若い教員として山下先生を補佐し、奥様の膠原病発病以来長く山下先生の相談相手になり、山下先生ご自身が単身生活を続けながら高血圧症・脳梗塞などを発病され病院・老人保健施設・老人ホームなどを利用された時期に相談を受け支援を続けられた。その間に、京都にお住みになっているご子息夫妻と連携し、葬儀や追悼にも連絡を続けられた。

山下先生追悼文集は、Ａ５判一八一ページ、ハードカバーで、山下先生の「東洋大学社会福祉学科の成立とその背景」を巻頭論文とさせて頂き、続いて同僚教員と白山社会学会役員の一一名、山下先生に学んだ学生・院生二三名、故郷の南佐久農蚕学校同級生二名の追悼文に加えて、蔵書を寄贈された皇学館大学教員の報告、および山下先生の『生活雑記』と奥様の遺稿集『狭山雑記』の抜粋とご子息・立様の「追憶の中の父・山下袈裟男」、山下先生の略歴と主要著書・編著を掲載しており、研究教育者・家庭生活者としての山下先生の全体像を明らかにしている。

「山下先生を偲ぶ会」は、白山社会学会の事務局を長年担当された松本誠一先生が幹事役として準備され、追悼の会と偲ぶ懇親会の二部に分けて開催された。参加者は、韓国の東国大学幹部を勤められた金龍澤さんをはじめ、全国各地から約三〇名が参加され、山下先生から学んだことや世話して頂いたことなどを語られた。立様からも、父子間の忘れられない思い出を話して頂いた。

追悼文集と偲ぶ会によって、東洋大学の社会福祉学研究・教育条件整備を推進した学生思いの教育者としての山下先生の人間像が明らかになり、山下先生への感謝の思いを深めることができたと思う。

ヒバクシャと核兵器禁止条約

今年（二〇一七年）七月七日、ニューヨークの国連本部で核兵器禁止条約が一二二ヵ国の賛成で採択された。

その前文に「ヒバクシャ」という文言が盛り込まれており、多くの被爆者が各国で採択するよう訴えた成果であることを明らかにしている。そのうちの一人、カナダのトロント市でスクール・ソーシャルワーカーをしていたサーロー節子さんが、議場で「この日を待ち続けた」と、「あふれる喜び、そして被爆者の苦しみ」を語り、「議長や各国大使、NGO関係者ら全員が総立ちで一分間、拍手を送った」と伝えられている（『毎日新聞』二〇一七年七月八日）。

私は、このニュースを読んで、一九七七年七月二一日から八月九日までの期間、東京・広島・長崎で開催された「広島・長崎の原爆投下による被害と後遺障害に関するNGO国際シンポジウム」で会ったサーロー節子さんのことを思い出した。

シンポジウムは、一　医学的・遺伝的後遺障害、二　社会的原爆被害、特に被爆者問題、三　情報普及・広報・平和教育、四　核兵器廃絶と放射線からの人類保護の四分科会に分かれて討論してその結果をまとめる計画をたて、それぞれの分科会の討論資料を用意した。私は一九五〇年代後半から広島市と東京都で被爆者調査を実施し多数の調査報告や論文を発表していたので準備段階から参加したが、厚生省一九六五年調査に協力した一橋大学石田忠教授と慶応大学中鉢正美教授なども参加した。準備作業の過程で、石田教授は『われなお生きてあり』などを書いた福田須磨子さんの「救いを求めた被爆者を見捨てて生きのびた罪意識」に共感され、「その罪意識を克服する反核運動参加」を強調されたが、中学二年生で敗戦を経験した私はその意見には賛成できなかった。

第二分科会の討論では、石田教授の「罪意識」を強調する意見に対して、中年の日本人女性が英語で強く反論した。国際シンポジウムで外国人も多数参加していたから、彼女は英語で反論したのだろうが、石田教授の意見に賛同している日本人女性たちは「日本語で話せ」とざわめいた。私は、英語ヒアリング能力は乏しいが、それでも彼女が学徒勤労動員で爆心地近くの家屋を倒す作業中に被爆し、重傷を負って安全な場所を求めて逃げるのが精一杯で、「助けを求める人を助けてあげられなかった」と「罪意識」を感じたためではなく、原爆被害に対する怒りから反核運動をしている、と説明していることがわかった。

この分科会で、私はイギリスの女医G・ナイトさんと二人、Rapporteurという「分科会討論を日・英両文で要約して、翌日の全体会議で配布して報告する」という役を与えられていた。そこで、分科会討論の休憩時間に英語で反論したサーロー節子さんに挨拶し、私と同年令で、アメリカでソーシャルワークを学び、カナダのトロントでスクール・ソーシャルワーカーの仕事をしていることを知り、Rapporteurの作業を手伝ってもらい、三人で日・英両文でまとめることができた。

この国際シンポジウムは、国連に働きかけるために開催されたので、日・英両文の詳しい報告書が出版されている。英文版は〝A CALL FROM HIBAKUSHA OF HIROSHIMA AND NAGASAKI〟という題で出版され、「ヒバクシャ」を国際語にしている。

サーロー節子さんには、一九八四年一二月、私が北米のヘルス・ネットワーキングの調査のためにトロントを訪ねて再会し、トロント市教育委員会のスクール・ソーシャルワークについて説明してもらった。

その後も、彼女は、北米各地でヒバクシャとして反核運動を続け、高く評価されるようになり、その結果、国連の核兵器禁止条約採択に際しても大きな役割を果したのであろう。日本政府はこの条約制定会議に参加していないので、われわれの課題は残されている。

A CALL FROM HIBAKUSHA OF HIROSHIMA AND NAGASAKI

PROCEEDINGS

INTERNATIONAL SYMPOSIUM ON
THE DAMAGE AND AFTER-EFFECTS OF
THE ATOMIC BOMBING OF
HIROSHIMA AND NAGASAKI

July 21—August 9, 1977
Tokyo, Hiroshima and Nagasaki

SUMMARY REPORT OF COMMISSION II

Social Effects of Atomic Bombing, Especially Problems of A-Bomb Sufferers

Rapporteurs: *G. Knight and S. Yamate*

Rapporteur Dr. S. Yamate.

International expert Dr. E. Masini.

おわりに

上記の他にも、昔の記憶を蘇らせ、古い記録を検索したことは、たくさんある。特に出身高校の百周年記念誌に「高校三年生の思い出」を寄稿したこと、日本医療社会福祉協会誌『医療と福祉』一〇〇号記念論文を寄稿したこと、新潟地域福祉協会の『介護過程・山手ゼミ報告』をまとめたこと、などについて書くと長すぎるので、省略する。関心がある方には申込んで頂ければコピーをお送りする。

本稿が、生涯学習のために参考になれば幸いである。

追記　東洋大学大学院ＯＢ・ＯＧ自主ゼミは、二〇〇一年、私が定年一年前に退職したために始まった。年々参加者が少なくなったので、沖野光威さんのご尽力によって二〇一五年に「ゼミ誌」が創刊されたが、その後、編集・印刷・製本の担当者・長竹教夫さんの負担が過重になったので、残念だったが3号を終刊号にした。創刊号を担当した仲野さん、2号と3号を担当した長竹さんをはじめ、ゼミ参加者の皆さんに心から謝意を表する。

なお、「高校三年生の思い出」と『医療と福祉』一〇〇号記念論文は本書に収めている。

主著

『現代日本の婦人問題』　亜紀書房　一九七〇年
『現代日本の家族問題』　同右　一九七二年
『社会問題と社会福祉』　同右　一九八八年
『福祉社会形成とネットワーキング』　同右　一九九六年（九七年東洋大学博士、乙第一号）
『社会学・社会福祉学五〇年』　三冬社　二〇〇一年
『社会福祉専門職と社会サービス』　相川書房　二〇〇三年

日本図書センターから刊行された著作

『日本原爆論大系』第2巻『被爆者の戦後史』「被爆者の生活」
（日本原水協専門委員会編『原水爆被害白書』日本評論社、一九六六年、第2章）一九九九年
『戦後家族社会学文献選集』第Ⅱ期第一四巻
（『現代日本の家族問題』亜紀書房、一九七二年）二〇〇九年
同右　第二〇巻『論文選集』
（「家族問題と家族社会学」北川隆吉監修『社会・生活構造と地域社会』時潮社、一九七五年）二〇〇九年

略歴

一九三二年　広島県福山市駅家町　生まれ
一九五四年　東京大学文学部社会学科卒業
　　　　　　広島県立女子短期大学助手に就職
一九六五年　広島県立女子大学助教授に就任
一九六六年　東京女子大学助教授に就職
一九七二年　同　右　　教授に昇任
一九七三年　東京都神経科学総合研究所研究員に就職
一九七八年　茨城大学教授に就職
一九八八年　東洋大学教授に就職
二〇〇一年　新潟医療福祉大学教授・社会福祉学部長に就職
二〇〇五年　同　右　　大学院特任教授に就任
二〇一〇年　同　右　　　　　　　　を退職

この間、日本原水爆被害者団体協議会専門委員・日本医療社会事業協会理事・茨城県医療社会事業協会副会長・日本ソーシャルワーカー協会幹事、および日本保健医療社会学会長・日本医療社会福祉学会長・日本介護福祉学会総務担当理事などを歴任。

現在、
茨城大学名誉教授、新潟医療福祉大学名誉教授、
日本保健医療社会学会名誉会員、日本医療社会福祉学会名誉会員。

あとがき

私は、昭和三〇年代の終りに生活設計研究を始め、当時、銀行や生命保険会社が始めていた年功序列・終身雇用を前提にしたモデル世帯の生活設計の普及を批判して、夫婦共稼ぎを前提条件にし仕事と生活の両面で協力しあう生活設計を検討してきた。それは、戦中・戦後に母子家庭の五人きょうだいの次男として小学生から中学・高校生に成長し、父親から家業の農業と和菓子製造・販売業を継いだ母親を助けた後、大学を卒業して教職に就き、教育学部を卒業した妻と結婚し、二人の娘を育てながら仕事と生活の両面で協力し続けるために悩んでいたからである。

私が広島女子大から東京女子大に転職してからは、妻は広島の女子大非常勤講師を続けるために半月間別居し、その間は父子家庭の父親になって働いていたが、離婚宣言されて困惑し、親しい先輩・同輩の厚意によって東京都神経科学総合研究所に転職し、その後も親しい先輩・同輩のネットワークによって茨城大学・東洋大学・新潟医療福祉大学と次々に転職し、研究・教育活動を拡充する機会を与えて頂いた。

転職するたびに生活条件が変わるので、生活設計をたて直した。つまり、中期生活設計を転職のたびにたててきた。しかし、基本的には、夫と妻が協力してそれぞれの仕事と生活の両面について総合的計画をたて、実行してきた。

昭和四〇年代、福祉国家の建設が目標になり、総合的社会経済計画が策定され、社会的諸条件の変化に対応して、再計画が重ねられてきた。最近、政府・与党は、「一億総活躍」「女性総活躍」などのスローガンを掲げ、「働き方改革」と称して「裁量労働制」を中心とする「働き方改革関連法案」の一括成立を図り、成立すれば「長時間労働による過労死などを増加させる恐れがある」と批判されている。

「一億総活躍」を実現するには人口の半数を占める女性の「総活躍」が不可欠であり、「女性総活躍」を実現するには、「選択的夫婦別姓」制、男女とも出産・育児・介護など家庭責任を果たす同様な権利と平等な条件で働く権利などを保障する制度と施策を計画すべきであろう。

さらに、「人生百年時代」といわれるように長寿化が進んでいる現状に対応して、夫も妻も長期間就労して社会保険料や税金を払い、充実した社会保障・福祉サービスを受けて安定した老後生活を送ることができるよう「人生百年社会計画」と「人生百年生活設計」をたてることが課題になっている。この課題を子の世代・孫の世代に検討してほしい。

第二部

青山三千子の生活史

―振り返る私の人生―

I　回顧と近況

一　幼児期はフィリピン

ランチの音がしてきます
『きれいに描けた』ヴァイオリン

生まれて初めて書いた詩のような一文である。四歳の頃と思われる。台所の黒板一杯にカタカナで四行書いてある。その前に真面目な顔をした幼女がこちらを見て写真に納まっている。

ランチは〝ぽんぽん蒸気船〟のことである。フィリピン群島の最南端、ミンダナオ島の南東部ダバオ湾を巡る蒸気船の音を聴きながら、ヴァイオリンを描いた絵本を見たのであろうか。自分で描いたのであろうか。窓を抜ける風、カメラを構える父親の姿まで感じられそうだ。湾の奥、川の河口にあるダバオは、行政、経済、教育の中心地。スペイン・アメリカ・イスラムの雰囲気を持つ美しい街であり、郊外にはマニラ麻やココヤシの畑が広がっている。当時、ダバオには約一万三〇〇〇人の日本人が住んでいたという。

生まれた一九三〇年と言えば、前年にニューヨーク・ウォール街の株式大暴落で始まった世界恐慌の真只中、日本の市場も大暴落し農産物も凶作、飢餓状態で農業恐慌も起き、人身売買まで盛んに行われた時代である。しかし、フィリピン・ダバオにおける幼児期の暮らしは、極めてのどかな牧歌的な思い出に包まれている。

自宅の前には、登って遊んだカカオの大木がある広場があり、カンナやおしろい花が咲いていた。その原の向こうに父の通う会社があり、背の高い平野さん、ハンサムな樋口さんという二人のお兄さんに可愛がられた記憶がある。家は一部高床式で、その下にブランコや子供用の自動車が置いてあった。上はポーチと書斎と寝室で、その他の部屋は段々下に降りていた。庭にはパパイヤが実り、垣根にはアテスという実が生る木があった。隣家は華僑で、時々、美味しい焼肉が届けられた。家の奥はマニラ麻の畑、というより、子供心には深い森で、その奥に集落があり、時々、母と川の橋を渡って知人達の家を訪ねた。ロネッシャと呼ぶお手伝いさんもその集落の人であったと思う。川にはいつも水牛が二、三頭水浴びしていて、川岸には、カンコンという、現在東京市場で

買える空芯菜に似た食菜が生えていた。ワニも居たらしく、母が、鶏肉であると騙されてワニの肉を食べさせられたと怒っていた思い出がある。森にドリアンが実る頃には、集落の人達が集まって木の下で輪になって食べるのよ、という話も聞いた。果物は極めて豊富で輸出され、今ではどこでも南国の果物が買えるのに、それでもまだ出会わないランショネスが一番好きであった。アテスの味は、三〇歳頃まで口に残っていた。しかし、ある時、バッタの大群が海を渡って来て道を埋めつくし、父の車の助手席で、タイヤに潰される音を聴いた想い出もあり、両親にはいろいろ大変なこともあったに違いない。父は銃も使い

乗馬も得意と聞いたことがあるが、その必要性もあったに違いない。後に、父の会社は拓殖株式会社であることを知った。

父と母が、何時、何故、どうしてフィリピンに渡ったのかは分からない。産後すぐ亡くなった一つ違いの兄が同じ病院で生まれた話からすると、父二七、八歳、母一七、八歳の時にはダバオに住んでいたことになる。二人は、岐阜県、美濃の奥深い山村の、二里程離れた集落に生まれ、岐阜市の中学、女学校をそれぞれ卒業して、代用教員と、乙女会のリーダーをしていたという。第一次世界大戦（一九一四〜一八年）中に育ち、大正時代に青春期を過ごした二人は、大正デモクラシーやモガ・モボの洗礼を受け、米騒動や労働運動などの社会の動き、又、関東大震災など、慌ただしい状況の中で、やむにやまれぬ雄飛の心を持っていたのではないだろうか。一九二〇年には、第一次世界大戦後の「戦後恐慌」が起き、日本最初のメーデーで〝聞け万国の労働者〟が歌われている。海外に労働の場を求める移民は、明治初めから行われているが、第一次大戦後、フィリピンなどへの移民が増加して、一八年には渡航運賃を半額にする政策が実施されている。二二年南洋庁官制公布、旧ドイツ領の南洋諸島は日本の委託統治領になるなど、南洋は身近な島々であったと思われる。

両親の結婚写真は見たことが無いから、もしや駆落ち婚かと勘ぐらないでもないが、それにしてはフィリピンは遠すぎる。両親の実家の暮らしからは移民は考えられない。何が動機であったかは分からないし、これまで興味がなかったから聞いたこともなかった。今も、何故この世に生まれたのか知りたいと思ったから考えただけである。分かっていることは、素敵な父と優しい母のお蔭で、かけがえのない生命を得た事である。人生のあらゆる過程に両親の存在が大きい。又、とりわけ幼児期のフィリピン時代は、その後の人生に大きな影響を与えた。山あり谷あり、風雪の時期にも楽観的に生き伸びた。明日を思い煩らうことは少なかった。〝野の花、空の鳥を見よ。

撒かず、苅らず、紡がざるなり〟である。バリアを越えれば道は開ける。幼児期に培われた心と思われる。

一歳半の時、一度日本へ帰った。母が日本で出産しようと思った弟が、船上で生まれた。二度目は五歳の時の帰国である。一七日間も船上であった。二回とも幼児にもかなりの負担があったであろうが、楽しい思い出ばかりが残っている。立ち寄った香港の夜景の美しさに驚いたこと、乗っていた「北の丸」という船の中が、弟の誕生を祝って真昼のように明るかったこと、日本へ帰る途中、車で走ったルソン島マニラ市の舗道がピカピカに輝いていたことなど次々思い出す。動けば何か新しい、珍しいことが起きた。ダバオ湾を渉る蒸気船に乗る桟橋がお粗末で怖かったこと、海面で海亀が悠々と泳いでいたこと、ダバオの市街は賑やかで、両親は知り合いと一緒に買物などをしていたこと、住宅街に名付け親の瀟洒な住宅があり、尋ねると広縁の藤椅子に背の高い名付け親が掛けていたこと、庭には大きなザクロの木があり、時には果実が真赤に実っていたことなど昨日のことのように思い出す。名付け親の住宅はカタルナンという地域であった。後に、スペインへ旅行した時、窓外に〝カタルーニア〟と標示があり、瞬時にフィリピンのカタルナンは、スペインの植民地であったと悟った。

高齢になると、人は昔のことほどはっきり思い出すといわれるが、自分史を振り返ると一～五歳のフィリピン時代の記憶が最も鮮明であることに驚く。弟の誕生を祝って「北の丸」の船上がイルミネーションで輝いた記憶は、年齢差から考えると一歳半の記憶である。甲板を這い這いして母に抱き止められた記憶もあるから、人は一歳にもなると珍しい事や経験はかなり記憶しているということであろう。しかし、後に三人の子を育てた時にはそのことを考えもせず、生まれた子らに大切な記憶を残すような考慮をしなかったことが残念であり、逆に、親の離婚という母親ロスの残酷な経験で傷つけたことは、何という罪深いことであろうか。思い切って書き始めた自分史が、この世に生を受けた喜びの日々と、生涯の無念を思い合わせたことは何と象徴的なことであろうか。

二　戦争に明け暮れた成長期

小学校に入学するため帰国した。岐阜の街は、フィリピンと比べ、何とも騒がしく、狭く、歩くと人にぶつかりそうに思った。実際、自転車に衝突した。額の傷は老後になるまで消えなかった。付き添って帰国した父は、又、すぐフィリピンに帰ったが、母子は、母の兄一家に迎えられて困ることはなかった。しかし、時代は一九三一年の柳条湖事件から始まる一五年戦争下である。小学校入学直後に日中戦争が始まる。一五年戦争の第二段階である。世話になっていた伯父が出征した。病身の伯母や小さい姉妹を残した後姿が、子供心にも淋しそうに映った。父は、時々、フィリピンから帰って来たが、ある時、〝何か、警察に尾行された〟と言った。父は、植民地の平服というべき白い麻の上下にパナマ帽で目立った。

四年生からは東京で、父も一緒にずっと暮らすことになった。五年生の時、四一年には太平洋戦争に突入、一五年戦争第三期、敗戦までの四年間は、日ごとに戦争の影響が暮らしに及び、空襲や食糧難など、生命の危険が迫るようになった。小学生は、教育期間として大事にされるどころか、銃後を守る小国民であり、軍国主義教育で、竹槍の訓練があり、効率的な殺し方まで教えられた。嫌だった。女学校は、せっかく入った府立第一高女であったのに、勉強らしい勉強は無く、〝勤労挺身隊〟として軍需工場で働いた。女学校一年の時は〝アッツ島玉砕〟、二年生の時は〝神風特攻隊〟、三年生の時は〝東京大空襲〟と、日ごとに状況が悪化した。三月一〇日の夜、燃え盛る下町の業火と、空を埋め尽くしたB29の真黒な巨大な機体を交互に見つつ、逃げ惑う人々、特に、その下町の真ん中にあった第一高女の友人を思って泣いた。翌日からは何日も、被災者の群が街道に続き、近くの人びとからは、焼野原の惨状が伝えられた。三月一〇日の大空襲は、戦後、何年経っても忘れられず、戦争の悲惨が語り続けられているが、八〇年代のある時、ある有名な女流作家が〝あの日、上野の山から見ていたが、焼夷弾はまるで花火のようで綺麗だった〟とTVで語るのを聞いて、心が燃えるように熱くなり、その作家を心から軽蔑した。今でも花火の度に思い出す。残念ながら、焼夷弾はこんな風に降ったのか、などと状況を重ねたりして悔しい。

三月一〇日を過ぎても空襲は止まず、ある日、勤労動員先の工場から、空襲警報で帰宅すると、街は緊張感が一杯で、家に近づくにつれて、硝煙の匂いがするようであった。家に辿り着いてみると、隣の原っぱに一トン爆弾が落ちて、その破片で、廊下の屋根に三〇センチ程の穴が開いていた。一人で家を守っていた母のたっての願いで、岐阜に疎開することになった。三月一〇日の空襲を生き伸びた友人たちは長野県に集団疎開した。合流したかったが、すぐに、友人から「食べものに藁がはいっていた。虱を取るのが大変、来てはダメ」と何通もの手紙が届いて諦めた。しかし、縁故疎開も大変であった。両親の実家、伯父の家など、母は子供を連れて転々とした。最後に岐阜の金華山近くの一軒家に落ち着いたが、ある日、出張のついでに寄った父が〝広島は大変だった〟と、汽車から見た状況を語った。原爆のすぐ後だった。その時は原爆であることや原爆そのものの威力など知らなかったが、何か言いようのない恐ろしさに震えた。敗戦の日は、大人たちが集まり、詔勅を聞いて皆、泣いていたが、解放されたような自由を感じた。女学校三年生、一五歳の夏であった。

焼野原の東京に帰って、友人達と再会し、互いに生き延びた喜びを交わし合ったが、敗戦の大打撃を受けた東京の暮らしは、戦争中よりも貧しく大変であった。深刻な食料危機で、四六年五月、皇居前広場で〝飯米獲得人民大会〟、食糧メーデーに二五万人が参加した。母は、戦争中防空壕であった庭にいろいろ野菜を作り、近くの空き地でジャガイモを作り、垣根には、六〇個もかぼちゃを実らせた。しかし、売り食いも底をつき、女学校五年生の時には、家も売った。

女学校最後の二年間は、教科書はくず紙を利用した粗末な仙花紙であったが、明るく学んだ。新憲法も英文と併せて購読した。卒業の年に教育制度が変わり、六三制で新制の高校に残るか、旧制で卒業して進学するかを選ぶことになり、進学して東京女子大学に入学する。大学も、旧制の専門学校の教科を履修するか、新制大学の教科を履修するか分かれ、新制大学に進学するための予科に入った。学業は人生の選択である。他にも合格したお茶の水女子大に進んでいたら、幼児期の父の予言のように恐らく先生の道を歩んだであろう。東女の予科を選ばなかったら国文学の道に進んだと思われる。大学を卒業する年には、父からイギリス留学の提案もあったが、意中に無く、又、生活の状況から、信じられない話であったが、もし留学していたらどんな人生であったのか興味深い。父も母も子供の進路について何も言わなかったが、時々、思いがけない言葉を伝えた。その一つが英国留学であったが受け入れなかった。受け入れた言葉は、小学一年生の時に母から言われた「天知る　地知る　我身知る」と、疎開中に父からの手紙にあった「独立自尊の精神で歩め」である。

大学の専攻科目は、旧制で入学してそのまま新制に移ったために自由であり、父から珍しく英文科を奨められたが、社会科学科にした。独立自尊である。

社会科学科は、新制になって初めて設けられた学科なので、教授陣は、各分野の最高峰とも言える東大や一橋大学の先生の兼任が多かったが、専任で就任された新進気鋭の金子栄一先生のゼミに入った。ドイツの社会学・経済学者マックス・ウェーバーの研究者であった。授業以外に唯物論研究会にも加わったが、マルクス主義と対峙したマックス・ウェーバーの『プロティスタンティズムの倫理と資本主義の精神』から、一人ひとりの市民が社会を変える力と自由を持つことを学び、卒業論文に「マルチン・ルターの社会観に関する一考察」を書いた。ルターは、それまで共同体の中に埋没し、司祭など霊的修業者より低い者と見なされ、封建社会の下層階級であった農民や労働者を、信仰によって自由・平等になるとした。封建社会を支配した聖職者も、農民や労働者と同じ職業に従事している者であり、職業は神の召命で、人による差別は無いとした。職業は召命であり、人は自由・平等であるという論理は、封建社会を打破する市民革命を準備し、まさに、革命的であった。職業という言葉も、ルターの新約聖書ドイツ語訳のBerufが一般化した。英語ではCalling（召命）、Vocation（天職）である。宗教観の異なる日本では、職業は神からのお召しであり、役割であるという考えはほとんど無く、天職という言葉も〝天性に合った職〟などの他、遊女階級の一つを示すことさえあるが、プロティスタンティズムの倫理となった召命観は、課外研究で学んだ唯物弁証論と共に、その後の人生の指針となった。

東女大は、誤解を恐れず敢えて言えば〝花園〟であった。入試の英文問題に「顔が広いということは顔幅が広いことではない」の後を続ける問題があり、併願して合格したお茶の水女子大学の、勉強しなければ解けない難問とは違う洒脱さと、キャンパスの明るさに惹かれて決めた選択の結果は、満足なものであった。ただし、敗戦後三年目に入学して卒業するまでの五年間は、対日講和条約と日米安全保障条約（五一年）前の米軍の占領政策下であり、企業倒産、賃金遅配は著しく、停電ストやゼネストが日常的で、卒業前の五二年には〝血のメーデー〟事件や火炎ビン事件で騒然とし、学生運動も盛んで、東女も一部の学生はデモに参加している。五〇年に朝鮮動乱（＝当時の呼称／朝鮮戦争）が起き、特需景気が日本経済を立ち上がらせたが、家計は敗戦後の貧困を脱せず、アルバイトを余儀なくさせた。家庭教師が主な収入源であり、銀座の三越や小松ストア（当時）で販売を手伝ったり、東大生用テキストのゲラを切ったりした。どれも何人かの友人と一緒で楽しかった。講義も楽しく、東女は楽園であった。

三　消費者教育への道

一九五三（昭和二八）年に卒業して、経済審議庁に就職した。大学の掲示を見て、すぐ応募した。審議庁の前身である経済安定本部は、四七年に第一回『経済白書』を出し、「国の財政も重要企業も、国民の家計も、いずれも赤字」と警告し、国民を国の主人公とし、国民と共に打開策を考える方針であると主張していたので感激していた。掲示板の募集要領には待遇は書いてなかったが、臨時職員であった。後に、面接官からアルバイトを求める積りではなかったが、と呟かれた。何かうまく行かなかったらしかったが、ほとんど気にならなかった。実際、仕事上の差別は全く無く、物価班で「週間卸売物価」を担当した。朝鮮戦争の休戦で、鉱工業生産は戦前の九八・六％まで回復し、賃上げ闘争が続き、総評がマーケットバスケット方式の理論生計費を発表するなど、物価は国民の最大関心事であったから、物価報告書は需要が多く、毎回、各方面からの照会に対応した。タイガー計算機を回し、一部分析して、生活問題を具体的に、又、身近な問題として考える基礎となった。

経済審議庁が改組された経済企画庁の調査課は、職員数十名がほとんど全員極めて優秀で、立ち上がる日本経済を分析し、課員一丸となって『経済白書』を作った。入庁した五三年の白書は「自立経済達成」、二年目の五四年は「拡大発展」、三年目の五五年は「経済自立五カ年計画」、五六年は「日本経済の成長と近代化」であった。五六年の白書は「もはや戦後ではない」と宣言して流行語になった。この年に経企庁を辞めて日本生産性本部に転職したが、この四年間に暮らしを考える方法と目的を体得した。

日本生産性本部は、白書が分析したように敗戦から立ち上がり、高度化する日本経済の発展を図る官民一体の運動体である。就職した時は本部設立直後の二年目、草創期の情熱と混沌の中にあったが、運動の原則を次のように掲げた。

生産性向上運動に関する了解事項（一九五五年）

出典、社会経済生産性本部編『生産性運動五〇年史』二〇〇五年

わが国経済の自立を達成し、国民の生活水準を高めるためには、産業の生産性を向上させることが喫緊の要務である。

かかる見地から企図される生産性向上運動は、全国民の深い理解と支持のもとに、国民運動として展開しなければならない。

よって、この運動の基本的な考え方を次のとおり了解する。

一　生産性の向上は、究極において雇用を増大するものであるが、過渡的な過剰人員に対しては国民経済的観点に立って、能う限り配置転換その他により失業を防止するよう官民協力して適切な措置を講ずるものとする。

二　生産性向上のための具体的な方式については、各企業の実情に即し、労使が協力してこれを研究し協議するものとする。

三　生産性向上の諸成果は、経営者、労働者および消費者に国民生活の実情に応じて公正に分配されるものとする。

この第三項が「生産性運動の三原則」として、生産者や労働者だけでなく消費者もこの運動の構成員であると定める生産性運動の基本方針となった。

生産性本部での仕事は、生産性研究所の消費生活担当部門であった。この部門で、後に、日本消費者協会会長になった野田信夫成蹊大学学長と、専務理事になった山崎進班長の下で働き、労働問題担当班の増田米二氏の指導も受けた。三人共に極めて先見性があり、消費者問題は、第一に商品・サービスの品質であること、第二に、消費者の啓発、第三に、情報化社会の到来について学び、その後も長く交流した。

生産性運動は、三原則を掲げたものの、本来経営側の発想であり、労働者よりも接触した経験の浅い〝消費者〟との接点を求める必要があった。転職一年目の仕事は消費者の工場見学が主であったが、二年目には「消費者教育委員会」(五八年)が誕生した。消費者という言葉もまだ世に馴染まなかった時代の方策として、『買いもの上手』を作成する。編集・出版は、『生産性新聞』を出していた新聞部の全面的協力によるものであったが、この期間に、消費者団体のリーダーと交流し、主婦連合会の奥むめお、高田ユリ、勝部三枝子諸氏の協力を得た。とくに高田ユリ先生は、消費者教育委員、『買いもの上手』編集委員になり、後に、日本消費者協会、国民生活センターと引き続いて協力・指導を受ける長い交流が始まった。

消費者教育という言葉は一九二四年にヘンリー・ハラップ（Henry Harap）によって使われ確立していたが、日本では一般化していなかった。生協や主婦連が主として会員のために教育活動を行っていたが、国民的運動としては生産性本部の消費者教育が初めての試みであった。戦後いち早く『暮しの手帖』が商品の買い方使い方を、テストを基にして記事にしていたが、生産性本部では、『買いもの上手』を消費者教育の一手段とする国民的運動の方法として考えた。社会的に国民を消費生活者という側面で捉えたのは、生産性本部当初からの方針であった欧米視察の第一回、「第一次トップマネジメント視察団」（五五年）がアメリカから持ち帰った〝消費者は王様である〟という考えが伝えられてからである。二〇年代にすでに、W・W・ロストウが『経済成長の諸段

日本生産性本部のアメリカ消費者教育専門視察団（団長・奥むめお主婦連会長）に参加し、消費者教育の重要性を認識した旅となった。（羽田空港にて　1960 年 4 月）
前列右端・奥むめお、その左・青山三千子、その上・高田ユリ、その左・勝部三枝子

階』の最高段階とする高度大衆消費社会に入っていたというアメリカで、ある百貨店王が〝消費者は王様〟（Customer is King）であると言い、戦後の繁栄を支えた実情をトップマネジメント視察団が学んで帰った。それまでの日本、とくに経営者の考え方にはほとんど無かったことであり、衝撃的であった。

本部は消費者教育室を設置して消費者関連事業をまとめると共に、六〇年、消費者教育専門視察団を編成してアメリカの実情を調べることにした。メンバーは、奥むめお、高田ユリ、氏家寿子、勝部三枝子、辻美恵子、後藤マサ、小野京子、永谷晴子と、消費者教育室から青山三千子が加わった九名である。

視察団派遣は、当時、アメリカ国務省の援助事業でもあり、担当官のMs.オーバーが随行し、サンフランシスコ、ロス、シカゴ、バファロー、ニューヨーク、ワシントンD.C.などを五週間かけて回った。訪問先はFTC、厚生省、農務省、裁判所、家政学会、小学校、大学、生協、婦人団体、ファーマーズマーケット、百貨店、各種のテスト機関、雑誌社などで、休日には歓迎会やTV出演、TVショウ、家庭訪問など、繁栄する消費社会の暮らしと、多方面に及ぶ消費者対応・教育を視察した。

一九六〇年といえば日本も消費生活が高度化し、経済白書は「消費革命」を掲げ、政府は所得倍増計画を発表しているが、視察先で見たアメリカの豊かさぶりには目を見張った。家庭訪問したハリウッドの高所得者の家庭はすべてが自動化しており、シカゴの低所得者の家でも、蛇口を捻るとお湯が出た。数十年経った現在の日本に近かった。浪費と言うべき商品氾濫で、お茶の会に出ると出席者一人ひとりに十数枚のパンケーキが積まれ、それぞれ各州別小麦粉で味が違うと説明された。止まり木でフルーツを頼めばハニデューメロンが半分出て来た。鶏のソテーも約一羽分で、視察団のメンバーは誰も食べ切れず、日・米の差を実感した。男性のスイーツの量、頻度など、日本の女性から見ると信じられなかった。V・パッカードの『浪費を作る人々』が出版され、日本でも、広告会社大手の電通が、社員向けとはいえ〝捨てさせろ、無駄使いさせろ、季節を忘れさせろ、贈り物にさせろ、流行遅れにさせろ〟などという「戦略十訓」を掲げて、もっと買わせる戦術を練っていた時代であった。

消費者側の対応は、消費者という意識が無かった一九世紀も半ばを過ぎると〝商品〟を生活手段として買う立場を守る抵抗運動が各国で始まっている。イギリスでは産業革命後のロッチデールの先駆者達（一八四四年）、アメリカでは南北戦争後（七〇年）、日本でも佐渡の米騒動（九〇年）、富山の米騒動（一九一八年）など相次いで動きが勃発し始めた。二〇世紀、戦争の時代になっても、消費者の運動は、生協、購買組合等で続けられてきた。とくにアメリカでは、特定のメンバーに対してではなく、消費者大衆に向けた新しい消費者教育運動が始まる。

一九二七年アメリカで、S・チェイスとF・J・シュリンクによる『あなたのお金の値うち』（Your Moneys Worth）がベストセラーになり、シュリンクが中心になって「消費者研究所」（Consumers Research Inc.）が設立され、商品を比較テストし、その結果を銘柄別に格付けして、月刊『消費者報告』(Consumers Bulletin)で発表した。シュリンクはその後、アーサー・カレットと共著『一億のモルモット』(三二年)も出版しているが、内部事情により、後に世界のリーダー的な存在になるアメリカ消費者同盟(CU=Consumers Union of U.S. Inc.)が分かれて独立(三六年)する。

「消費者教育専門視察団」は、CUを視察してその考え方・方法について大きな影響を受けた。年間およそ一〇〇品目の商品比較テストを行い、その結果を銘柄別に格付けして機関誌・月刊『消費者レポート』(Consumers Report)で発表する。当時、すでに九〇万部を売り上げ、その購読料で主にCU全体の費用を賄う。月刊誌の誌面に広告を掲載せず、企業からの資金を排除する。機関誌の購読者がCUの会員であり、理事の選挙権を持って運動に参加する。七〇年代には二〇〇万部を超え、六〇〇万世帯に影響を与えるようになる。

アメリカ消費者同盟と同じような形を持つ消費者教育機関は、カナダ消費者協会(四七年)、イギリス消費者協会(五七年)、フランス消費者同盟(五一年)、西ドイツ消費者同盟(五三年)など各国に広がり、国際消費者機構(IOCU、後にCI。六〇年)が誕生し、七〇年代には、三一か国、五四団体が加盟するなど、新しい消費者教育運動は、開発途上国を含め、アジア、アフリカ、南米など全世界に広がっている。

「消費者教育専門視察団」が帰国して一年後に日本消費者協会(六一年)が誕生する。生産性本部の消費者教育室が独立し、通産省から財団法人として認可された組織である。財団設立発起人は、母体であった日本生産性本部専務理事郷司浩平他、東京商工会議所、全日本労働組合、全国地域婦人団体連絡協議会、主婦連合会、日本家政学会の各代表であり、基金が拠出されている。通産省の補助金を得て商品の比較テストを行い、その結果を銘柄別に格付けして、機関誌『月刊消費者』に発表する他に、講演会、商品研究会、工場見学を実施して消費者啓発をはかり、苦情相談の窓口を全国の協力団体に依頼して設置し、消費者協会の窓口で総括し処理するなど多面的な活動を開始した。設立翌年から消費生活コンサルタントの養成を行い、消費者教育の講師や相談処理の専門家を育てた。国際消費者機構の会員にもなった。

消費者協会では、商品テスト課長、調査課長、会員課長、総務課長を歴任し、「消費者宣言」を起草したが、五年目の六六年に辞任した。第三子出産が理由である。協会の設立は社会的反響が大きく、地方消費者行政の需要も多く、協会の日常業務の一環として、全国各地の要望にこたえる普及活動の講師役が多忙であった。北海道・福岡などには生産性地方本部を中心に地区の消費者協会が設立された。東京都に消費経済部（六一年）、農林省（六三年）と通産省（六四年）にそれぞれの消費経済課が、経企庁に国民生活局（六五年）が設置され、消費者行政が始まった。第三子をお腹に、時には村で、時には市・県の範囲で、時には中央官庁で、担当者や消費者に、消費者教育の必要性を解いた。育児休暇が取れない程忙しかったが、生き甲斐があった。

消費者宣言

経済活動は究極において消費生活の発展と、それによる人間能力の向上とを目的とする。したがって経済の基盤は、生産の終局のにない手である消費者の意志に支えられなければならない。しかもいまやわれわれは、新しい技術革新によって豊富な社会を迎えようとしている。この豊富な社会も良い品質と適切な機能を備えた商品やサービスが妥当な価格と正しい量目とで提供された時に初めて理想的な姿において実現する。それには経済の主権者としての消費者の発言と、公正な競争とが確保されねばならないことは、ここにいうまでもない。

ところが、主権者であるべきわれわれ消費者は、生産者や労働者の団結力にくらべれば、いまなおはなはだしく微力であり、したがって未組織であり、ときには消費生活が不健全化しその声はともすれば社会の底辺にかき消されがちである。日本消費者協会はこの弱い消費者の声を代弁し、同時に消費者が主権者としての資格と権威とを獲得するために全力を尽くすものである。

われわれは、ここに新しい力を呼びおこし、今後の運動の方向をつぎのように定め消費者運動に邁進することを宣言する。

1、われわれは、正しい商品選択のための情報を消費者に提供するとともに、商品に対する苦情の処理にあたる。

2、われわれは、消費者の声を結集して生産者および販売者に伝え、消費者と生産者との間の疎隔を改め、わが国における消費生活の健全化をはかる。

3、われわれは、政府および地方行政機関に対し適切な消費者行政の確立を要求する。

4、われわれは、消費者のための、消費者の声による消費社会の成立を期し、消費者主権の確立に邁進する。

5、われわれは、海外諸国の消費者団体との連携を密接にし、消費者の国際的団結を強化する。

一九六二年九月　　財団法人　日本消費者協会

しかし、肝腎の商品テスト結果を報告する『月刊消費者』は売れ行きが悪かった。テストの度に関連業界の大きな注目を浴び、数十人の企業人とテスト説明会を開いたが、『月刊消費者』を求める消費者は増えなかった。協会の設立当初予算は、三分の一を政府からの補助金、三分の一を『月刊消費者』の売り上げ、三分の一を業界からの賛助金に頼らなければならなかった。官民一体の運動であるとはいえ、又、CUのように機関誌の購読料で運営出来る消費者教育団体は、アメリカ以外にはイギリスの消費者協会の“Which?”くらいであるとはいえ、業界に助けられて消費者運動をすることに悩んだ。

更に、この時期、世界の消費者問題対応は大きく変わり始めていた。消費者教育は、消費者の啓発というより、消費者の権利となった。アメリカのJ・F・ケネディ大統領は、議会に送る特別教書を「消費者利益に関する特別教書」（六二年）とし、消費者の四つの権利を宣言した。①安全であること　②情報を得ること　③選択すること　④意見を反映されることの権利である。J・F・ケネディはこの翌年ダラスで非業の死を遂げたが、続いてニクソン、フォード両大統領が、それぞれ、教書で「被害救済の権利」「消費者教育の権利」を追加した。又、国際消費者機構（CI）が「環境権」「必需品・サービスを受ける権利」を追加（八〇年）し、同時に、消費者には権利と共に責任もあるとして「批判する」「行動する」「社会的関心」「環境への関心」「連帯」の五つの責任を掲げた。

消費者運動も大きく変わり始める。アメリカの若き弁護士ラルフ・ネーダーがGM社のコルベアを告発し『どんなスピードでも自動車は危険だ』を著して世論を巻き起こし、賛同して集まった仲間達「ネーダース・レーダーズ」と共に、自動車、食肉など数々の商品の安全法を成立させる（六五年〜六六年）。消費者のためのテスト結果など、商品・サービス情報を受ける権利だけではなく、商品の生産段階を監視し、欠陥商品を告発し、訴訟に訴える積極的な行動に出るような消費者第一主義＝コンシューマリズムは、日本消費者連盟の活動（六九年）、カラーTVボイコット運動（七〇年）、ネーダー来日（七一年）などで広がる。このような社会経済状況の変化の中で消費者教育をどのように考えたらいいのであろうか。かけがえのないいのちとくらしを守るために初めて消費者教育運動に取り組んだ消費者協会を辞めて、暫らく次の仕事を探した。第三子懐妊を理由に辞職したものの、専業主婦として家庭に入る気持ちは全く無かった。又、家庭環境もそれどころではなかった。後に、思いがけない友人から〝あの頃仕事を探していたね〟と指摘された。職安（ハローワーク）にも通った。

東女大を卒業して社会人第一歩を経企庁から始め、生産性本部、消費者協会へと異動した二三歳から三五歳までの一三年間は、我が国としては初めてスタートした消費者教育運動の一本道を歩んだ。国の経済は、経企庁時代は神武景気（五四～五七年）、生産性本部時代は岩戸景気（五八～六一年）、消費者協会時代はいざなぎ景気（六五～七五年）と次々に景気が拡大し、GNP世界第二位（六七年）の経済大国に成長する。消費者協会が設立された六一年には経済名目成長率が実に二〇・七％（実質一三・三％）と極めて高く、この急速な経済発展が消費者教育を必要不可欠とした。池田勇人首相は「所得倍増計画」（六〇年）を掲げ、家庭生活も消費革命に乗ずることが出来た。しかし、社会は潤うばかりではなかった。労働組合のストは相次ぎ、学生運動も呼応して安保反対闘争（六〇年）が激化し、国会門前で東大生樺美智子さんが圧死している。朝鮮戦争は休戦（五三年）していたが、ベトナム戦争（六〇～七五年）反対の〝ベ平連〟（ベトナムに平和を！市民連合）の国際的闘争ともいえる運動が展開していた。

自らの人生も大展開し、ライフサイクルの新たなステージに突入した。結婚（一回目）し、出産し、育児しつつ仕事もした。家庭は、三人の子と義母と住み込みのお手伝いさんの七人、それに、通いのピアノの先生と犬と猫の大家族であった。夫（最初の）は労働組合の専従職員であった。他の結婚話には興味が無く、労組の専従者に関心があったということは、労働運動とは無関係に仕事をして来つつ、実は大きな影響を受けていたことだ。結婚直後、ある対談を終えて出た日比谷の道一ぱいの安保反対大デモに、思わず飛び込んだ。音に聞こえた動労（国鉄動力車労組）の後尾であった。人生ただ一度参加したデモの経験は強烈であった。

四　いのちとくらしをまもるために

(一)　国民生活研究所

協会を辞職したその年（六六年）、三六歳の時に国民生活研究所の非常勤研究員になった。社会に出てすぐ就職した経済企画庁所管特殊法人である。又、経企庁の時と同様、非常勤であった。しかし、経企庁の臨時職員時代と同じく国民生活研究所の非常勤の仕事は消費者教育の充実へと繋がって有益であった。又、かつて経企庁での仕事が、生産性本部、消費者協会へ転職した後の消費者問題の仕事の道に繋がったように、国民生活研究所での研究は次の消費者対応への道に繋がるものであった。

国民生活研究所は「国民生活研究所法」（六三年）による特殊法人であり、設立の目的は「国民生活の合理的向上を政策面から強く推進するため消費者の立場に立って生活の社会経済的および私的経済の分析を進める」ものであった。国民生活研究所は特殊法人になる前に社団法人として五九年から調査の仕事を重ねていて、生活意識、ライフサイクル、生活環境、標準生活費、社会指標などの調査研究成果をあげていた。非常勤研究員として生活設計、消費者教育などを分担した。「消費者教育に生活設計が必要なこと、豊かさとは社会的に拘束された時間や生理的必需時間ではない、人間が自由に行動できる自己能力の開発、社会参加、創造性の発揮ができる時間が増加すること」とし、『ライフサイクルと生活設計』（七〇年）では、家計調査をコーホート分析すると、消費者は定年時に収入がピークになるが、定年後は収入激減か無収入になるのに支出は定年後も減らしにくく、生涯収支は赤字になること、この赤字を埋める社会保障を充分考えなければならないことなどを示した。又、「生活経営学」という新しい考え方を検討した。生活経営学委員会を設置し、社会学者山手茂たちの文部省社会教育局での仕事である『家庭の生活設計』を参考にして研究した。

国民生活研究所時代は、非常勤調査員、非常勤研究員という肩書きの他に、重ねて〝生活評論家〟と言われた。生活評論家という名称を付けた担当部長の話によると、生活評論家の最初であったという。従って、評論家業も忙しかった。新生活運動協会（五五年）の生活学校運動（六四年）で、全国各地の生活学校を訪れることも多かった。マスコミにはお歳暮の選び方までインタビューされる始末で、消費者行政からの仕事の他に生活評論の仕事が増えた。その上に、この期間、国民生活センターまでの三六歳から三九歳の家庭生活も忙しかった。第三子の次女が誕生し、長男、長女と、三人の子らに最も手がかかる育児期であった。子供達の祖母や住込みのお手伝いさん達へのいろいろな気遣いもあった。夫（当時の）は頼りにならなかった。救いは子供達で、次第に個性を見せ始めていた。子守歌を歌うと姉娘は「千曲川旅情の歌」でひと節ごとに質問し、男の子は「黄金バット」で、特に笑い声をせがみ、末娘は唇に指を当てて「シーッ。レコードにしよう」と三人三様であった。三人の子らは、母親の子守歌を選別、又は拒否したその性格どおりに成長し、「〝小諸なる〟って何？」「〝緑なす〟は？」「〝遊子〟は？」と一節ごとに質問した長女は大学教授に、母の子守歌よりレコードを選んだ次女は高校・大学と部活でオーケストラのヴィオラを弾き、サントリーホール等で三回発表した。黄金バットの甲高い笑い声を喜んで寝た長男はやりたいことが多すぎて迷いに迷った。子供は、仕事や家事・育児がどんなに忙しく、疲れても、大いなる慰めであり、〝わがいのち〟であり、かけがえのない宝である。しかし、国民生活研究所で働き始めて二年目、三七歳から離婚の二文字が頭から離れず、研究所時代最後の三九歳の時には、離婚を決意した。研究所時代の四年間は、一筋に歩んだ消費者教育の理論的基礎を確立した貴重な時間であったが、私生活は、子らを愛しながら別れを決断しようと踠く、わが人生最大の苦しい時代になった。離婚の決意は、自分を守ったが、愛しい子らに大きな影響を与えた。取り消すことのできない〝わが罪〟である。又、仕事では、ライフサイクルと生活設計をまとめながら、実生活は理論的モデルにそぐわない破滅であった。かけがえのない子らとは、離婚しても一緒に暮らす計画であったがうまくいかなかった。子らに大打撃を与えても離婚し、自分の生き方、いのちを守りたかった。大いなる我儘である。しかしいのちには代えられない。生活設計論も、家計の金銭的収支計画だけでなく生き方論が必要で、家計収支も生き方観別に検討されて良いのではないかと思う。

研究所時代に初めて組織内労働組合活動活発化を経験した。公労協ストや大学ストも続き東大安田講堂機動隊突入（六九年）事件が象徴的であった。そして、経済社会は「安定成長」「豊かさへの挑戦」を白書が謳い始めていた。

（二）　国民生活センター

(1)　消費生活相談

政府は経済成長を国民の生活向上に繋げるために「国民生活向上対策審議会」を設置し、「消費者保護に関する答申」（六三年）を受けて、経企庁に国民生活局を設け（六五年）、経済発展と国民生活向上、消費者対策を検討し「消費者保護基本法」（現在は消費者基本法）を六八年に公布・施行した。その付帯決議の中で「生活センター」を都道府県に設けることを求めた。兵庫県では生活科学センターが六五年に設置されていたが、七〇年までに都道府県二一、政令指定都市二、その他の市八、合計三一施設が仕事を始めていた。その中央機関が必要なため「国民生活センター法」（七〇年）が成立し、付帯決議の中で〝相談〟〝テスト〟〝意見反映〟などを定めた。七〇年一〇月、国民生活センター設立と同時に国民生活研究所は解散し、その業務は国民生活センターが引き継ぐことになった。それに伴い国民生活センター相談部の調査役に就任した。

相談業務は、国民生活センター法成立の衆議院付帯決議第一項目にある「国民の日常生活上の不満及び要望に即応する」ためであり、新年度は下期半年分で約三〇〇件、二年目、三年目には各三〇〇〇件余の相談を受け付けた。マスコミが相談窓口開設を紹介したためもあるが、消費者相談は多くの消費者から求められていたと思われる。更に、七三年度には、苦情相談の中から、カラーＴＶの発火・発煙などを「不良商品一覧」として発表（九月）、直後に第一次オイルショック（一一月）があり、相談が急増して七〇〇〇件を超えた。

日本消費者協会で、日本で初めて全国的な消費者相談事例を集める仕事をしていた当人として、同様な業務を国や地方行政機関の力を借りて実施することに、少しばかりの抵抗を覚えたが、両者の相談処理の役割はかなり違っていた。消費者協会での消費者相談は、フェイス・トゥ・フェイスの消費者教育として始まったが、国民生活センターの相談処理は、国の経済発展が、国民生活の安定・向上をもたらすための消費者対策であり、苦情処理を求めるのは消費者の権利である。国民生活センターの苦情処理は、全国各地の消費生活センターの相談窓口をネットワーク化して、その中核機能を果たすものであったが、消費者に、より密着している各地の消費生活センターには学ぶことが多かった。ＴＶはともかく、冷蔵庫や洗濯機が発火・発煙することなど、当初は信じられなかったが、例えば、兵庫県の生活科学センター相談担当者は「消費者の身体・生命・財産の安全が何より大切。事故を疑う前に真実を突きとめよう」と気合を入れて来た。

消費者相談の問題点

出典　編著『消費者相談』（一九七四年）

　消費者相談は、国や企業が、商品・サービスを提供する仕組みの中で、消費者の利益を無視したために生じた消費者被害を救済しようとするものである。だから、消費者相談は、もともと、被害を与えた事業者またはその指導に当たった国が、直接、消費者利益の回復をはかる責任を持ってい る。しかし、国や企業に対して、個々の消費者は、考え方の上では対等な立場を持つべきであるといっても、実際には、その経済力、組織力、影響力において比較にならない弱い地位に立たされている。事業者は、自分でひき起こした消費者苦情を、自ら解決するのがたてまえであっても、個々の消費者に対して、絶対的に有利な力関係にあるために、もし、第三者的な公共機関が介在しなければ、公平な苦情処理は望めない。また、もし、消費者苦情が、たとえば規格・表示の不備によるなど、国や地方公共団体の責に帰するものであったとしても、個々の消費者と国・自治体とでは、力関係の上で平等ではないのが現状である。国や自治体が消費者利益と企業利益のどちらを代表しているか、についても後者が優先されている。

　消費者相談は、このように、社会的・経済的に弱者の立場にある消費者を代弁し、企業または、国・自治体に対して、正当に、消費者利益を擁護するよう働きかける社会的チェック・アンド・バランスの機能を持つものである。国・企業・消費者の間に立って、社会的に調整の機能を果たすことは、消費者がきわめて弱い立場に立たされている現状では、当然のことながら、消費者の立場に立った調整をすることが、公平、中立の原則にかなうものといわなければならない。消費者相談は、国・企業・消費者の中間に立って、三者に平等・公平に、情報提供をするという、一見公正にみえる考え方だけでは、消費者利益を回復させるという本来の機能を果たすことができない。消費者相談担当者および機関は、思いを尽くし、心を尽くして、消費者の立場に立つべきである。そのことが、現在の社会・経済システムの中では、消費者利益に関する公平な立場にほかならないからである。理論的・抽象的な中立性でなく、実態に即して消費者の立場に立たなければ、公正に、消費者利益を確保する役割は果たせない。この意味では、消費者相談は、単なる情報提供機能を果たすだけであってはならない。消費者の立場に立ち、勇気と正義感を持って発言し行動する使命を果たさなければならない。

（青山三千子）

二一世紀になっても増大し続けている悪徳商法は、相談初年度から、福祉をうたった詐欺商法の苦情があり、ねずみ講式利殖商法も目立ち始める。国民生活審議会「昭和五〇年代の消費者保護」（七七年）は、「資源エネルギー制約の顕在化、高齢化の進行、情報化の進展などの社会変化による消費者相談の変化が見られる」としている。高度経済成長を担ってきた電気器具などの企業の苦情対応と全く違って、悪徳商法の業者の苦情対応は法網の目を潜る悪質なもので、相談部を悩ませた。朝出勤すると、受付で「〇〇さんが急に亡くなりました」と告げるので驚いていると、その本人が「お早うございます」と出勤してくる等のいやがらせや、「月夜ばかりではない」「駅のホームの端に立つと危ないぞ」などと凄まれて脅しを受けた報告もあり、面談した時に、悪徳業者が「自殺する」と脅すこともあった。「美空ひばりの名前は忘れても、青山三千子の名前は忘れない」と言われたことも忘れられない。

当時、相談部の職員は七、八名で、それぞれ、相談処理を担当していたが人手不足なので、第一線で相談を受け付け、処理をするために、非常勤の消費生活相談員を配置した。国民生活センター法には、苦情業務に、〝専門職員が処理にあたる〟とされ、弁護士、保健師、消費生活コンサルタント等を配属した。消費生活コンサルタントは、当初、経済企画庁が日本消費者協会に委託していた消費生活コンサルタント養成事業を国民生活センターに引き継いでいたのであるが、七四年度から国民生活センター研修部が「消費生活相談員研修」を実施して、全国の消費生活センターや国民生活センターの相談員を養成した。消費者相談員は、通産省系の消費生活アドバイザーなど多様であったが、二〇一七年に国家資格となって統一された。非常勤の相談員は主婦層が多かったが、その働き方、能力は特筆に値する。消費者行政の成果は彼女たちによって支えられていると言っても過言ではない。政府は国民の中から長年にわたる業務への功労や社会貢献をしてきた人を称えて勲章を授与するが、平成も終ろうとする二〇一八年春の叙勲で、消費者支援功労者として元全国消費生活センター理事長藤井教子さん（Ⅲ—一論文参照）に瑞宝小綬章を授与した。藤井さんは、一九七四年に市町村消費生活相談員養成講座を受講し、奈良県消費生活センター相談員（七五〜九八年）、全国の相談員協会理事長（九七〜二〇〇四年）を勤めた。国民生活審議会臨時委員として二〇〇一年施行の消費者契約法の策定に関わった。

(2)　危害情報

国民生活センターは、七五年度から「危害情報システム」の開発に着手した。消費生活相談の中から、商品による人身事故を「危害」とし、危害には至らなかったがその恐れのある事故を「危険」として、原因調査・予防対策を講じようとするものである。商品による人身事故を予防しようとする対策は、すでに通産省が七四年一〇月から、通産省が所管する商品による事故を対象として、消費生活センターや百貨店・メーカーなどから報告を受け、対策を考える「事故情報システム」を発足させていた。アメリカでは一九六九年に全米の商品事故を調査し、その結果、健康・教育・福祉省（厚生省）に危害情報対策部門を作り、七二年に「消費生活用製品安全法」によるＣＰＳＣ（Consumer Product Safety Commission 消費生活用製品安全委員会）が作られ、病院の外来患者の中から商品事故による死亡・傷害等の情報をオンラインで集めるＮＥＩＳＳ（National Electronic Injury Surveillance System　ナイス（国家危害監視電算機システム））を開発している。イギリスでも、同様の商品事故全国調査を実施し、ＨＡＳＳ（家庭内事故監視システム・七六年）を構築している。

七六年八月、アメリカのＮＥＩＳＳを視察するために、電算機システム開発の担当者と国民生活センターが導入した電算機会社の担当者と三名で渡米した。女性としては一人であったから、休日などは単独での行動が多かった。ＮＥＩＳＳはワシントンD.C.郊外にあったので、一人の時は、美術館・博物館等を堪能し、大統領が礼拝するホワイトハウス前の教会の礼拝にも参列した。海外へは、仕事で七回、個人的に二回、幼児期に二回出かけたが、一人で過ごしたのはこの時の出張が初めてで、最も印象深く、又、ＮＥＩＳＳ視察は大変有益であった。

ＣＰＳＣは、アメリカでは珍しいと言われる強い権限を持ち、可燃性繊維法、毒害防止包装法など五つの法律を所管していたが、その中に「冷蔵庫ドア安全法」があった。当時、日本で、廃棄されて野外に放置してあった電気冷蔵庫の中に子供が入って出られなくなり窒息死した痛ましい事故があったが、アメリカの冷蔵庫ドア安全法は、同様の事件をきっかけに、冷蔵庫のドアを内側からも開けられるようにするものであった。日本では、思いがけない事故であり、子供の行動の一つとして注目されたものの、消費者問題とは考えられることなく、放棄した責任が問われるか、子供の遊び方が注意される程度で、冷蔵庫を中から開ける必要があるなどと考えもしなかった。しかし、商品は英語でGoodsである。誤使用であっても危険なのでは、〝良いもの〟でない。危険を防ぐ対策が必要である。消費者という言葉は〝商品・サービス〟を介在する人間の側面であるから、消費者問題は人間のいのちに係わる問題である。危害情報は、誤使用であろうとなかろうと、商品に関連した人身事故を予防する手法である。

ＮＥＩＳＳでは多くのことを学んだが、冷蔵庫ドア安全法の他に、二点を挙げるとすれば、一つは商品の曝露テストの実態である。もちろん日本でも曝露テストという手段はあるが、ＮＥＩＳＳで見たのは、商品を大気や細菌に曝露するだけではなく、人間に曝露していた。見学した時は、電気洗濯機であったが、商品を一定の空間に置いて、その空間に入る人間が、そこに置かれている商品をどのように取り扱うかを調べていた。それから約四〇年経た二〇一七年、日本で、幼児が電気洗濯機に入って窒息死した事件が報じられている。

ＮＥＩＳＳで興味深かった二点目は、苦情に関する法的解決についてである。アメリカには元来、州によってスモール・クレイムズ・コート（少額裁判所）が存在し、ワシントンD.C.で見学した時は、クリーニングのトラブルで、当事者同士の訴え合いを、裁判官が、本当にアッという間に解決していた。日本の簡易裁判とは似て非なる状況であった。日本では裁判外紛争処理機関である消費者センター等の苦情処理にも時間がかかり、企業側との交渉に縺れることもあったが、交渉に敗れることは暗黙のタブーであった。ＮＥＩＳＳの女性の部長は「ＣＰＳＣが敗れることはありますか」との質問に、驚いたように笑って「フィフティ・フィフティ」と言って両手を拡げた。危害情報は、消費者と企業の勝ち負けの問題ではない。互いに、商品（Goods）によって、かけがえのない人間のいのちと暮らしを損なうことのないように、その対策を考えることだ。

危害情報システムは、①商品・サービスに関連した消費者の身体・生命の危害及び　②危害には至らなかったものの商品・サービスの爆発・発火・発煙、腐敗など、人身に危害を与える危険に関する事故、即ち商品事故の危害と危険の情報を集めて、被害の拡大防止・未然防止をはかろうとするものである。

国民生活センターの危害情報システムは、全国各地の消費生活センターから集めた消費者相談の中から危害・危険事例を集めると同時に、アメリカのＮＥＩＳＳやイギリスのＨＡＳＳが行っていたように全国各地の病院からも商品・サービスによる危害・危険事例を集めることとした。病院は患者の治療が目的であって、傷害の原因を治療上確かめることはあっても、その原因となったモノに注目して予防を考えることは無かったので、協力病院を探し、趣旨を説明し協力してもらうにはかなり労力を要した。しかし、さすがに人間のいのちを守るための病院である。診療だけで超多忙であるのに、各院長も医師も、看護師も事務局も、危害情報システムの必要性をよく理解し、協力された。事前に協力を依頼した厚生省当局も含めて、深く感謝したことを忘れられない。

消費生活相談の中の危害情報は、自転車や歩行器など、家庭外の事故もあるが、ほとんどは家電製品など家庭内の事故が多いのに対して、病院からの危害情報は、階段からの転落など家庭内の事故もあるが、道路・公共施設など家庭外での事故が多く注目された。アメリカのＮＥＩＳＳでは、スポーツによる事故も問題にしていた。消費生活相談に占める危害情報はおよそ一％弱であるが、病院からの危害情報は、新規外来患者のおよそ二％であった。どちらも被害者は一〇代以下の子供達が多いが、病院からの情報では年々高齢者の被害が増加している。

危害情報は、後に「製造物責任法」（九五年）制定の基礎になった。それまでの「過失が無ければ損害賠償されない」制度から、欠陥が立証されれば「過失が無くても損害賠償責任を負う」という「無過失責任」が法定化された。しかし、人身事故に対する企業の過失の有無については、アメリカの事例の、被害者優先の判断とは大差がある。新潟県である冬の日、いつもより湿った雪を取り除こうと除雪機を動かしていた人が、雪で進めなくなり、動かそうとして指を損傷したという事故がニュースになり、新聞は〝湿った雪に注意しよう〟と警告を発した同じ頃、アメリカでも同様な除雪機の事故が起きて、裁判官の判決は、除雪機の製造に当たって、雪が除けなくなることがあることは、当然、製造者が予見するべきであるとし、損害賠償責任を認め除雪機の運転を停めるロック機能を付けるよう命じた。消費者問題は、古来の「買い手ご注意」から、現代の「売り手注意」への転換となったが、商品事故も同じ判断が常識となった。

危害情報は消費者被害救済のコペルニクス的展開ともいうべき事業であったが、開設以来多忙を極めた国民生活センターの仕事を更に増やすことに、労組の反対を受けた。センター設立後の七〇年代後半は、まだ、社会は騒がしく、連合赤軍による浅間山荘事件（七二年）、金大中拉致事件（七三年）、日教組全日スト（七四年）、交通ゼネスト（七六年）、日航機ハイジャック（七七年）に成田空港反対事件など多くの事件が相次ぎ、労働組合運動は一段と活発化していた。発令された室長として労組幹部に仕事の必要性を説明した。そのような状況の中で真っ先に異動を希望した増田まやさん、上原章さん、翌年の水野和男さんに感謝したい。まやさんの洞察力、上原さんの分析力、水野さんの気力が無ければ、日本で初めての危害情報は進まなかったと思われる。記録して深く感謝したい。鈴木松江さん他アルバイトの相原さん達にも、よく新規事業を助けて頂いた。室長は幸せであった。

(3)　情報管理部と研修部

一九七九年、危害情報室長を三年で代わり、四九歳で情報管理部長になった。相談部や危害情報室は、それぞれ、国民生活センターとしても、同時に日本としてもと言える初めての仕事であったが、情報管理部に異動した時は、センター設立後九年経っており、情報管理部も、すでに九年の実績を持っていた。業務のうち、図書資料業務、国民生活統計業務は、国民生活研究所からの引き継ぎで一〇年以上の実績を持っていた。他に「国民生活動向調査」「サービス比較情報」「生活行政情報」「くらしの統計」「海外生活情報」「週刊地域生活」などの多種多様な情報をまとめて発刊し、情報管理部というよりは情報発信基地の趣を呈していた。一五名の部員は全員、新しい部長よりも情報のベテランで、担当の仕事をよくこなしていた。新部長としては、何も注文することなく、前任者の跡を追うばかりであったが、やがてあまりに多様な業務をそれぞれ独立して担当しているために、部としての全体的統一性に欠けていることに気づいた。部員は多いが、一人一業の専門家が集まっており、互いに孤立的であった。連携するのは、それぞれ独立した業務を担当してきたため難しかった。何とか部としての理念をまとめ業務を体系化・統合化しようと努力したが、各業務がそれぞれルーチン化していたために、実現するのはなかなか難しかった。ただ、電算機業務担当チームは新しいシステム作りに燃えていた。

電算機は、国民生活センター設立と同時に検討を始め、七三年には導入し、生活相談検索システム、危害情報検索システムなどを構築していたが、七九年に、増大し続ける消費者相談や危害情報の早期予防対策と各地消費生活センターとの情報処理能力向上のため検討委員会を設け、八〇年に、病院からの危害情報オンライン収集を開始、八一年に「消費生活情報オンラインシステム研究委員会」を設置して、消費生活情報のネットワークシステムを構築することになる。相談情報、危害情報、判例情報などは、相談部や危害情報室で、懸命に個別情報を分析してきたが、システム化され、オンライン化されて個別情報が大数化され、事故対策の迅速化、予防対策の推進がはかられた。

危害情報オンラインの最初の端末を置いたのは大森赤十字病院であり、担当者と一緒に挨拶に出かけた。大学を卒業して最初に就職した経企庁時代、住居は大森にあり、父が肺癌の治療を受けていたのは大森赤十字病院であったから、仕事を離れて感無量であった。又、この頃、センター発足当時に離婚し親権を失って、別居していた三人の子供達が、相次いで母親の元へ駆け込んできて、二人の娘と同居、長男は近くに部屋を借りる生活になった。三人共、大学受験や高校受験に当たり、生活はなかなか大変であった。危害情報室時代に再婚した山手茂の協力がなかったら、仕事と家庭を両立することは難しかった。離婚した時に一人暮らし用に選んだ狭いマンションで、子供達は夜遅くまでよく勉強して、それぞれ結果を出した。離婚した時、一つの救いであった子供達の愛猫も引っ越して来た。離婚は、子供達に大きな影響を与えたが、皆良い子で、母親として子との同居は何よりの幸福であった。子供達と一緒にやって来た子らの愛猫・ミケはまるで母親のように子供三人を見守ってくれた。特に末っ子の次女に付き添い、夜は次女の枕元で、時には次女の顔を抱えるようにして寝ていた。離婚した時、次女はまだ三歳であったから、祖母もお手伝いさんも父親も差し置いて、ミケが一番、次女を心配していたものと推測した。ミケが死の病に冒された時、次女はミケを抱き締めて遠くの獣医に通った。死んだ時は、普段は気の強い長女まで泣いた。母親が居なくなった家庭で、子供達はミケに慰められて育ったように推察された。

情報管理部を三年で去り、八二年、研修部長に異動した。電算機のことは何も知らない情報管理部長であったが、部員の協力を得て、仕事は順調に進み、幸福であった。部の送別会では、電算機担当のチーフから菅原洋一の〝別れの曲〟を贈られて嬉しかった。しかし、異動先の研修部では何も彼も幸福というわけにはいかなかった。研修業務もセンター発足と同時に始まったから、部長として異動した時には、部は一二年の歴史と実績を積み重ねていた。部員は、各種の研修をそれぞれ分担し、研修プログラムを立て、カリキュラムを作り、各科目の講師を選任してきたベテランであり、担当の分野と科目の教育内容の専門家になっていた。そのうちの一人は、間もなく大阪大学の助教授になって転出した。前任の部長も、国民生活研究所からの生え抜きのキャリアであり、女性で、部員の信頼厚く、退職後はセンター理事を経て三重県松阪市の大学に赴任した専門家であった。専門性の高い部の職員は、相談業務や危害情報の現場を回って、時には評論家扱いされる新任部長について、いささか心配したように思われる。実際、講師の名を間違えて笑われたり、カリキュラムを変えようとして〝軌道修正ですか〟と抵抗されたり、終業時間に帰ろうとすると「仕事があります」と言われたりした。研修部長になるまでの各部では、部員が残業しているというただそれだけの理由では、部長は残業しなかった。三〇歳の時、消費者協会の商品テスト課長になってから二二年間すべて管理職であったが、五二歳になって初めての部下から受けた洗礼であった。又、研修業務は専門性の高い業務であると同時にサービス業の心構えが必要であった。それまでは、時には講師として挨拶されることはあっても、誰かに挨拶することは日常的にはなかった。しかし、研修部長職は、毎時間ごとに迎える著名な講師に送迎の挨拶をする必要があり、受講生もお客様であった。実際、深く頭を下げ、敬意を表することはかなり難しいことであり、暫くの間は馴れなかった。

通勤も遠かった。研修部は商品テスト部と共に、相模原の米軍キャンプ場跡地の広い敷地に研修棟、宿泊棟、商品テスト棟などの施設を持っていた。最寄りの横浜線は単線で、淵野辺駅から施設までは徒歩でかなり距離があり、自宅から研修部まで一時間半かかった。両部の職員の中には小田原や千葉や埼玉から、時には新幹線を横浜まで使って通っている人もいたから、部長という立場で愚痴をこぼすわけにはいかない。しかし、個人的には遠距離通勤は初めての経験であった。会合などで遅くなって横浜線で眠ってしまい、横浜⟷八王子を往復したこともある。家庭も又、大変な段階であった。次女は高校進学、更に大学進学し、長女は、大学を卒業して結婚する時期に当たっていた。朝は、四時半に起床し、眠気を防ぐため朝風呂に入り、お弁当を作り、夜は一二時過ぎか一時頃就寝するのが通常になった。

研修部の仕事も、情報管理部の仕事同様、極めて多様である。教育研修コースは五部門に分かれ、①全国各地の消費者行政職員研修部門に、管理職、一般職員、業務別など、一四の講座やセミナーがあり、担当していた八一～八六年度には、毎年三～五〇〇人近くが受講している。担当期間中、与那国島からも受講するなど、全国津々浦々から消費者行政担当者が集まり、宿泊等でネットワークが出来た。②消費生活相談員研修講座も、養成講座、事後研修、専門講座など六種類のコースがあり、担当期間（八一～八六年）中の受講生は毎年四～五〇〇名であった。③企業職員研修は、トップセミナー、相談担当者セミナーなど六コースに毎年二～三〇〇名、④消費者リーダー研修には、リーダー研修、フォーラムなど四コースに毎年二～三〇〇〇人、⑤その他の消費者問題特別講座など四コースは、毎年七〇〇～一五〇〇人の参加があった。担当した五年間の総受講者数は、二万二〇〇〇人を超えている。

明治以来「富国強兵」「殖産興業」を掲げて近代化してきた日本の行政は、国や企業の成長や利益をはかり、家計や消費者の利益を目的としたことは無かったから、消費者行政担当者に生活権や消費者優先の研修は極めて重要であった。管理職も職員も、総論、各論、専門業務別など様々な研修メニューが必要であり、自治体からの要望も強く受講生も多かった。企業の消費者問題担当者は、消費者の権利とは何か根本から知る必要があり、消費者団体や一般消費者も経済社会の変化を把握するため、研修は欠くことが出来なかった。消費生活相談員研修は、養成講座から始まり、研修講座、専門研修、事後研修、その他自主的研修、全国研修など多様なコースで、関連する法律知識を学ぶとともに、ケーススタディを重視する特徴があった。

それまで消費生活相談を担当する資格として、最も早く研修講座を開いた日本消費者協会の消費生活コンサルタント養成講座と、国民生活センターの研修後に開始された通産省所管の産業協会が行う消費生活アドバイザーも、それぞれ団体を設立して自主研修に取り組んでいた。国民生活センターが養成した相談員も、修了者の会を立ち上げて「全国消費生活相談員協会」を八八年に設立している。三者それぞれ研修の目的や方法が違うものの、各地の消費生活行政の相談窓口には、三者共に相談業務に付き、二〇一七年には統一した国家資格が認定されることになった。国家資格取得後の相談員の役割は未知数であるが、これまでの消費者行政を支えた役割は高く評価される。

長年の業績を高く評価され、二〇一八年春の叙勲で受章した藤井教子さんは、その喜びの報告の中で「これも偏に消費者行政・消費生活相談員・消費者団体・事業者等消費者問題関連の方々に長年に亘って頂きましたご支援・ご指導の賜物と心から御礼申し上げます」と感謝している。

全国消費生活相談員協会の設立は、研修部長から異動し、一年間、海外担当上席調査役になり、八八年から相談・危害情報部長に任命されてからであったが、研修部長時代、夜遅くまで相談員のリーダー達と話し合ったことが忘れられない。

研修部の仕事をして、期せずして、消費者教育の具体的な方法と全体的な内容を構築することが出来た。とりわけ、諸講師の教育方法を見て、理念の教育も、消費者問題の具体的事例を教材にすることが有効であることを、受講生の態度から実感した。振り返れば、卒論で個人の自由と市民の力を学び、二〇代に経企庁と生産性本部で個人の暮らしと消費者問題を知り、三〇代の前半、新しい消費者教育を消費者協会で行い、後半は国民生活研究所で、ライフサイクルや生活設計等消費者教育の内容を深め、四〇代になった時、国民生活センターの設立と同時に、相談部でその実際を学び、四〇代後半、危害情報システムを開発し、五〇代、情報管理部と研修部で、消費者情報システムの拡充とその質の向上およびその活用をはかったことになる。

　五七歳で研修部から異動し、一年間、海外担当上席調査役に就いたあと、定年までの二年間を、相談部と危害情報室が合体した相談・危害情報部長を勤めた。相談、危害問題は、国民生活センターに就職した最初の仕事であり、期せずして、定年までの最後の期間の仕事となった。しかし、初めて担当していた時と違って組織の規模が大きくなり、職員も非常勤の相談員が倍増していただけでなく、質的に、ＡＤＲ（裁判外紛争処理・Alternative Dispute Resolution）の機能が求められていた。ＡＤＲは、その後二〇〇四年に「裁判外紛争解決手続の利用の促進に関する法律」が制定され、〇七年に施行されている。

(4)　役員、講師──センター最後の一〇年、その後

　理事への推挙は、定年退職間近のある夜、自宅への電話で知らされた。思いがけなかったが不思議に戸惑わず、すぐ承諾した。しかし、間もなく、再び電話があり「常勤ではなく非常勤で」と訂正され、これも又、驚くことなく承知した。センター設立以来二〇年間、五つの部・室と一つの特別職で、管理職として第一線で働いてきたが、理事になろうなどと思ったことは全く無かったから、理事発令は現役職通常の異動辞令と同じような気持ちで受け止めた。ただ、心の奥で、一緒に働いてきた仲間に悪いような気がした点だけが違っていた。

　就任後間もなく、少人数のある会合で思いがけず〝非常勤〟の理由が分かった。何と、経企庁時代、つまり、東女大を卒業し社会人一年生となった経企庁調査課での身分が臨時職員であったためだという。仕事の評価如何でなく、単に四〇年近く昔の採用身分を問われたとは。この件は、たまたま耳に入っただけで、何の展開も無かっ

たが、内心、本当の理由は別であろうと感じた。消費者の権利を守る使命感によって仕事してきたが、毀誉褒貶は世の習い、評価が高いこともあれば低いこともある。主張には賛同ばかりではなく反発や批判もある。理事任命の場合でも、同じだ。情けないことに働く仲間の反発さえあった。

退職間近のある日、〝御注進〟を受けた。ある人が「俺の目の黒いうちは、彼女を理事にさせない」と言っているという情報であった。その〝俺〟様は、日頃、飲み会に誘われて、グループ名さえ持っている仲間で、いわば仲良しであったから少し驚いた。が、その後も仲良しで、面と向かっては、曖《おくび》にも出さなかった。又、仕事で海外に出張したことが七、八回あるが、そのうちの一つに「僕が行く予定だったのにあなたに取られた」と思いがけない苦情を直接聞いた。又ある時は、仲良く二人で歩いていた相手が「あなたは僕の天敵だ。僕が蝶で、あなたが蜘蛛だ」と笑顔で攻撃してきた。彼は、博士号を持つ高校の後輩（都一女→白鴎高校）で同じ部長職として苦楽を共にした相手である。特殊法人として仕事は国の予算を使うため、毎年大蔵省主計局（旧）の厳しい査定を受ける、その説明の際に二人は隣り合わせで、たまたま彼は説明が長引き、無事に査定を終えた〝女〟の先輩が小憎らしかったようだ。彼とはその後も仲良しであるが、蝶は揚羽で蜘蛛は毒蜘蛛と更に展開してきた。

人事を尽くして、思いがけない反発を受けるという結果は、〝不徳の致すところ〟だけではなく、男性社会に盛んな〝根回し〟の不足ではなかったのかと反省する。実際、現役中、〝仕事は夜決められる〟と思った程、夜の、宴会という会合は日常的であった。現役当時、まだ少なかった働く女性は不得手であった。〝根回し〟は植物の果実をつけるために必要不可欠な作業であり、一般に批判的に見られる仕事の〝根回し〟も、仕事について互いの了解を得るネットワークと心掛ける必要が極めて重要な手法であったと反省する。

定年退職後六〇～六六歳まで二期六年間センターの理事、六六～六八歳に参与と客員講師を務め、いずれも非常勤であったから、東洋大学、金城学院大学大学院の講師になった。この他、横浜国立大学（五八歳当時）や、新潟医療福祉大学（七〇～七四歳）でも講師を勤めた。いずれも消費者問題について講義したが、新潟医療福祉大学では「生活福祉経営学」であり、この新しい分野こそ、新しい消費者教育の分野であるが、福祉に関する経験不足で講義内容は不十分であったことを反省する。

国民生活センターに二〇年間在職した七〇年代と八〇年代に、日本経済は大きく変わっている。国民生活センター発足時の状況は、消費革命であり、大量生産・大量消費・成長経済であったが、センターが発足した七〇年にアメリカの化学者が、冷蔵庫やエアコンの冷媒・半導体製品、精密機械、スプレーなど大量生産される製品に広く使われていたフロンがオゾン層を破壊することを明らかにした。七二年にはモントリオールで開かれた国連人間環境会議で「人とその子孫のために環境を保全する〝人間宣言〟」を発表している。七三年のエネルギー危機では、消費者自体が深刻な経験をした。七五年には有吉佐和子著『複合汚染』、八四年に雑誌『世界』に〝崩れゆく地球〟〝蝕まれゆく人間〟掲載、八五年石弘之著『地球環境報告』など、多くの環境問題関係書が出版されている。七一年に環境庁が設置され、七二年の第一回『環境白書』で環境破壊の実情を紹介しているが、八六年には「高度技術社会における環境保全」を主題とし、NO_2、複合汚染警告を発した。八七年には東京で国際環境特別委員会が、「地球環境保全東京宣言」を八月、「世界がとるべき行動への提言」を九月に採決している。

消費者運動も大きく変わった。アメリカで始まった商品比較テストの結果を格付けして消費者教育をする新しい運動は、『一億のモルモット』（カレット、シュリンク共著、三二年）と言われるような状態の消費者を教育して救おうとした運動であったが、戦後、六〇年代には消費者側の権利（ケネディら）を掲げる運動になり、ラルフ・ネーダーが『どんなスピードでも自動車は危険だ』を著して欠陥自動車を告発すると、消費者第一主義を掲げるコンシューマリズム、告発型運動が広がった。更に、八〇年には国際消費者機構（ＣＩ）が消費者権利として健康な環境権を追加し、同時に、消費者にも責任があるとして環境への配慮などを求めて、八〇年代には、コンシューマリズムはグリーン・コンシューマリズムとなった。西ドイツの市民運動から〝緑の党〟が生まれ市民運動リーダーのメルケルが女性初のドイツ首相となり、ＥＵでも指導的立場に立っている。メルケル首相の父君はルーテル派教会の牧師であるという。

新聞にグリーン・コンシューマリズムを紹介する記事が出始めた九〇年に、先進諸国の福祉を見学する私的な視察団を夫と編成して北欧三国とイギリスを訪問した時、イギリスに留学中の長女夫妻と初孫の住むコベントリーの家に立ち寄った。子供のいる家庭は一軒家という決まりだそうで、無収入で学生夫婦であるのに二階建て庭付き住宅に住んでいたが、本棚以外はほとんど何もない質素な暮らしに驚いた。愚かな母心で「もう少し快適な暮らしをしては如何」と問うと、娘はそんな母親を情けなさそうな目で見て、「イギリスでは隣り近所みんなこういう暮らし方よ。別に困らない」と答え、よく読まれているという『若者のためのグリーン・コンシューマリズム・ガイド』と『緑の育児』（Green Parenting）の二冊を本棚から取り出した。

当時の消費者意識の変革を各国の調査から見ると、イギリスでは「地球を守るために役立つなら価格が二五％高くても買う」と答えた消費者は二七％で一位（ミンテル社、八九年）、アメリカでは「多少の不便は我慢しても環境のために良い商品を買う」男性九六％、女性九四％（ギャロップ、八九年）と大多数の消費者がグリーンだ。日本の消費者が欧米の消費者に比べて環境を守る考えが遅れていることは、日経流通新聞（九〇年）の調査結果で次の通りである。〝商品が環境に良ければ価格が高くても買うか〟という日米独の比較である。

「五割以上高くても買う」	日本	二%
	米国	一三%
	独逸	一三%
「五割高いくらいなら買う」	日本	四%
	米国	一二%
	独逸	二〇%
「二割高いくらいなら買う」	日本	六〇%
	米国	二六%
	独逸	一五%

又、東京都生活モニター調査（九一年）によると

Q　グリーン・コンシューマーに対する感想は

A　「大切なこと」　九二・九%

「自分もやらなければいけない」　六七・四%

「毎日のことなので大変でできない」　七・一%

Q　モニターになる前からグリーン・コンシューマーという言葉を知っていたか

A　「知っていた」　三四・三%

「知らなかった」　六五・七%

であった。

六〇年代、消費者教育が新しい消費者運動として日本でも広がり始めた頃の「買いもの上手は一割のおトク」という家計の損得計算意識に比べて、二〇年を経た八〇年代の消費者の何という意識の変化であろうか。六〇年代のJ・F・ケネディ大統領特別教書の「消費者の四つの権利」①安全である権利　②知らされる権利　③選択できる権利　④意見を反映させる権利に、続くニクソン、フォード両大統領の⑤救済される権利　⑥消費者教育の権利に加えて、六〇年代に設立された国際消費者機構（CI）は八〇年代に⑦生活必需品を得る権利と⑧健康な環境を得る権利を追加している。CIは更に、消費者にも責任はあるとして、①批判する　②行動する　③（消費者行動が社会に及ぼすことへの）社会的関心　④環境への関心　⑤連帯　を掲げた。消費者教育活動は、環境問題をきっかけにして、「権利と責任」という民主主義のコインの両面を持つようになった。

八〇年代、消費者問題は、環境問題に加えて、情報社会問題に当面する。世界史的変化を明らかにしたのは『第三の波』（アルビン・トフラー、八〇年）である。大量の情報が価値を生む。情報技術（IT）が情報格差（デジタルデバイド）を生み出す。『第三の波』では、情報社会は、家族と地域社会に消費者が大きな役割を果たすと同時に、生産過程に消費者が直接参加するプロシューマーになるという。グリーン・コンシューマーからの更に一歩前進である。しかし、情報格差は大きく、生産者に有利で情報操作による生産者優位の市場になるから、消費者運動は新しい消費者被害に立ち向かい、ケネディの四つの権利の第二番目にある〝知らされる権利〟ではない新たな「知る権利」の主張が必要になると思われる。とりわけ情報社会は、大量情報が価値を生み消費者行動を左右すると同時に、消費者自身の情報が価値になる。又、消費者が情報の受け手であると同時に情報の発信源になり、情報価値の提供・生産者にもなりうる。「他人の情報の保護に関する法律」（二〇〇三年）はフェイスブック（FB）利用者らの個人情報の流出を防ぎきることが出来ない。利用者がソーシャルネットワーク・サービス（SNS）の「いいね！」ボタンを利用すると、情報発信者はその情報の反響をすぐ知るだけでなく、意見、意図を広く伝えることができる。情報社会は世界規模の流通社会で、FB利用者は二〇億人といわれる。トフラーの言うプロシューマーは、情報を消費すると同時に提供する消費・発信者である。情報消費者は情報生産者であり情報を使いこなす能力・技術（IT）が必要になる。ITを持たない情報難民をどうするか。プロシューマーであるためには、消費者情報の不正利用を防ぐ対策と、情報能力（情報リテラシー）教育が新しい消費者教育の大きな柱になる。

二〇世紀の最後、国民生活センターの理事、参与、客員講師の一二年間は、郵政省、農林省、厚生省、国土庁、林野庁などの各種委員会で、消費者代表委員を勤めたが、消費者の発言は今後いっそう必要になる。「消費者保護基本法」（六八年）から〝保護〟が取れて「消費者基本法」（二〇〇四年）になり、奥むめお主婦連会長が国会で提案した「生活省」（一九六二年）は「消費者庁」（〇九年）として設立され、「消費者安全委員会」（一二年）も活躍している。『国民生活白書』（〇八年）は「消費者市民社会」を掲げて「自ら消費生活に関する行動が内外の社会経済情勢及び地球環境に影響を及ぼし得ることを自覚し、持続可能な社会の形成に積極的に参画すること」を求めている。数多くの消費者関連法は一段と消費者権利を実定法化している。第二次大戦後の消費者運動の目標は、二一世紀初めにほぼ達成されたと見るべきなのであろうか。それにしては、二一世紀第二の一〇年に入ってからの一流企業の違法事件の多発、リニア新幹線の大企業ゼネコンの談合など目を覆う惨状である。二〇一七年には神戸製鋼所の検査データ改ざん、三菱マテリアルでは子会社の品質データ改ざん、本体の直島製鋼所でもJIS（日本工業規格）に適合しないコンクリート原料をJIS製品として出荷、宇部興産では品質検査をしなかった製品をしたかのように装っていた。経団連の調査によれば更に五社の不正が見つかっている。物価は二％とはいえ上昇することを目指す政策が続けられて、悲鳴を挙げている年金生活者＝消費者の一人として、いまや昔話になり、又、知る人もいなくなったかと思われる次の演説の一部を思い出す。

一九五九年消費者省設置法案提案演説

――一九五九年三月二六日、アメリカ上院議会における提案演説　E・キーフォーバー

「議長、アメリカの政府機構のなかで忘れられた人は、アメリカの消費者であります」「少し位のインフレには大した害がないだろうという安易な考えに、欺かれてはなりません」「平均年三％の割合で上るとすれば、物価水準は二四年間で二倍になります」「消費者はたいてい同時に生産者であっても……現在はもはや生産者ではないが、しかし物価が安かったずっと以前は得な所得で生活している市民が大勢います」「恩給や年金で生活している老人……極めて僅かな固定収入と着実な物価騰貴のあいだにはさまれて苦しんでいます」

一九五八年六月二三日、テネシー州ナッシュビル、ジョージ・ピーボディ教育大学で、テネシー州選出民主党上院議員、E・キーフォーバーの演説

「チベットの雪男のように、その姿はめったに見られず、その声はほとんど聞こえないけれども、消費者は実際に存在していると信ずべき理由があります」「時々悲しげな泣き声が、スーパーマーケットで勘定書の金額を見てため息をつく時に聞こえてきます」「経営者や労働者と違って」「値上げは嬉しくないということを発表する方法が無いので」「消費者は忘れられた人」「アメリカの経済構造は変化しつつあり」「政府が一般的な経済政策を作成する際に、消費者の立場を発言することが緊急な必要になっています」

六〇年も前のアメリカのこととは思えない新鮮な、真剣な、何と今日的な意義がある演説であろうか。アメリカの消費者省法案は、何度か継続審議された後に廃案となったが、世界各国、日本にも次々と消費者省・庁が出来た。しかし、キーフォーバー上院議員が訴えた消費者の悲鳴は聴こえているのであろうか。

定年退職一年前、一九八九年は平成元年であり、年末、東京証券取引所の大納会は、日経平均株価三万八〇〇〇円台と最高値を記録し、バブルの頂点に達した。しかし、退職した九〇年にバブルは崩れ始め、バブルに膨張した銀行の融資が焦げ付いて、センター理事であった九一年には四大証券会社の大型損失補てんが発覚し、参与であった九七年には山一證券が廃業、北海道拓殖銀行が破綻して金融不安が広がった。日本経済は〝失われた二〇年〟といわれる長い景気低迷期に入った。少子高齢化も進み、政府はあの手この手で子育て世代を援助しているが、人口は減り、老人は増え続け、財布の紐は固く、鳴り物入りの「アベノミクス」が目標にする二％の物価上昇によるデフレ脱却は、平成年号が終わろうとする前年の二〇一八年、計画から五年かかっても達成しない。平成元（一九八九）年に史上最高値三万八九一五円をつけた株価は、二〇年後、平成二〇（二〇〇八）年のリーマン・ショックで暴落し、翌平成二一年に入ると七〇五四円九八銭と最安値をつけている。消費革命を誇った家電メーカーも次々経営難となり中国に売却される状況になった。国債残高は平成元年度に約一六〇兆円であったが、平成が終わる三〇年度には八七七兆円に膨らみ、財務省は五月、日本の借金が一〇七一兆円と、一〇〇〇兆円を超している事を発表し、今後も当面増え続けるという。この借金を除いた国の基礎的財政収支（ＰＢ＝プライマリーバランス）の赤字ゼロ計画は、二一世紀の課題として二〇〇八年度を目標にしたが達成出来ず、毎年新たに三〇兆円を超す国債を発行し続けている。財政健全化計画では二五年度の黒字化を目指したが厳しい歳出抑制が必要といわれる。歳出の三割以上を占める医療や介護などの社会保障費が最大の問題とされている。個人の家計では、高齢者世帯の年金から社会保険料や税金が引かれ、いつの間にか、かなり大巾に手取額が減っている。介護サービスも要介護より要支援が重視される。しかし、当の高齢者の意向は尋ねられたことはない。年金や介護サービスは、か弱い高齢者への国のお恵みとでもいうのであろうか。高齢者が壮年期に支払った社会保険料の点から見るだけでも年金やサービス受給は権利だ。〝長幼序あり〟程度の尊敬は払って貰いたい。歳出削減対策を、高齢者という消費者を対象とし、かつ歳入を増やす一法も消費者の支出に依存する考えが支配的である。しかし、平成最後の年の数々の企業不祥事は目を覆う。新車を巡るスズキ・マツダ・ヤマハ・日産など、日本を代表する業界の品質・検査不正、スルガ銀行の経営者自ら画策したずさんな巨額融資問題発覚など、企業の不正は枚挙に遑が無い。しかし、消費者の姿も見えず声も聞こえ無い。消費者の権利を見失い、大企業を優遇する経済社会は極めて危ない。

五　後期高齢になって

(一) 忘れ得ぬ人びと

平成の経済大動乱というべき時期に後期高齢になった。二〇〇五年（平成一七年）、七五歳。広告審査など少し社会的仕事が残ってはいたが、最後の非常勤講師であった新潟医療福祉大学を辞めて、正真正銘の老後後期の人生に入った。働き続けた五三年間は、消費者問題一筋の道であった。卒論に書いた職業＝召命の如くである。人生の岐路には誰かが立っていた。卒論に選んで書いた、市民社会の基礎となった宗教改革者マルチン・ルターのように、道標に立った誰もがゲミュートリッヒ（Gemütlich）、知性に優れて情感豊かであった。夫の誘いで思いがけず自分史を書いてみると、一直線に見えた人生は自分一人で歩んだわけではない。多くの人びととの出遇いがあり、助けられて歩いた道であることがはっきりする。感謝を込めて年賀状を交換する人は一〇〇名以上いらっしゃる。忘れ得ぬ人びとの中から、主だった人一五名のうち、八名は列記し、他の方々は文中それぞれ分かるようにナンバーを( )内に示して、記念し感謝したい。

(1) **中嶋トミ先生（故人）**

小学校五、六年担当。まだ師範学校を卒業したばかりの若い先生であったが厳しかった。戦時中のことでもあり、始終教室で全員立たされて宮城に向かって詫びさせられた。ある時、父兄会から帰って来た母が、難しい顔をして「三千子さんは慢心している」と言われたと告げ、酷い先生であると言わんばかりであった。母の不満顔を他所にして、言われたことはすぐ理解出来た。その理由になった行動も察知し、反省した。当時成績優秀で陸上の選手であったから、母には自慢の娘であったようであるが、本人は無意識に威張っていた。慢心である。しかし、先生はどこで見ていたのだろうか。思い当たる所業のどれにも先生の姿は無かった。又、どうして先生は、直接本人に仰らなかったのだろうか。この疑問は後まで長く続いた。そして、母の教えである〝天知る、地知る、わが身知る〟とはこのことかと思った。

(2)　岩田幸基さん（故人）

社会人第一歩の経企庁受験の面接官の一人であり、調査課長、局長等を経た後に国民生活センター理事。経企庁→生産性本部→消費者協会→国民生活研究所→国民生活センターと遍歴する道程を、いつもどこかで見守られていたような気がする。国民生活センター時代には所管課長で、経済企画庁に呼びつけられて叱られたことも二度三度。公的業務の姿勢を学んだ。しかし、優しい人であった。東女大を卒業したばかりの社会人一年生に、経済分析の「基礎」とも言える物価を任せ、一部とはいえ分析もさせ、臨時職員であることなど少しも差別しなかった。消費者行政の初代担当者であり、国民生活センター設立の根拠法の起草者であり「消費者基本法」案（消費者保護基本法改正）作成担当官でもある。『国民生活センター二〇年史』に「雑感」として「わが国の行政は、明治以来、産業振興の色彩が強く、いってみれば『供給側』の論理で動いている。行政機構も、法制も業界別にタテ割りになっていて、業界の利害には敏感に反応するけれども、消費者とか、生活者とかの利益を優先して考える仕組みになっていない。」と、真実を見極める極めて正論、率直、異色の政府高官であった。その後、拡大し普遍化した消費者行政は、この信念によって進められてきたのではないだろうか。後に続いた多くの担当官の仕事の拠り所になったのではないだろうか。

(3)　山崎進さん（故人・山崎拓元自民党副総裁慈父）

生産性本部時代の上司。消費者教育専門視察団に随行するよう推薦されたに違いない。そうでなければ転職して間もない一職員が任されるような仕事ではなかった。しかし、一言も言われなかった。CUや新しい消費者運動の理論・方向づけなどを学んだ。先駆者でありながら奥に控えて見守る人であった。消費者協会の専務理事として運営は暫らく大変であったが、表面に出されなかった。東大生時代に関わられた学生運動を振り返って、「人はいつまでも同じ所には止まらない」と呟かれたことも忘れられない。協会発足時には、一緒に消費者団体や商品テストの先輩である『暮らしの手帖』社などに挨拶に回った。仕事の礼儀作法を学んだ。

(4)　宗像文彦さん（故人）

厚生省医官、国民生活センター理事。日本で初めて病院からの商品事故情報を集めるために、全国各地の協力病院を二人で回った。危害情報室の担当理事ではなかったが、厚生省出身であり、全力で協力された。市立札幌病院に向かった時、「北海道は初めて」と言われた理事は、当日、空港で待ち合わせると、オーバーの袖口から、中の背広の袖口やラクダのシャツ二枚の袖が重なって見え、その重装備に驚いた。札幌は、行く先々、室内完全暖房で暖かく、気の毒であった。外へ出て、二人共、雪に転んだ。仕事をするということは、理論だけではなく、実践であることを学んだ。又、二人共、同時期に癌にかかり、同時に爪が変型するなど同病相憐れんだ。入院先に訪問・見舞って、緩和病棟の実際を知ることも出来た。宗像さんは医師になって最初に仕事をしたのが広島の原爆病院であり、山手茂との接点もあった。又、正田家の姻戚であり、研修業務でお世話になった正田彬先生との接点もあって、仕事以外の会話も楽しかった。ご生地熊本出張の時、初めての馬刺しをご馳走になった。

(5) 高田ユリ先生（故人）

主婦連日用品試験室長、会長。生産性本部の消費者教育委員であり、消費者協会、国民生活センターでも常に仕事にご協力・ご指導頂いた。又、山手茂と再婚した時には、椿山荘の離れで二人を招かれお祝いして頂いた。子供を連れてお宅に伺った時、ご夫君の晴彦様がお勝手をし、子供と遊んで頂き、ユリさんは座ったままであったことも思い出す。ご夫婦仲良しで、夕方になるといつも、〝帰るコール〟された。晴彦様が亡くなられた時、先生は朝まで大声で泣き続けられていたことも思い出す。歌舞伎座でご一緒すると、いつも隣席は晴彦様の御霊の席であった。公私共にお付き合い頂いたが、〝あなた、作り笑いしてはダメよ〟と叱られたことも忘れられない。仕事をする姿勢を学んだ。（追悼文参照、二二六ページ）

(6) 臼居利朋さん（故人）

大学教授、心理学者。先生が東大の副手時代、進学の勉強を教えて頂いた。英語の勉強中、定冠詞の使い方の例で〝Man is mortal〟〝人は死すべきものである〟を習った。英文法はともかく、人は死ぬという言葉は、その後の長い人生の座右の銘になった。一〇代の後半、〝死〟がどういうものか考え、恐れて眠れぬ夜が続いていた。この英文の例題は、一種の諦観になった。関連して〝長幼序あり〟（長幼有レ序）も対人関係の基本的考え方になった。「Sitte（慣習・しきたり）に反抗するのはいかがなものか」と注意されたことも、長い人生で忘れることはなかった。しかし、いささか不本意であり、心的距離が開き始めた。その頃、ある時、母が、父から「三千子は先生と大丈夫か」と尋ねられた、と聞かされた。何という父の敏感、母の鈍感。その後、最初の結婚・離婚・再婚の人生岐路に立つ度に、全く偶然に電話がかかってきたり、日本橋の丸善で、双方二人連れでばったり出会ったり、先生昇天の前年には共通の友人の誘いで数人で会食したり、大変に深い縁であった。しかし、永遠の個人教師と生徒である。出会いは東大の夏期学校であった。

(7)　山手茂　大学教授、社会学・社会福祉学者、夫

最も大きな影響を受け、人生そのものを変えたのは、夫・山手茂である。国民生活研究所で消費者教育の内容を研究していた時、学識経験者の委員としてライフサイクルと生活設計論を提案した。文部省社会教育局の専門委員会で『家庭の生活設計』（六八年）、『家庭の生活設計に関する学習資料』（六九年）を作成していたことにより、人生ライフステージ別の消費者問題を提示した。七歳・五歳・三歳と、七五三の三人の子を養育している子育て段階のライフステージにあり、離婚を決意していた時であった。子達の父親は、労働運動家でありながら現物投資に入れ込むという独特な生活スタイルを持っていた。悩んで三年、相磯まつ江弁護士に援助してもらって家庭裁判所で一年間論争した。調停員の一人は有名な女性法律家であったが、親権は夫にすると言う。妻は仕事に打ち込んでいるからそれで十分と言う。悩んで体調を崩した。国民生活センターに移った年に離婚が成立したが、体調が悪化して入院した。同じ頃、山手は親権は母親に、養育費は給料の三分の二を二人の子達が大学卒業するまでという条件で離婚した。二人の再婚は必然的であった。山手茂はいのちの恩人と言っても良い。離婚して会えなくなった、残してきた三人の子を思い、入院した病院から貰って溜めていた睡眠薬を前にし、薄暗い部屋の中でいつの間にか〝死〟を考える自分に気付いたこともあったから、山手茂の存在は大きかった。〝死〟は諦観したものの、眠れなくなると、山手は時々子守歌のように〝ラ・マルセイエーズ〟を原語で、〝琵琶湖周遊歌〟をゆっくりと歌って助けてくれた。又、〝人は死ぬが、死は恐れるものではない〟ことを理解させてくれた。その時が来れば人は自然に息を引き取って楽になるものであるという。そうかも知れないと思う。その後、三人の子らが、高校生、中学生になって、次々駆け込んで来ると、二人の娘と同居し、大学受験浪人になった一人の息子は近くに部屋を借りて援助した。山手の二人の娘はそれぞれ結婚しており、孫と共に時々会っている。

(8) 有賀美智子（故人）

高齢と言えば忘れられない人がいる。初めての女性公正取引委員となった有賀美智子国民生活センター会長である。内閣総理大臣により任命され準司法的権限・準立法的権限・行政的権限を持つ高い位に女性として初めて就いた〝時の人〟でありながら、まるで母親のように優しかった。職員に対する接し方を学んだ。又、老後の人生に対する意気込みも只ならなかった。勲二等受勲の祝いの席で、人生一五〇年と説き、「七〇歳、八〇歳など老人ではない。人生の折り返し点である」と言われた。現在夫八六歳、妻は八八歳になって、すっかり老人の暮らしをしていることを反省する。その老後の暮らしの中で、先生の御長女、NHK職員であった千代見様と俳句をご一緒させて頂き楽しかった。（追悼文参照、一二二ページ）

老人とは何か。老人福祉法などで六五歳以上は老人とされ、年金を受け、「敬老の日」には自治体によって祝い金を贈られ、昔ならご隠居さんと、世を捨てて閑居させられていた。しかし〝人生一〇〇年〟となると、六五歳から数えても三五年もある。閑居してはいられない。しかし、身体が衰え、気力が弱くなり、病気が多くなり、収入は年金だけ、など、生きてゆくためには社会福祉が不可欠である。しかも消費者としては、ほぼ一〇〇％消費のための生活をしている。消費者教育の中の生活設計論は、福祉の視点を欠くことが出来ない。国民生活研究所時代（三六～四〇歳）に考えた消費者教育としての生活設計論では間に合わない。新潟医療福祉大学講師時代（七〇～七四歳）に担当した生活福祉経営学が必要である。福祉なしには、特に老後の人生設計は成り立たない。更に、老後はどうしても身体が老化し、遂には、死に至る。消費者問題が「身体・生命・財産の安全」を守るものであるならば、福祉・医療・介護サービスが重要な問題になる。環境消費者としてのグリーン・コンシューマー、情報消費者としてのプロシューマーの他に、医療サービス消費者＝メディカルコンシューマー（Medical Consumer）にならなければうまく生きて行けない。少子高齢化社会が激しく進むにつれ、最近〝健康寿命を伸ばそう〟と、病身でも永らえる〝平均寿命〟を差別する傾向があるが、如何なものであろうか。病と闘ういのちも讃えたい。寿命は平均寿命で表される。昭和一桁族最初の一九二六年には、男性四二・〇六歳、女性四三・二〇歳であったが戦争で伸び悩み、三五年に男性四六・九二歳、女性四九・六三歳、終戦時にようやく女性が五〇歳を超えた。戦後、平和が続き、生活が向上すると一気に寿命が伸び五〇年台には六〇歳、七〇年代には七〇歳、八〇年代には女性が八〇歳に、二〇一六年に男性も八〇歳を超えた。織田信長が、本能寺で自決する時に「人《ジン》間《カン》五〇年…」と歌った命は、いまや「人生百年」といわれるほどになった。しかし、生物としてのヒトの寿命・一五〇年には届かないといわれる。主因は疾病である。老人福祉法（一九六三年）老人医療公費負担（七三年）介護保険実施（二〇〇一年）など諸施策が打ち出されたが、予想を超える高齢社会の進展によって、国の財政負担が大問題になった。健康寿命を伸ばそうというプロパガンダは、生活習慣病を減らそうという点で評価するものの、負担抑制意図がある。そもそも「健康」とは何か。ＷＨＯ（世界保健機関）によると「疾病や障害がないだけではなく、身体的・精神的及び社会的に快適な状態であること」である。さらに「個人としては、食欲が十分にあり便通がよいこと、元気がよく、疲れにくく睡眠が十分とれること、抵抗力があり、病気にかかりにくいこと、姿勢がよく身体の調和がよくとれていること」とある。簡単なことではない。「健康寿命」はミスリードしないか。少なくとも、ＷＨＯのいう「社会的に快適な状態」を健康の一条件として、総合的医療・福祉・介護サービスを活用する「権利」を主張したい。

(二)　病の体験

六九歳で初めて癌にかかった。ある秋の夜、一人で遅くまで起きていた時、何となく気になって胸を押さえると〝しこり〟に触れ、途端に〝癌〟と気付いた。最寄りのかかりつけ医の紹介で日赤医療センターに行くと、かなり進んだ乳癌であった。手術五時間、一か月入院、一年間リハビリと放射線治療をし二年後に〝寛解〟した。しかし、一三年後、八四歳で新たな体幹癌の手術後、次々リンパ節に癌が転移し、八八歳の現在、四度目のリンパ節癌が発見されている。癌以外にも腰椎骨折で入院・手術、蜂窩織炎で二度入院、その他、老後は病気続きである。十二分に医療サービス消費者である。医療サービスとはどういうものであるのかを身をもって知るようになった。診断、治療、投薬、副作用など、医療サービスの良否は多方面に渉る。医師や薬剤師、看護師など、治療に関するすべての専門職者によって患者＝消費者の権利が守られなければならない。医療過誤など明らかな誤診・誤治療について民事責任が問われることは当然であり、医療サービスの構造的・質的良否が問われる必要がある。又、何よりも、患者自身が医療サービスの消費者として自覚を持つ必要がある。病気を重ねて初めて〝いのちの尊厳〟を自覚した。医療サービスが〝いのちの尊厳〟を守るためには、医療消費者の心に寄り添い、生きる気力を高めるものでなければならない。

癌治癒後、生きる気力を取り戻したのは、癌患者友の会であった。さすが高評の病院というべきか、外科の外来受け付けに〝友の会〟掲示があり、心が動いて参加した。患者が三〜四〇名、医師も看護師もリハビリの理学療法士も事務職員もファシリテーターやオブザーバーとして参加していた。患者は数個のグループに分かれて、自由に〝わが経験〟を話し合うことになった。全員が癌の治療体験を語った。見るからに辛そうな人も、副作用で腕が腿くらいに肥大していた人も、癌の転移が続いている人も、治療中の人も、活き活きと闘病生活を話した。日常生活が元通りになった報告、前のようにゴルフをしている人、主治医を出張先まで追いかけた人、手術を受けた体験など何の屈託もなく、むしろ明るく話した。語り合ううちに皆が活き活きしてきた。帰りには仲良しも出来た。会を重ねて機関誌を作った。癌患者はいかにあるべきかを教えられて、生きる元気が湧いてきた。ネットワークの力だ。

生きる気力を取り戻し、老後の余暇時間を趣味に当てた。子供の頃習った琴や生け花、刺繍、小学・中学時代の書道や図画の時間以来の分野である。現役時代には〝余暇〟〝趣味〟など考える時間もなかった昭和一桁族の暮らしであった。一筋の道として歩んできた消費者問題については〝老兵は死なず、ただ消え去るのみ〟（D・マッカーサー、解任時の弁、一九五一年）。自分の楽しみを見つけることにした。〝元気〟が出るように思う。

以下についても、**(1)〜(8)**同様に忘れ得ぬ人びと**(9)〜(15)**を記述させて頂きたい。

(三)　俳句

老後初めての乳癌を乗り越えた後の七五歳から俳句を始めた。

(9)　上井正司師　国民生活センター監事。師主宰の一水会に加わった。上井正司師は秀れた行政官であり「医薬品副作用被害救済基金」幹事でもあった。中学時代からの俳人で、「私の表（公務）の生活段階（ライフステージ）は疾風怒涛の時期であり、裏（俳句）は完璧を夢見てと、表裏一体の人生であった」と回想されている。『荒神輿』他数冊の立派な句集を発表されている。

荒神輿ときにやさしく練り戻す

の臨場感に打たれ

やはらかに日のほぐれをり花辛夷

の優しさに共鳴した。出版社の句選集では、二〇人の中に入っているのに「まぁ五〇〇人の一人かな」と言われる謙虚な優しい俳人であった。師が病床につかれたので俳句を辞めた。四年間であった。

句会の選評、出来・不出来を恐れず、幾つかを記録したい。師からは〝この頃優しい句になった〟と褒められていた。

暑き日や虚空に桟影彼の時も

〝彼の時〟は評判が悪かったが、句会で何人かは〝敗戦?〟と当てた。デジャブでもあった。表現の仕方を尋ねたかったが新入りなので控えた。

月明かり誰が琴聴きて雁帰る

出張していた青森の夜、月を見ようと窓を開けると思いがけず帰雁が横切った。子供の頃、琴を弾いて父の尺八と合わせたことを思い出した。その時も月の夜であった。

月山や空も水際も秋の色

出張していた山形で、自動車の窓から月山を見た。美しかった。悠揚迫らず紅葉していた。あくせく働く疲れを忘れた。

喧騒の街に一閃夏つばめ

渋谷駅前でバスを待っていると、眼の前を何かが飛んだ。つばめだと気づき、心が安らいだ。

春雷の忽ち去りて花明り

季語が重なった。しかし、近くの目黒川の花見の経験で、その夜は、春雷あっての桜、稲光りの後の満開の桜であった。

名曲の余韻を乗せて青嵐

ＮＨＫホールでベートーベンを聴いた後、歩道を囲む代々木の森は、青葉を渡る強い風が吹いていた。ベートーベンが好きだ。夫はショパン。

夫遠し天気予報の寒き地に

新潟の大学に単身赴任した夫の身辺はいつも気になった。テレビで見ると新潟は東京の北、すぐ近くに見えるが天気予報ではかなり違う。後に、週の半分を共に過ごしたが、新潟は寒くても住み良い懐しい街である。

夕されば露地に夕顔母恋し

チューリップ手にし涙し逝きし父

二句とも点は少なかったが懐かしい。幾つになっても父・母に会いたい。父も母も花が好きで、夕顔の傍にはいつも母が居た。二人共、戦後の貧しさから抜け切れないまま、還暦前に昇天した。何も手助け出来ないままであった。何かにつけて思い出し祈っている。

俳句も又、人との交流である。句が褒められるかどうかではない、句会での交流が収穫である。社会教育で行われる講座方式の何十人もの大句会などでも、見知らぬ人、教室でも顔も見えない座席の人から、句に対する意見や経験を話しかけられる。まして、円座で見渡せる少人数の句会では、相手の顔を見ながら句評を交わす。終わると茶会になることが多かった。句評で言い争いになる句会もあると聞いたが、それも一つの交流であろう。現役時代の仲間とは全く違う新しい仲良しや尊敬する先輩が出来た。上井正司師は「何よりも大切なのは作品のレベルではなく作者のレベル」で「作者への認識を大きく深める」（『俳句研究』九九年三月）とされた。実際、人間関係は濃いものであった。

句会での交流だけではない。俳句人口五〇〇～一〇〇〇万人といわれるブームである。仕事以外のつき合いのなかった人びとからも、俳句が書かれた手紙や葉書が来るようになった。それらの句を読むと、現役時代には知らなかったその人の暮らし方や性格が伝わって、現役時代とは全く違う交流になる。いわば〝もうひとつの〟暮らし方になる。

(四)　書道

俳句をするのであれば、〝水茎の跡美わしく〟短冊にさらさらと墨で句を書きたいものだと思い始めた頃、渋谷の金王神社の祭りの出店の前で、一枚のちらしが配られた。ふと見るとその片隅に小さな字で〝書道〟と買いてあった。咄嗟に〝水茎の跡〟が閃いて、教室を尋ねた。予想に反して水茎流とは違う中国の書道、古典書法を楷・行・草・隷・篆書の五書体、更に古い石文、金文、甲骨文も習う教室であった。教師は漢字の本家中国から来日されている劉洪友師で、古典書法の書体、用筆、結体、気脈、筆法などを習得する教室であった。劉先生は三〇歳の時に来日し、すでに都内の数か所に教室を構え、一人ひとりの書に朱筆を入れる直接的・個人的指導が行われていた。恵比寿教室は一〇～一五人であったが、二～三〇〇人の会員は、毎年上野の東京都美術館で作品展を開催し、そのつど他の教室及び修了者も含めて数百人が集まった。中国大使館も共催し祝辞を述べた。

俳句を〝水茎流〟で書きたいという最初の望みは忘れて、中国書法学院の書道に一二年、七六歳から八七歳まで通った。その年々の成果は「国際書法芸術展」の冊子に納められている。それまで、書道は、女学校一年の時、帝展（現日展）無監査の、かな文字の大家であった大石隆子先生に習っただけであったが、中国書法学院での書道で、書の魅力を知った。更に、教室のメンバーや、大会で接する他の教室のメンバーは、そのほとんどが書の先輩であり、上達者であったから、先生の教え以外に、仲間達との交流が学習になった。みんな仲良しだった。俳句習得の時と同じように、書道も又、人と人との交わりが心の豊かさになり、老後のくらしを支えた。

(10)　劉洪友先生　劉洪友先生は、四字熟語で学ぶ書道手本集（A３判各一〇〇頁、全一三巻）の大労作に「そもそも書法とは……書く人の個性が相俟ったものである。書道芸術としていうと、結体と運筆、それに個性を盛り込んで表現する芸術ということになる」と言う。更に、「国際書法芸術展（二〇一六年第四九回）」冒頭には、「芸術、文化は、国や民族の違いを乗り越えて、人と人との心を深く結びつける」「芸術、文化交流は心の交流であり共同行為である。このような心の交流がある限り、人と人は真摯に結びつく。そして平穏な社会を維持できる。また、国家と国家の関係がどんなにこじれようとも、芸術と文化が双方の間に水脈のように流れていれば、平和で安定的な関係を維持できる」と述べている。

書道を習得するために、受講料月五〇〇〇円を含めて諸費用を年に約二〇万円支出する消費者であったが、得たものは大きかった。脊椎を手術して三か月後の年賀状に、四月から〝米寿の人生始まる〟とし、内心、書道を続けることもその課題の一つと考えていたが、劉先生が日本在住一〇〇万人の華僑組織である全日本華僑華人連合会会長に就任され、又、中国での先生個人の書展など多忙になり、書道教室を閉じられることになった。学院本部の青戸に通って続ける方法はあったが、通う体力は無くなったので、書道はひとまずやめることにした。

米寿人生再出発の一つと考えていた書道をやめた空白の時間を、以前から夫に勧められていたこの自分史の執筆にあててきている。しかし、筆、墨、硯、半紙、半切、全紙など、整理し切れない用具が一年分は残っていることもあり、又、続ける積りである。この一二年間、途中で正味二年間くらいは、癌や腰痛などで欠席し、正味一〇年、未熟、稚拙を恥じながら、年ごとの成果である書法展出品作を幾つか記録したい。

資料A「国際書法芸術展」二〇〇七　七六歳

Aの「麗」は人生で初めて書いた条幅の作品である。新入生は一字を選ぶことになっていた。手本は劉先生の書、篆文。大篆。中国古代の王朝、周の宣王の太史籀の作った文字（前七七〇年頃）。「麗」は美しいという意味よりも〝空が明るく晴れて、のどか〟の意を取りたい。

Bは書道入門二年目、七七歳喜寿の作品、隷書。隷書は秦の始皇帝の時、程邈が獄中で作って献上し、許されて御史に任じられたという。詩は唐詩選（唐は六一八～九〇七年）劉廷芝。いつの頃からか脳裏に染みついた漢詩を選んだ。

C、Dは書聖と称えられる王羲之（東晋三一七～四二〇年）の

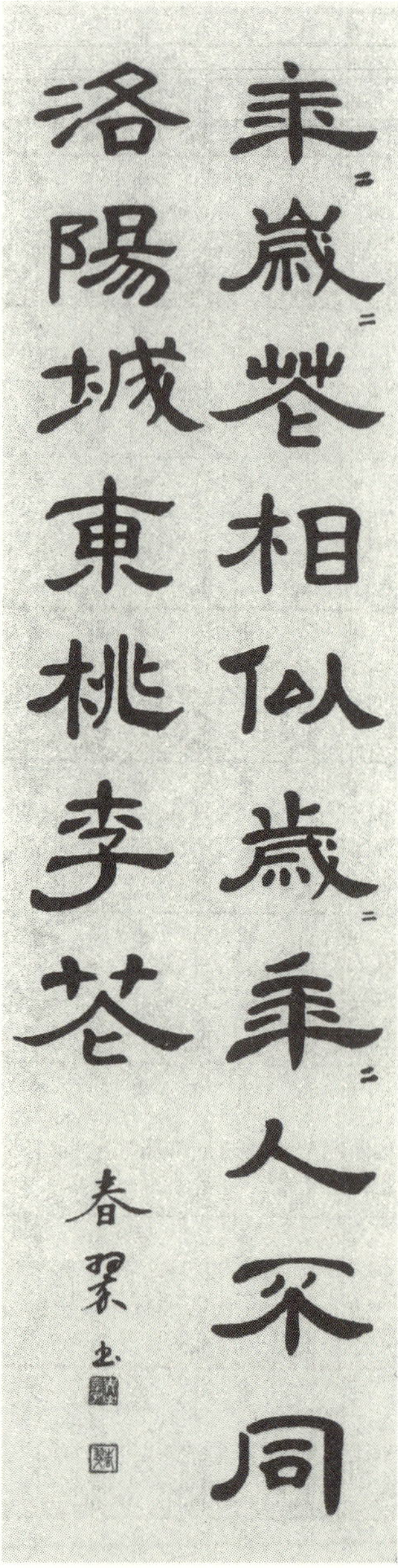

資料B「国際書法芸術展」二〇〇八　七七歳

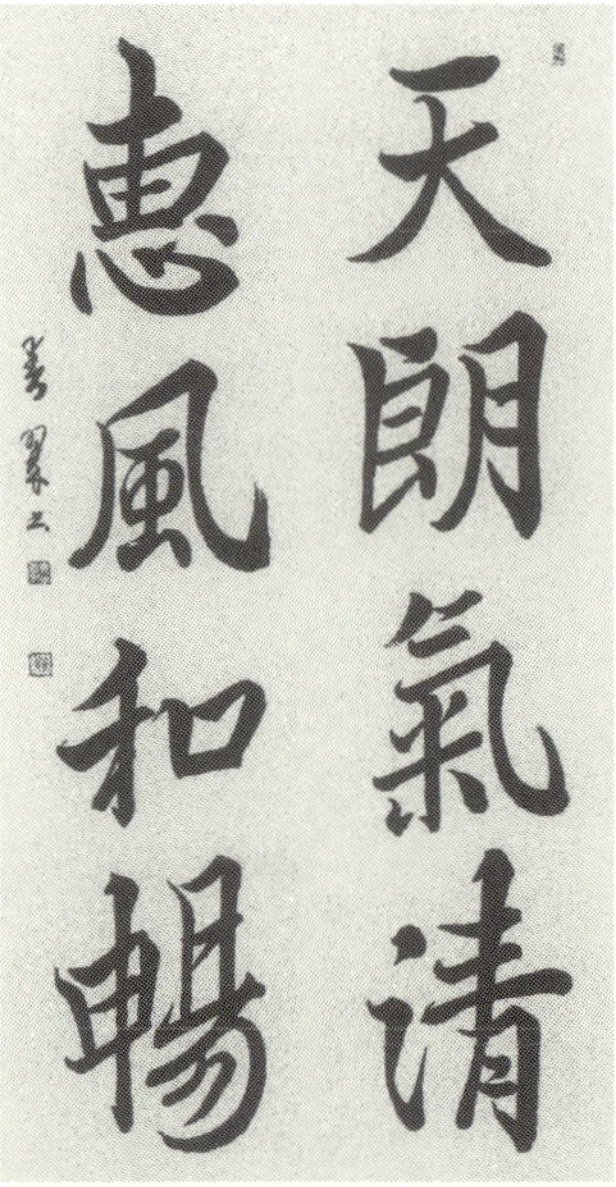

資料C「国際書法芸術展」（台湾）準特選　二〇一二　八一歳

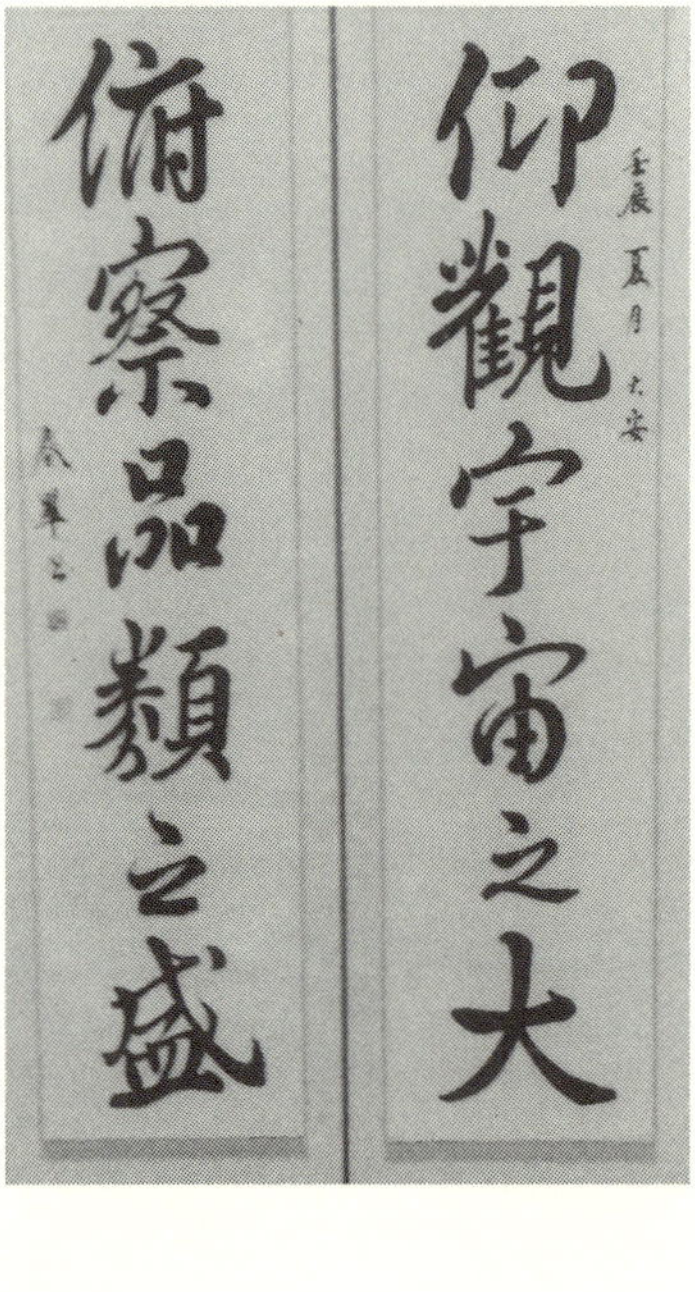

資料D「国際書法芸術展」二〇一三　八二歳

『蘭亭叙』から好きな言葉を選んだ。行書である。王羲之の生・没年は不明であるが、『蘭亭叙』は文中に日付けがある。永和九年（三五三年）三月三日、四一人の文人を集めた蘭亭曲水の宴で出席者が作った詩に、王羲之がつけた序文。その日は、空晴れて空気が清々しく、仰いで宇宙の大、俯して地上の栄えを見るという情景。王羲之の書も文も美しい。二〇〇〇年も前のこととはとても思えない。

Eは、李白（七〇一～七六二年）「望天門山」七言絶句である。毎月のテキストである『温故』（二〇一〇年二月）に載っていた。『温故』には毎号必ず漢詩が載り、先生の書が示され、各自、各書体で書く宿題が出る月が多かった。どの漢詩も美しく、劉先生の説明も斬新であった。しかし、この作品は、学んでから数年後に作品にした。気に入りの詩である。『温故』での説明文によると、安禄山の乱（七五三～七六三年）に巻き込まれ、流

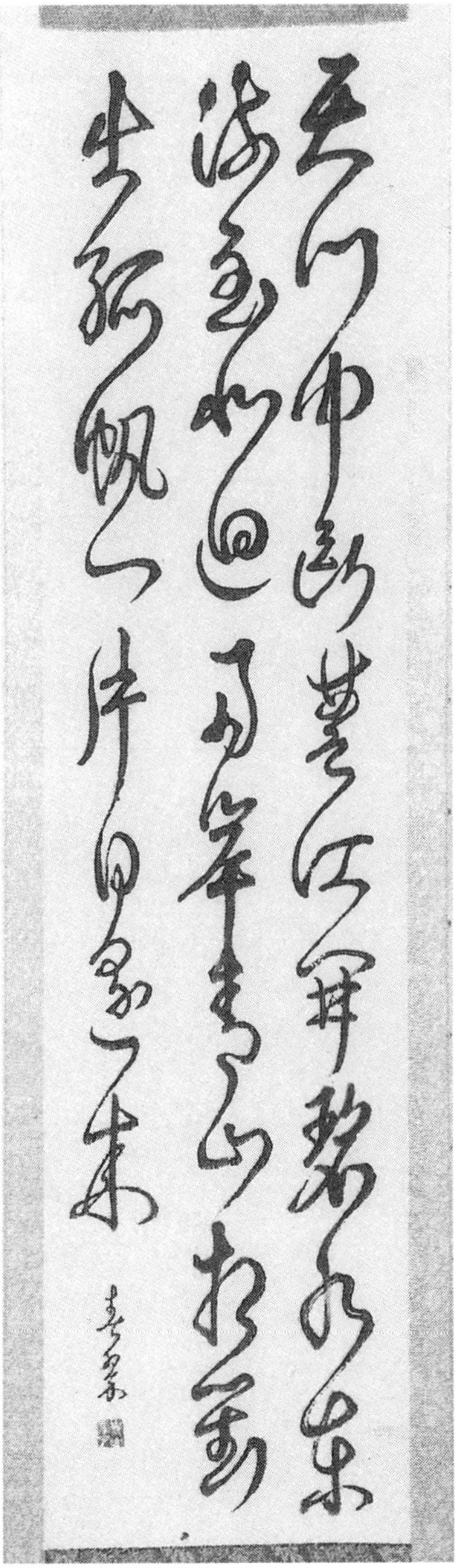

資料E「国際書法芸術展」二〇一七　八六歳

資料Ｆ「国際書法芸術展」二〇一四　八三歳

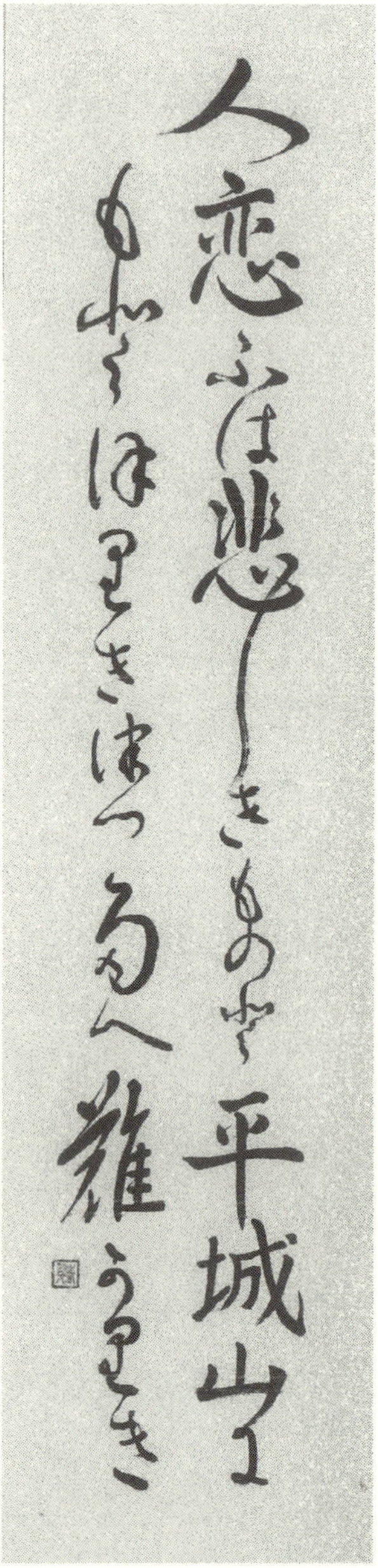

浪したり、推挙されたり、詩聖というイメージとは異なる波乱の生涯であったことを秘めているように思われて興味深い。草書で書いた。

Ｆは賞の対象ではなく、小品を一点、出品することになっていて、テーマなど自由に任されていたので、思い切って〝仮名文字〟を試みた。『温故』には、毎号〝高野切〟（紀貫之伝）や〝関戸本古今集〟（藤原定家筆）を主に、仮名の手本も載っており、劉洪友師も時々指導された。その文字を拾って書いた。〝水茎流〟には程遠く、書を始めた動機の〝短冊にさらさらと〟書くのは無理と分かったが、記録に留めたい。〝平城山〟（奈良山）は北見志保子の詩で、女学生の頃、曲を覚えた愛唱歌。

Ｇの「観相平安」は、自己流の四文字熟語を作って草書で書いた。王羲之の草書の字の中の〝観〟〝想〟の文字に惹かれて、言葉を続けた。その心は、〝観想〟は「一つの対象に心を集中して深く観察すること（仏）。真理を知的に眺めること（哲）。「平安」は平安そのまま。世界平安。

資料G「国際書法芸術展」二〇一三　八二歳

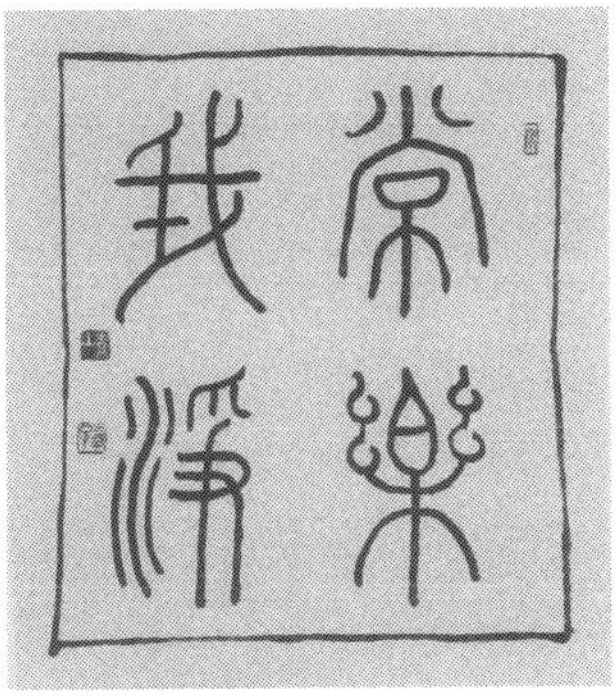

資料H「国際書法芸術展」二〇一七　八六歳

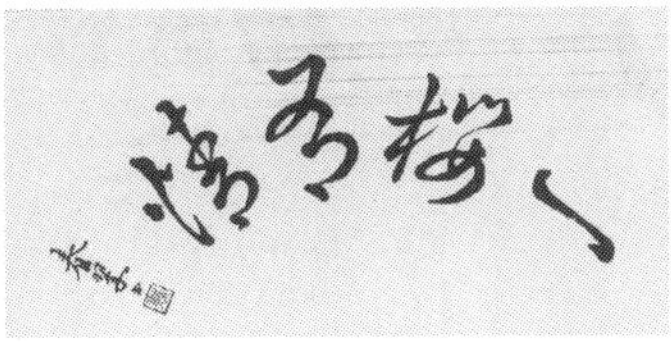

資料I「国際書法芸術展」二〇一五　八四歳

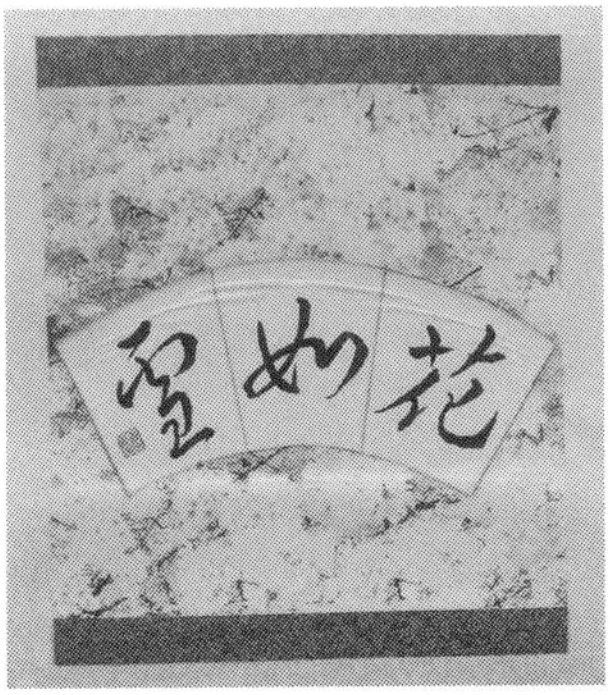

資料J「国際書法芸術展」二〇一六　八五歳

Hの「常楽我浄」は、仏教用語。理想の境地は、永遠であり、絶対であり、清浄であること（広辞苑）。仏教心で選んだのではない。女学生時代に愛読した宮沢賢治の『春と修羅』の「五輪峠」は暗唱している。「みちのくの五輪峠に雪が積み……五の空輪を転ずれば、常楽我浄の影うつす。」から選んで、篆書で書いた。字の形も好みであった。

Iの「一櫻有情」は、一本の桜に情あり。亡き友から贈られたご夫君の描かれたしだれ桜の絵を、長いこと玄関に飾っておいた。美しい絵であった。癌の見舞いに贈られた。初期の消費生活相談員であった。この書を「貰ってください」と頼んだら「掛ける所が無い」と嬉しくなさそうだった。

Jの「花如雪」は、珍しく劉先生から

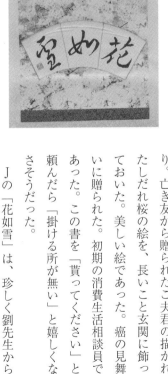

頂いた言葉である。その年の書法展は全作品〝櫻〟がテーマであった。〝花吹雪〟ではないかなあと心の中で思ったが、書いてみると確かに桜の満開は雪の如くである。逆も然りとは思わないが、この作品以降、雪の日には桜を、桜満開を見ると雪を思うようになった。字の背景は、小澤武信さんから頂いた桜の写真を寄せ集めた。

(11)　**小澤武信さん**（元NHK職員）とは、小澤さんが編集・著作された『高田ユリの足あと』に協力して以来親しくして頂き、季節ごとの野の花、空の鳥を写された葉書を数多く頂いて、病多き身を慰められた。

小澤さんが写された写真のはがきの中から直近の二枚を残したい。白馬三山は、女学校が、第二次大戦末期に集団疎開した近くである。集団疎開に参加出来ず、岐阜の縁故疎開先で、友人の便りを読みながら思い描いていた山である。ケマン草（華鬘草）はケシ科の観賞用多年草。型の紐結びはケマン結びである。

小澤さんの写真にいつもいろいろな事を想う。ケマン草の写真を見た時には〝ケマン〟を〝華鬘〟と読み変えた。華鬘は仏前装飾。〝懈慢〟と読めば怠慢のこと。因みに〝懈慢界〟とは極楽浄土の途中にある快楽界とか。現在六度目の癌治療中の身として怠慢に注意しよう。庭の小鳥のはがきにも連想した。「野の百合、空の鳥を見よ。播かず、苅らず、紡がざるなり」。癌でもくよくよ致しません。本書に掲載した拙筆も何枚か撮られ、最後の作品の写真の付記に「漢文には素養がない」とされながら、書棚には「三国史」「水滸伝」「隋唐演義」「紅楼夢」「封神演義」「楊令伝」などがあり、「西遊記」は一〇巻中第三巻まで読み進んだとあって驚いた。東京女子大で「論語集注」を学んで漢文が読める気になっているわが〝素養〟を恥じた。折も折、新聞（二〇一八・五・二三毎日）に「苦節五八年一二〇巻完結」という見出しで明治書院が中国の古典をまとめた全集「新訳漢文大系」を完結したとあり、又、驚いた。

更に、伊藤康子・小澤武信企画編集『市川房枝と歩んだ「婦人参政権運動」の人びと』（二〇一五年　市川房枝生誕一二〇周年記念事業委員会発行、非売品）にも驚いた。「一緒に運動した同志、支持者のせめて名前だけでも残しておきたい」（『市川房枝自伝』）との遺志で記録された人びとの名鑑であるが、全頁汲めども尽きない歴史である。婦人参政権といえば市川房枝氏他二〜三名しか思い浮かべなかったので大いに啓発されたが、あとがきで「一二一名の女性たちと海外の女性三名、男性協力者一八名に過ぎません」とあり、歴史の奥深さに脱帽した。なお、一二一名の学歴記録のある九二名中、日本女子大卒一六名、津田塾大卒八名、女高師七名、東京女子大一名で、各校の歴史と教育の姿勢を垣間見た。他にも、数名が外国の大学卒など、参政権運動には高学歴の女性の実践的社会活動が見られる。

小澤武信さんの呼びかけで、前掲書に関係した数名が、時々会合を持つようになった。現役時代一本道を歩んできた消費者問題からリタイアした〝老兵〟であると決め込んでいた生活が、又その道の端に繋がった。人生は

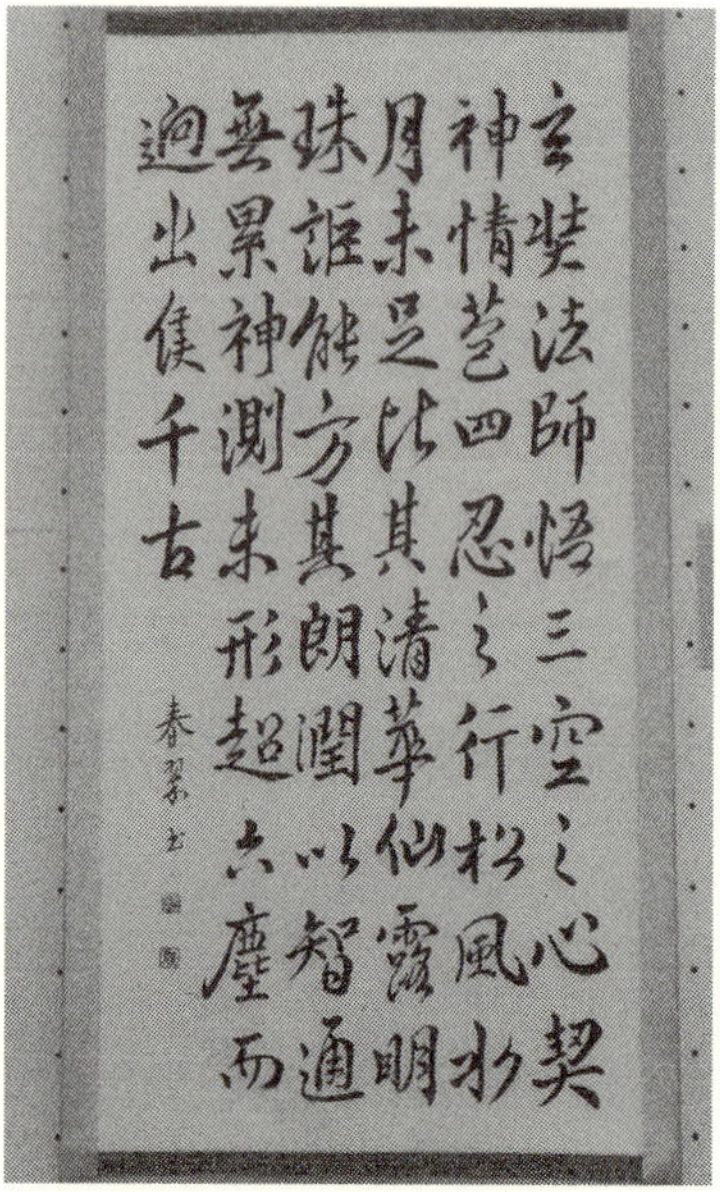

資料K　「国際書法芸術展」二〇一八　八八歳　準大賞

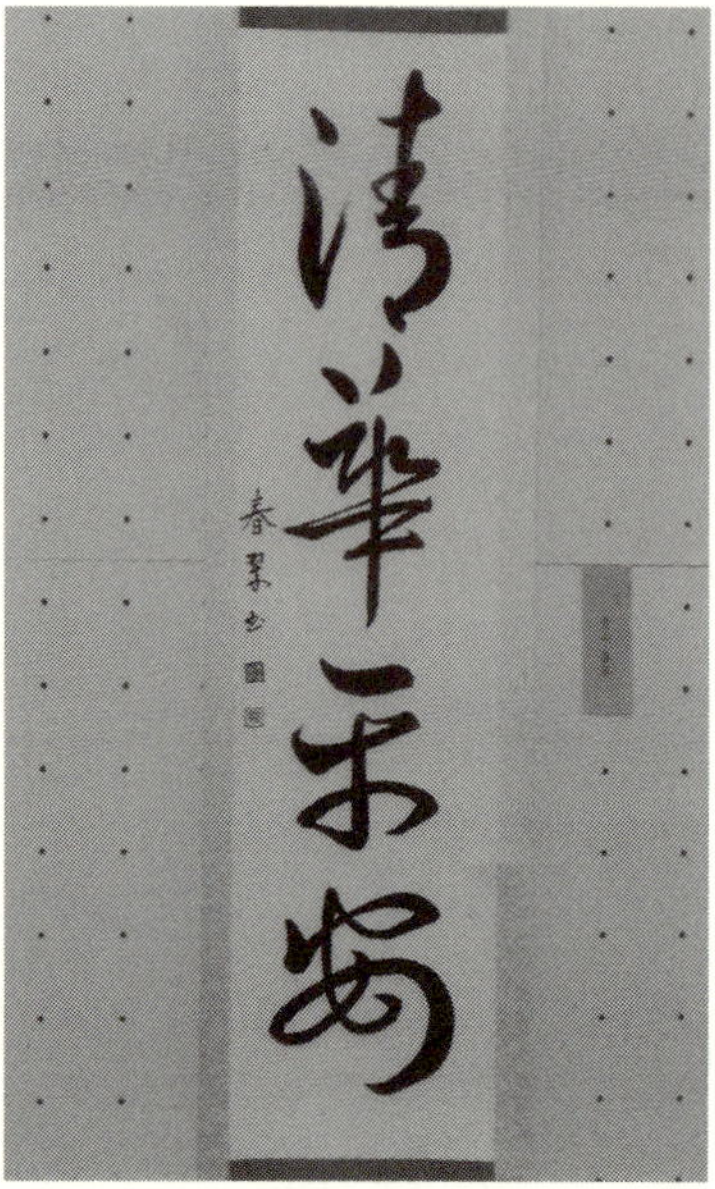

資料L

〝人との交流〟である。人との出会い、ネットワークである。

書法展出品の最後となった作品Kは、悠久の賢者である玄奘法師の人となりを書いた。脊椎を手術し、要介護2であったが、気力を絞って行書で五五文字書いた。法師は「松風水月も未だその清華を比べるに足らず、仙露明珠も何ぞ能くその朗潤を比べんや」。法師は「千古にただ一人」である。同時に提出した資料Lは「清華平安」と自己流の四文字を認めた。「清」「華」「平」「安」の四文字とも、王羲之の草書があまりに美しいので勝手に選んだ。人間、出来るなら「清らか」「華やか」「平らか」「安らか」でありたい想いであったが、辞書によると「清華」は〝セイガ〟と読めば平安朝の家柄、〝セイカ〟と読めば清らかで華やか、「平安」は一路平安である。

どうぞ、人びとのくらしが「清華平安」でありますように、社会が穏やかで無事に進展しますように。傍観していていいのだろうか。

(五) 高齢期　趣味と人のネットワーク

一九八九年、元号は昭和から平成に変わった。昭和一桁生まれは、人生最後の老後ステージに入った。平成元年、昭和一桁先頭の昭和元年生まれは六四歳、一桁最後の九年生まれは五五歳、真中の五年生まれは五九歳で現役最後の年だった。平成時代があと一年となった平成三〇年には、昭和元年生まれは九三歳、九年生まれは八四歳、五年生まれは米寿である。平成時代は、昭和一桁世代の老後期である。

昭和一桁世代の老後期・平成は、社会的運動こそ影を潜めたものの、実は大激動の時代であった。大学生時代に始まり、就職し、社会人一年生の頃は休戦になった朝鮮戦争は、史上初の米朝首脳会談によって終戦が話し合われ、恐らく平成最後（二〇一九年）までに幕を閉じると思われるが、そのきっかけは、北朝鮮の相次ぐ核開発とミサイル発射実験であり、日本は大戦中にもしたことのないミサイル防衛設備を進めるという騒然とした状況になった。大戦中に聞いた空襲警報と同様な警報サイレンが鳴り響いた地域さえある。国内も信楽高原鉄道事故（平成三年）を初め、大事故が頻発し、毎日新聞「平成の事故」（一八・七・二六）によれば「技術発展の中で重視されたのは機能やコストであり、リスクへの認識は伴っていなかった」。経済も米中貿易戦争（一八年〜）など〝アメリカ・ファースト〟に振り回された。しかし、人びとはまるで何事もないかのように平静を装っている。

昭和一桁世代は、戦争の拡大過程で育ち、敗戦後の廃墟のなかで成人し働き始め、奇跡的な復興を成し遂げ、経済の高度成長・消費革命による高度大衆消費社会を築き、日本を世界屈指の大国に押し上げ、平成末までの約四分の三世紀にわたり〝平和〟を守り続けてきた。そして、再び、昭和一桁高齢者は、生活の革命的変化の中にいる。人類史上、農業革命・産業革命に次ぐ第三の革命といわれる情報革命の本格化である。

毎日新聞社は、平成が終わろうとしている三〇年（二〇一八年）四月以降、新聞見開き二頁全面特集として「平成の記憶」をテーマごとに随時掲載している。その特集のうち「ネットで生活激変」（四月二七日）の記事を、承諾を得て転載する。

「『生活の激的変化』という現実でとらえれば、平成は『ＩＴ（情報技術）・デジタル』の時代だった。」「毎日新聞のデータベースで『インターネット』が初めて登場するのは一九九二年一一月」「それからわずか約二〇年で日本のネット人口は一億人を突破。通信技術の進歩が人びとの生活に劇的な変化をもたらした三〇年だった。」（編集委員　増田博樹）

情報革命は一九八〇年にはアメリカの未来学者、アルビン・トフラー（Toffler, Alvin）が『第三の波』で詳細に分析し、その中で、消費者問題の変化として、消費者が生産過程に直接参加してプロシューマーになると予測し、日本でも、例えば増田米二（日本生産性本部生産性研究所次長等）『情報革命』などで多くの予測が行われている。しかし、平成に入ってからの日本の情報社会の急速な進展、ＩＴ化は、予測を遥かに超える、人類史上の大変化であった。しかも、ＩＴ革命は、日々刻々進化し、予測を超えて、現実の変化が先にゆく。コンピュータなどの情報機器やネットワークを使いこなす能力が不可欠の現役世代はもちろん、職場を離れて隠退した高齢者も、電子メール、キーボード操作、文字入力、インターネットでの情報検索などが出来ないと、日常生活に不便が生じるようになってきた。いわゆるデジタル・デバイドであり、情報難民化である。

国民生活センターで、消費者相談や危害情報のシステム化を考え、情報システムを担当する情報管理部長になり、退職後、理事になって、情報リテラシーの必要と機会は常にあった。特に、コンピュータが導入され始めた初期段階で、ＩＢＭの伊豆施設で開催された官庁や新聞社や公的組織の女性管理職を対象にした宿泊研修にも参加したが結局実らなかった。九〇歳に近づいて、日常用語もＩＴ化による変化についていけないことも多くなり、ようやくコンピュータの前に座ってみるが、残念ながら目や耳や指の触覚などがコンピュータを拒絶する。やむなく、必要な時は同居している次女に頼っている。次女は、かなりの研修をしてＩＴをこなしている。こうしたＩＴ利用の手助けのないＩＴ難民、とりわけ一人暮らしの高齢者の場合はどうしたらいいのか。

親しい友人のネットワークで、それぞれ得意とする能力を発揮して助けあうことや、地域社会の生涯学習の場で、情報学習の機会を増やしたり、情報活用支援ボランティアを組織化するなどを検討することが必要である。

ネットワークをつくること、即ち、ネットワーキングという言葉は、今では誰もがコンピュータを相互につなぐこと、アドレス交換などと理解する。人びとはコンピュータを通じて一気に世界とつながり、いつしか情報が主人公になる。しかし、本来は人間の生きる手段として一人ひとりがどのように連携するかが問題である。一九八二年、リップナック・スタンプス夫妻は著書『ネットワーキング』で人びとの新しいつながり、新しい生き方を示した。参考にしつつ老後は、趣味を中心とするネットワーキングを試みた。楽しかった。

むすび　病みつつも心豊かに生きる

人生、俗気がなく、清らかに、艶やかであることは一人でも出来るが、〝一路平安〟は社会との関係なしに済まされない。昔、国民生活センターで相談部を担当していた頃、ある日、会長室に呼ばれると、当時、極めて有名な女性の政治家に紹介された。尋ねられるままに消費者対策について答えたところ、優しげに微笑みながら厳しく一言、「大状況を変えないと小状況は変わらない」と。何も言い返さなかったが、心中は〝逆も又、真なり〟。民主主義の政治主権が国民にあるように、経済主権は消費者にあるという消費者主権論は、第一回消費者大会（一九五七年）で、奥むめお主婦連合会会長が起草した「消費者宣言」の中にすでに示されている。「私たち消費者大衆こそ経済繁栄の母であり商業者繁栄の支柱であります」「私たち消費者大衆こそ主権者であることを高らかに宣言します」

消費者宣言

「資本主義は両刃の剣である。労働者として搾取され、消費者として搾取される」と私たちの先覚者は叫びました。

労働者の搾取を排除する戦いは前進しましたが、消費者を搾取するからくりは、なお巧妙を極めて、私たち大衆の生活を脅かしています。

大衆への奉仕を考えない独占資本は権力と手を結び、一部業者を利用してカルテル化をはかり、

消費者大衆の良い品物を適正な値段でほしいという要望をふみにじって逆に高い値段で粗悪なものを私たちに押しつけようとしています。

ものの買い手としての消費者、特に主婦の社会的責任は非常に大きいのです。もっと声を大きくして消費者の立場を主張しましょう。そして私たちの暮らしよい社会をつくろうではありませんか。

私たち消費者大衆こそ経済繁栄の母であり商業者繁栄の支柱であります。

すべての物の価格と品質は消費者の意思を尊重して決定されなければなりません。

私たち消費者大衆こそ主権者であることを高らかに宣言します。

この権利をまもり流通過程の明朗化と合理化のために、全消費者の力を結集してたたかうことを誓います。

昭和三二年二月二六日　　全国消費者大会

この宣言は、冒頭に「資本主義は両刃の剣である」などと、言うなれば大状況変革のニュアンスもあるが、『どんなスピードでも自動車は危険だ』（一九六五年）で欠陥車を告発し、一躍世界のコンシューマリズム（消費者第一主義）の旗手となったラルフ・ネーダー（三四年〜）は、反体制運動家でも革命家でもない「消費者の十字軍（クルセイダー）」と呼ばれ、変革は民主的体制内で出来ると言っている。ネーダーはアメリカ消費者同盟（CU）の理事でもあった。「冷静な知識を持つ市民を練磨すること」が民主的体制内で出来る変革であるとしている。大衆運動ではなくひと握りの有能な人びとのグループで出来るということは、多数の力よりも開明された自主性を持つ消費者ネットワーカーの力である。

『ネットワーキング』（一九八二年、J・リップナック、J・スタンプス）の中で、著者たちは〝毎日耳にするテレビやコンピュータ・ネットワークではなく、問題を提起し、その解決策を既存の体制の外に求める人びとの輪を示す言葉〟として、動名詞のネットワーキングという新しい言葉、造語を作ったという。全米から集めた情報から五万団体を選び、そのうちの四〇〇〇団体に手紙を出し、四〇％の回答を分析し、そこに〝もう一つのアメリカ〟を発見する。それは〝ある場所ではなく、心の状態であり〟、軍事大国、経済大国アメリカではない、市民同士が共通の目標や価値観を持って、自主的なグループを作り、ネットワーク的に結ばれている目に見えないアメリカである（序文増田米二）。調査した約一六〇〇のグループは、女性問題、エコロジー、教育、精神活動等多種多様であるが、〝治療のネットワーク〟としてウーマン・ヘルスや消費者としての健康が取り上げられている。その中の「市民健康調査グループ」は、前出、ラルフ・ネーダーの数多い市民問題＝消費者問題グループの一つである。このグループは、一九七六年以降、メディカル・コンシューマーとセルフケアのための情報センターとして消費者ニュースレター「健康の事実」を刊行している。

『ネットワーキング』日本語版監修者序文として正村公宏氏は、日本でも多様な自主的社会参加活動が発展しつつあることは、一九八三年の国民生活審議会の『自主的社会参加活動の意義と役割——活力と連帯を求めて——』に発表されているとして、「ある目標あるいは価値を共有している人びとのあいだで、既存の組織への所属とか、職業上の立場とか、居住する地域とかの差異や制約をはるかに越えて、人間的な連携をつくりあげていく活動」が、「物質的な豊かさの達成と余暇の確保を背景として強まりつつある精神的充実への方向である」という。

「精神」即ち「心」である。「知情意の本体」である。「精神の充実」とは「生気が溢れ、満ち足りて、輝くように生きている」存在だ。書道の展示作品に選んだ言葉「松風水月未足比其清華仙露明珠詎能方其朗潤」が玄奘法師の心の光彩である。美しさである。心の豊かさとはどういうものかを示していると言えよう。

『ネットワーキング』が出版された頃、日本は大量生産、大量消費、高度成長経済の真っ只中であった。総理府の『国民生活に関する世論調査』を見ると、図2のように、国民には、物が氾濫する暮らしの中で、豊かさとは〝物〟ではない〝心〟だ、と感じる人が増大し続けていることが分かる。この調査はこの後行われていないが、最後の平成五年、一九九三年に、「物の豊かさ」を求める人が二九％で前年よりややはね上がり、「心の豊かさ」を求める人が五七・四％と大勢を占めているものの伸びが鈍化していることが興味深い。社会の高齢化、情報化が進む中で、人は再び物的豊かさへの消費欲求に誘われていたのであろうか。もしも調査を続けた場合は、どう展開したのであろうか。豊かさは、〝物〟や〝心〟で測れないというのであろうか。『ネットワーキング』の著者達の言う〝もう一つの日本〟を求めているのであろうか。かつて女性の政治家が「大状況を変えなければ小状況は変わらない」と批判した〝小状況〟が〝大状況〟を変革するのでもなく〝もう一つ〟の状況を作るということであろうか。少なくとも〝老後〟は、もう一つの生き方である。

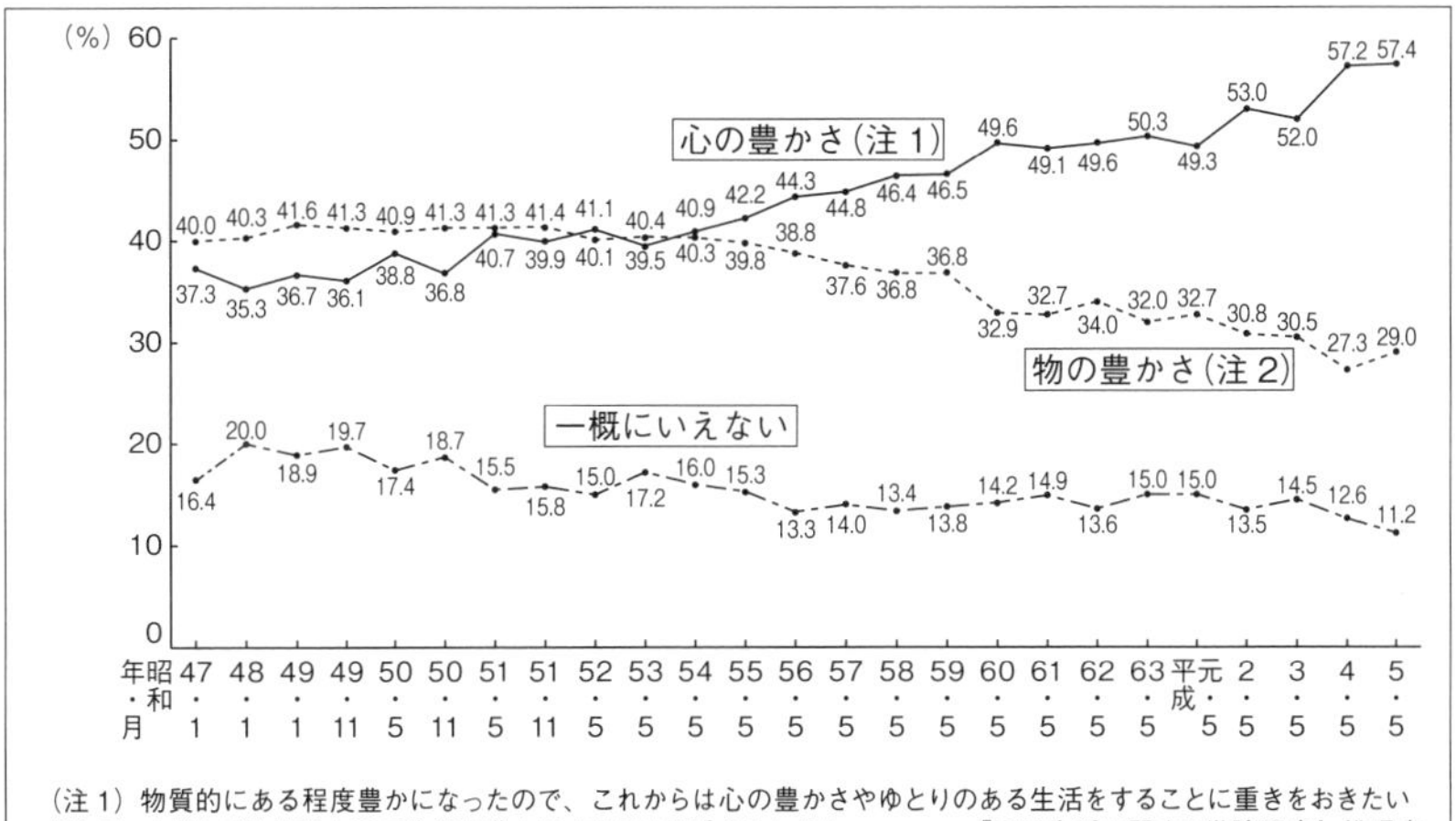

（注1）物質的にある程度豊かになったので、これからは心の豊かさやゆとりのある生活をすることに重きをおきたい
（注2）まだまだ物質的な面で生活を豊かにすることに重きをおきたい　『国民生活に関する世論調査』総理府

図2　心の豊かさか、物の豊かさか

『ネットワーキング』の中で偉大なネットワーカーの一人として紹介されたロバート・ミュラー国連ユネスコ事務局次長（当時）は、「われわれが二千年紀へと向いつつある今、ネットワーキングは、おそらく新しい民主主義、統治制度における新たな要素となり、新しい生活方法となるであろう」と言い、一篇の詩を著者達に贈呈した。この詩は、増田米二らによって日本に紹介されていたが、夫の山手茂が〝ヘルスネットワーク調査〟で渡米した折、著者達の研究所を訪れた際に手渡され、又、後にイベント案内が自宅に送られてきた時にも届いた詩である。『ネットワーキング』は哲学的で分かり難い点もあるが、ロバート・ミュラーの詩は実に分かり易い。

ネットワークを作ろう　（著者訳）

ネットワークを作ろう
あなたが書く手紙を使って
あなたが交す会話を使って
あなたが加わる会合の中で
あなたの信念、あなたの夢、

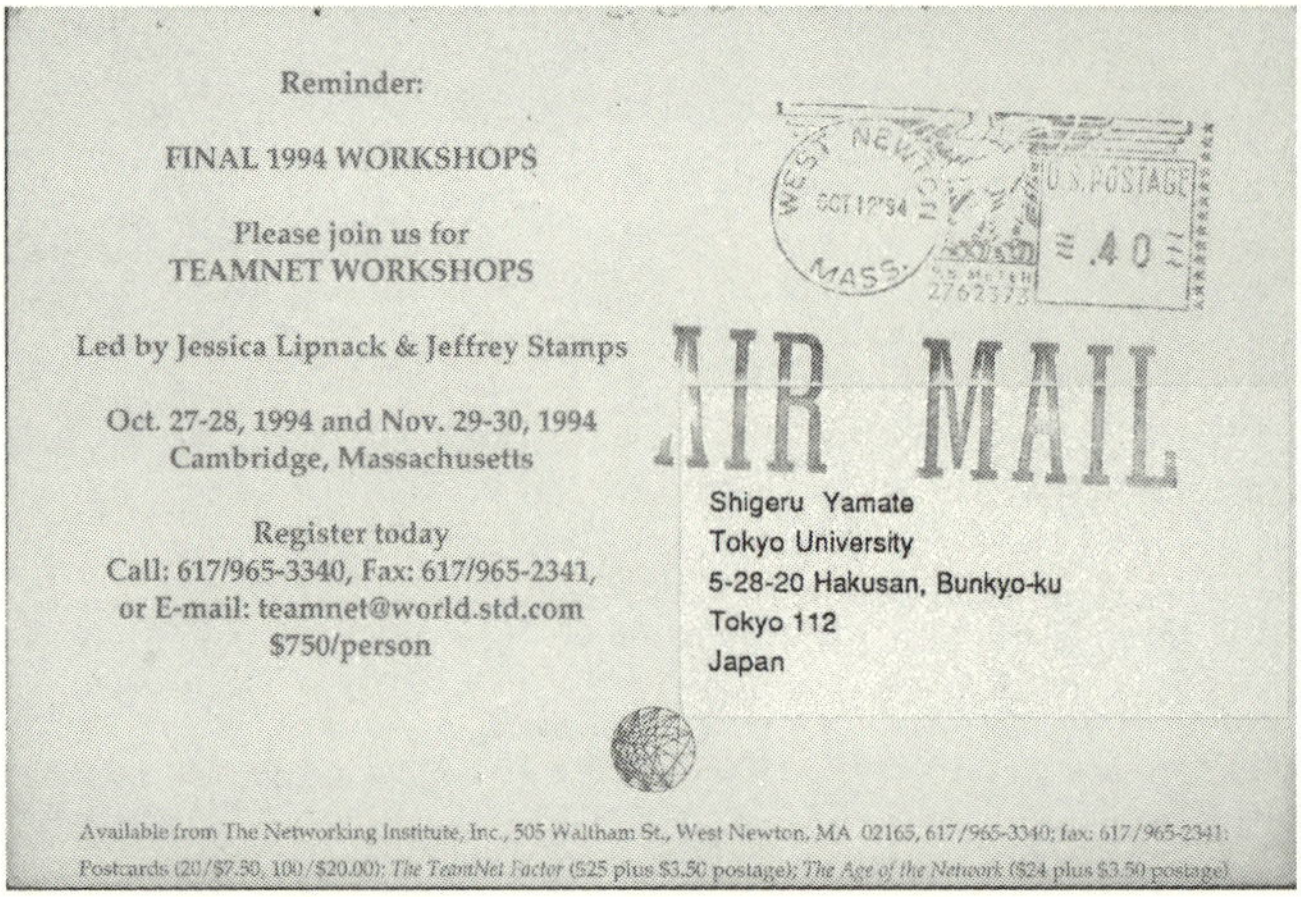

あなたの求める世界のビジョンを
　他の人びとと確かめ合おう
思いを通し、行いを通し、愛を通し、
　心を通して、ネットワークを作ろう
あなたがネットワークの中心だ
あなたが世界の中心だ
あなたこそいのちと友情の
　自由で限りない強い源だ
それを強めよう
それを広げよう
それを放射しよう
そのことに日夜思いを馳せよう
するとあなたは奇跡が起きるのを見る
あなた自身の人生が変わる
巨大な権力、メディア、独占の世の中に
　六〇億人の人びとがいる（当時：著者注）
ネットワークこそ新しい自由
新しいデモクラシー
新しい幸福だ

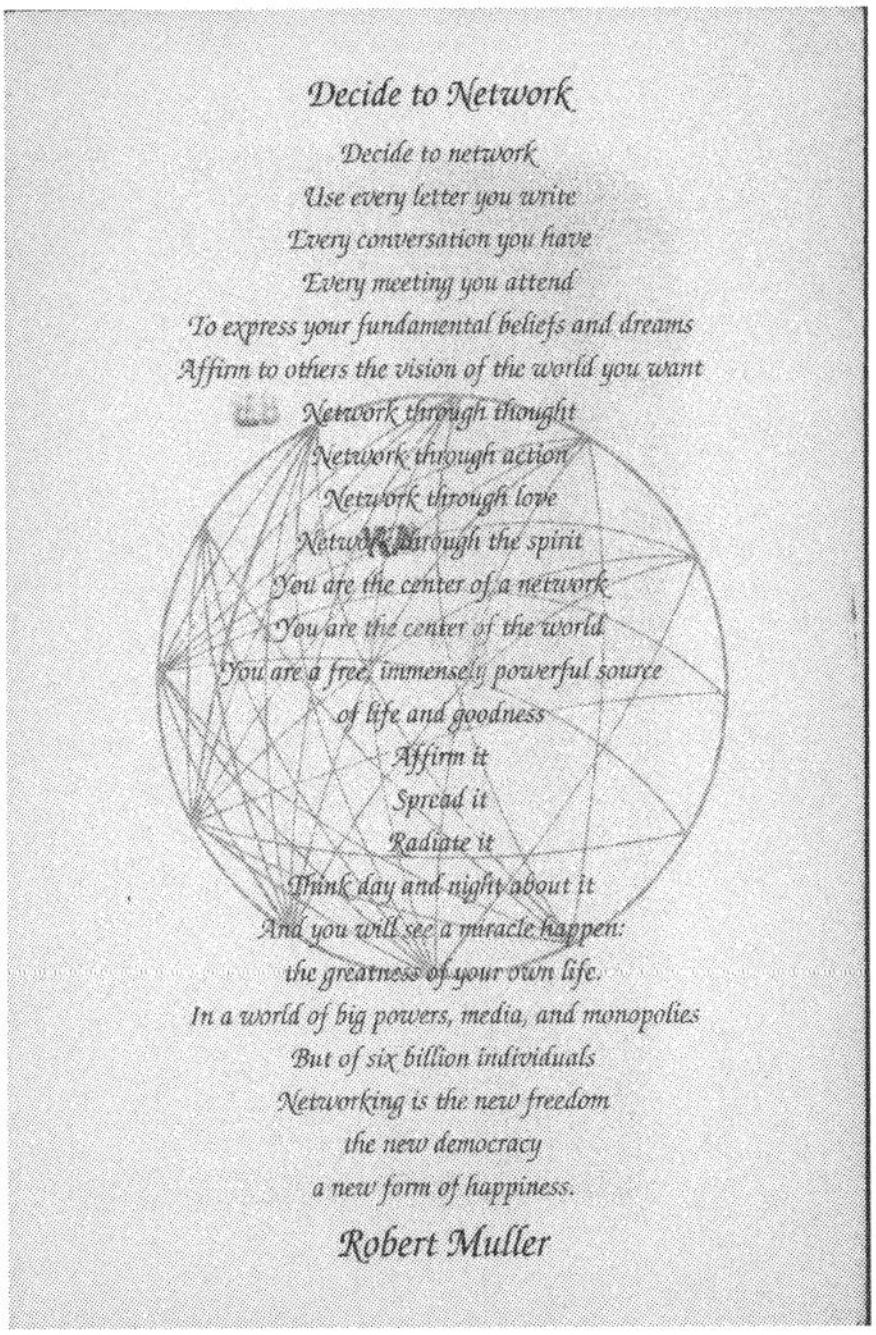
Decide to Network

Decide to network
Use every letter you write
Every conversation you have
Every meeting you attend
To express your fundamental beliefs and dreams
Affirm to others the vision of the world you want
Network through thought
Network through action
Network through love
Network through the spirit
You are the center of a network
You are the center of the world
You are a free, immensely powerful source
of life and goodness
Affirm it
Spread it
Radiate it
Think day and night about it
And you will see a miracle happen:
the greatness of your own life.
In a world of big powers, media, and monopolies
But of six billion individuals
Networking is the new freedom
the new democracy
a new form of happiness.

Robert Muller

老後、とりわけ〝後期高齢者〟と名付けられた長生きの部類に入って、収入のために働くこと無く、限られた年金、減りゆく貯蓄の中で、書道や俳句や茶道の仲間達との繋がりは、『ネットワーキング』に言われるまでもなく、心の豊かな生活であった。ロバート・ミュラーの言うような、夢や希望や世界のビジョンは語らなかったが、仲間達一人ひとりの生き方は、趣味を超えて活力源になった。〝あなたこそ世界の中心だ〟とは思わなかったから、仲間の絆を強める働きはしなかったが、会話や交流や手紙はよく行なった。ネットワーカーではなかったが、ネットワークの恵みを受けて、幸福であった。

友人は、とりわけ老後の友人は、利害を離れた交流ネットであるが、中でも藤原房子さんは秀れたネットワーカーである。

(12)　藤原房子さん　東京女子大学社会科学科の同級生時代も、マックス・ウェーバーの本を借りて影響を受け、卒業後は日本経済新聞社の初代女性記者になり、数々のインタビューなどで交流した。老後もジャーナリストとして現役である。何よりも、現役時代から老後の最近まで、いつも何かの集まりに誘われた。いつも都合がつかず、誘われた会合に出たのは三、四回であったが、欠席すると会合の報告があり、次の会合を紹介して、「どう思うか」と尋ねられるような形になった。多病で電話も使えず、手紙を書くと〝ヤボ用で出かけることが多く返事が遅れた〟と必ず返信が来た。彼女の〝ヤボ用〟は、「高齢社会を良くする女性の会」などかなり重要な会合である。三、四回出席した印象では、どの会合でも彼女は目立ったリーダーシップは取らず、むしろ聞き手に回っていることにも感心した。又ある時は、数十人集まった前の方に出ようとすると、袖引き止められて、二人並んで、後方の席に控えたことも。又、ある会合で知人を見付けても動かないでいると、彼女は自ら進んで歩み寄り挨拶を交すだけでなく二言三言、話し合うことがしばしばあった。しかし、母校の掲げる〝およそ真なるもの〟を求めて、真実追求の強い気力、行動力を持っている。国会で不毛のジェンダー論争が展開された時には、関係議員や担当の政府部局トップと面会して、ジェンダーの真意を説得し続けた。母校東京女子大学の歴史的建造物が解体、再開発されることを知ると、〝群れない〟と言われる東女の卒業生から一万人近くの反対署名を集め、五〇〇万円近くの自発的寄付金を得て、理事会の反省、撤回を求めて数十通もの意見を提出している。多忙の中からの病気見舞を頻繁に受け取ったが、少し途切れると「今月は、いろいろな団体の集まりや、NPO法人の総会が続き、ペンを持つ間」が無く「明日は、『高齢社会をよくする女性の会』で監査報告をしなければならない」などと弁解がある。同窓、同期、同ゼミ、同米寿、であるが、彼女はまさに現役である。男女共同参画社会づくり功労者内閣総理大臣表彰、日本記者クラブ賞、第一回サントリー学芸賞受賞。夫婦別姓。人に尋ねられると「東女のピンとキリです」と答えていたが、まさに本心・真実である。ネットワーカーとしての資質も全く違った。

ネットワーカーとして忘れられない友人に田中里子さんがある。

(13)　田中里子さん（故人）　六〇〇万人の会員を組織していた全国地域婦人団体連合会（地婦連）事務局長であった。日本消費者協会が消費者相談を始めた時、山崎専務と共に全国の地域婦人会窓口に消費者相談窓口を置きたいと願い、田中事務局長の斡旋で開設することが出来た。又、日本の消費者運動で画期的なカラーTVボイコット運動で、八団体を束ねた陰の力であり、高価な化粧品に反対してリーズナブルな〝ちふれ〟（地婦連）を開発する実践的な力もあった。他方では、ビキニ水爆実験以来、核兵器反対運動のリーダーになり、国連の総会で核兵器の廃絶を求める演説を堂々と、又、朗々と述べていた。癌になった時、同病として励まされた。亡くなる少し前に、ある会合で近寄られ「これからは、ソフトなネットワークね」と言われたことも忘れられない。時代を先取りする先覚者であった。ソフトなネットワークとは何と重たい言葉であろうか。イズムを超えて、又は、大

状況変革、小状況変革にとらわれないネットということであろうか。（追悼文参照、二三一ページ）

老後、米寿までに付き合った友人達からは、皆、大きな力を受けたが、何回も癌になるなど、多病な時期には、生きる力になっている。

(14) 佐藤恒子さん　日本生産性本部に入った時、真っ先に友人になった人であるが、その後、二人は別々の道を進み、老後になって、ＯＢ会メンバーとして再会した。「可愛らしい」と言っても五〇代のお嬢さんと、病気の義理のある人を一人で支え、親類縁者のまとめ役もする多忙な上に、ご自身がロコモティブ・シンドロームなのに、見舞の便りを絶えず頂く。

「私たちしぶとく生きましょうね。九六歳で亡くなった祖母がよく言ってたの〝私は病み上手の死にべた〟だって。私もその手で行こうと思うのよ。困難を乗り越えるのは昭和一桁の特技」（二〇一八・二・二八）。

何という優しい人だろう。正月にリンパ節に四回目の癌転移が見つかって、これで六度目の癌治療は抗癌剤を使う以外に方法が無く、六回目の癌宣告で初めて心中穏やかならない時に、何という強い味方を得たことか。葉書を読みつつ、途中から、気力もりもり、そうだ、しぶとく生きるのだと思い返した。可愛い娘さんからは〝母のロコモは大丈夫〟と安心させる手紙と共に氷川神社のお守りが届いた。お守りを肌身につけると共に、二人の安全・幸せを祈った。共に会員である日本生産性本部ＯＢ会誌『緑友会報』（二〇一八・四・二二）の寄せ書きに「昭和三〇年二月、私は生産性協議会設立準備室に採用されました。初任給一万円、コーヒー一杯が五〇円の時代でした。明るい事務所で社会人のスタートを切りました。あれから六〇有余年、本部は立派な組織に成長しました。その草創期に短い間でしたけれど、歴史の一端を担えたことを嬉しく、誇りに思っています。」と書いている。佐藤さん入社の二年後に経企庁から転職して初めて出来た生産性本部での友達である。三歳年下であるが、この一文は、まさに昭和一桁族の新入社員・社会人一年生時代の共通項である。ほとんどが何かの組織の草創期であり、ほとんどが、その組織は成長し、ほとんどがその仕事を担ったことを誇りに思っている。昭和一桁のマドンナである。又、昭和一桁の女性が、働きながら、家を守り、子供を守り、地域社会を作り、人びとと交流する典型的生活をしている。

人生、とりわけ老後の人生、たとえ一人であっても話し合える友達があることは幸福である。そして、誰でも、地域やさまざまな領域で人と交流する輪を持っている。家族や親類縁者も絶ち難い人と人との結びつきである。老後の人生は、人との繋がりを再発見するライフステージである。『ネットワーキング』の著者たちは、町や村の既存の組織的繋がりではない、それらを越えて、新しい価値観、新しい目的を持つ、「もう一つの生き方」を探る人びとの連携であるとしているが、ともかく誰でもいい、孤立しないで、人と交流することが心を豊かにする。

現役時代に連絡が途絶えていた岐阜や埼玉の従兄弟たちとの繋がりも再開した。徹夜の盆踊りに出かけたことがある郡上八幡には母方の菩提寺があることや、根尾谷の淡墨桜は両親の生地から山一つ越えた近くであること、祖先は平家と源氏とのこと、そして、一人は透析を受けながら全国・世界各地の旅行を楽しんでいること、一人は癌であるが毎日一キロは泳いでいることなど、驚き、楽しい手紙や写真や電話があり、従弟の庭に実る柚子が箱一ぱい届く。長良川の鮎まで届く。立派な老人達を昔の通り「○○チャン」と呼び合って若返りもする。

老後の暮らしは、現役時代とは違った楽しみがある。しかし、心豊かなことばかりではない。老いて行く命を守る闘いがある。その闘いはさまざまな負担を必要とする。医療費などの家計支出増大の他に、愛する家族に迷惑をかける。八七歳で脊椎を骨折したため、要介護2になり、現在は要支援2である。リハビリも受けているが、家族の介護なしには暮らせない。必ずしも健康ではない夫を、いずれは介護しようと心に決めていた予定が崩れて、今は全く逆に諸々世話になる始末。子供には、美味しい食事を与えようとしてきたこれまでと違って、「お母さん、食べなければダメ」と逆に作った料理をすすめられている。心苦しい。

心が苦しいばかりではない。家計もだんだん苦しくなる見通しである。幸い夫婦二人とも定年まで働いた年金の収入で日常生活にはゆとりがあるが、医療費の自己負担などで次第になけなしの貯蓄を崩し始めている。少子高齢化が進み、「物価スライド」「賃金スライド」に加えて二〇一六年「マクロ経済スライド」が、年金の将来を不安にする。年金で生活している高齢者の意見は聞かれず、税金や医療・介護保険料が天引きされて、いつの間にか手どりの年金が減っている。加えて、インフレ政策で、二%とはいえ物価上昇を目指している。高齢者は不安だ。年金生活者の中には、一人暮らしで六～七万円の年金でやりくりしている人も珍しくない。しかも苦情はほとんど聞こえてこない。むしろ「自分の暮らしが大変なのに、何で年金保険料を負担しなければならないか」という働く世代の不満が聞こえる。長生きすることで肩身が狭いような、何という社会。国民皆年金制度と物価スライド制、さらに国民共通の基礎年金制度など、いま高齢者となって年金を受給している世代が築いた年金制度を、バトンタッチしている後継世代は学習し、人間一人のいのちの意味、ライフサイクルを学んでほしい。

同じく、いのちと暮らしを守ろうと、戦後展開した消費者問題対策は、二一世紀に、どう受け継がれたのであろうか。アメリカの消費者同盟（CU）会長で、戦後世界の消費者教育運動のリーダーになったC・E・ワーン博士（C.E.Warne）は「労働運動は一九世紀の発明であり、消費者運動は二〇世紀の発明である」と語ったが、二一世紀は何が必要なのであろう。国連事務局次長のロバート・ミュラーは「二一世紀には、ネットワーキングが、恐らく新しい民主主義、新しい生活方法になるだろう」と期待していた。誰もが期待していた二一世紀に入って、すでに二〇年近くが経過した。

「消費者基本法」が成立し、「消費者庁」が設置され、「製造物責任法」が出来、多くの消費者関連実定法が整備された。消費生活相談員の国家資格が認定され、相談員の一人は叙勲の栄を受け、国民生活センターなどADR（裁判外紛争処理機関）が認められ、集団訴訟が出来る適格消費者団体も出来た。しかし、最近の目に余る企業の不正行為はいったい何なのだろう。東芝など戦後を背負って立った大手家電各社、三菱、日産、スバル等自動車業界など、品質に関する不正、規格・基準を守らず、平然と隠蔽する。世界に誇る新幹線が走行中に発煙し、あわや大事故に至る台車のヒビ割れが発覚したが、鋼板メーカーがコストを減らそうとして法律に定められた基準より薄くしたという信じ難い原因であった。更に、違反が発覚すると「基準値より低かったが、強度としては問題なかった」と訳の分からないコメントが出る。又、リニア新幹線の駅周辺工事については、鹿島、大林、大成、清水の四大ゼネコンが、談合して互いの持ち分を山分けする始末。いったい、日本の企業のモラルはどうなってしまったのだろう。経営者の問題だけではない。働く人びとも不正を押し隠す。ラルフ・ネーダーが、消費者の安全を守るためには、企業内に〝笛を吹く人〟（ホイッスル・ブローアー）が必要であると言い、日本にも「公益通報者保護法」（二〇〇四年）が出来ている。しかし、実際に企業の不正を知って告発した社員は不当な取扱いを受けていることが問題になり、消費者庁は「公益通報者保護制度の実効性の向上に関する検討会」を立ち上げている。消費者権利を守るため、ようやく高まっていた企業の法令遵守や社会規範を守る倫理・コンプライアンス（Compliance）はどこへ行ったのだろう。原因と対策を探るために、具体的な事実・ファクトを調べたい。

(15)　永井邦彦さん　国民生活センター相談部で調査役をしていた一九七〇年代、四〇歳の頃、マスコミに消費者相談情報を提供し、特に朝日新聞の「くらしの相談」欄（七二〜七七年）、「暮らしの相談」欄（八〇〜八二年）

に、相談部として原稿を提出したが、担当された記者永井邦彦さんの忠言を思い出す。毎回、品川のセンター相談部で原稿をチェックされた。文章はもちろん、心構えとして何よりも、①事実の確認。現場主義。②原典に当たること。聞書は誤る。③日常の問題を分かり易くと、ことあるごとに注意されたことを忘れない。

この自分史を、本当に思いがけず書きつつ、何度も永井記者の心得を思い出し事実の確認を心がけた。国民生活センター設立は、高度成長経済下の消費者問題顕在化や、既に、三一の自治体等に消費生活センターが設立されていたことなど、社会的必要性があったとはいえ、設立早々社会的に広く活動することが出来たのはマスコミの協力による影響が大きい。中でも朝日新聞の「くらしの相談」欄は、センター設立二年目から六年間、毎週一回、八〇年から「暮らしの相談」として毎月一回、延べ九年間に及ぶ国民生活センター相談部の相談事例を連載した。最初の担当・永井記者の真摯な対応が長期連載を方向づけた。原稿提供担当者として記事の正しさ、心得、表現を教えられ、その反響は、国民生活センターを世に知らせることになる恩人であった。朝日新聞退職後は、東海道中膝栗毛を分割しつつ歩き通されたこと以外は知らなかったが、書法展の作品を見に来て頂いて久し振りにお会いした時には、かつての新進気鋭の面影とは打って変わった上品な紳士になっておられて驚いた。書法展をわざわざ見に来て下さっただけでなく、その後で必ず書法展の感想を葉書で頂いた。いつも、優しい俳句が添えられていた。しかし、残念ながら〝老兵〟〝病身〟〝要介護2〟〝外出不能〟で、この自分史に永井警告を十分には守れなかった。自分史を書くつもりは全くなかったから、原典に当るはずの諸資料はほとんど整理又は散逸している。家の近くに区の図書館は二つもあるが、「要介護2」で調べに出られない。『イミダス』の創刊号から二〇〇五年の号まで、「消費者問題」を担当していて、本棚の隅にあるが、大冊子で棚から出すだけでも重く、原典ではないから二、三冊読んだだけで、使わなかった。

思いがけない書道教室閉鎖による老後計画を失って、夫・山手茂から奨められるままに全く念頭になかった自分史を書いたが、書き進むうちに不思議に愛着が湧いてきた。その終章を、まるで序章のように多くの大企業の不正を指摘したまま閉じる。

心残りの筆を擱いて目を上げれば、この原稿に着手した頃は窓の前のお寺の桜が満開であったのに、今はベランダのライラック（リラ）が優しく、美しく咲いている。ライラックはわが誕生花。その花言葉は〝思い出を大切に〟である。

振り向けば道はひとすじリラ薫る

自分史は書き終えた。しかし、人生終わったわけではない。これからが問題である。自分史を校了した二〇一八年九月六日、未明に北海道で震度七の大地震が起きた。原稿を校正しながらテレビを見ると、裂けた大地、潰れた家、騒ぐ人びとが映し出されている。他人事とは思えず恐ろしい。涙が出る。しかし、みんな立ち上がらなければならない。自分史もそうだ。明日から何をするかが問題だ。人生一〇〇年時代とすればあと一二年。〝残りの〟とは言わない。あと何年、何日などとは数えない。日々新しく生きる。どの様に？

Ⅱ　追悼文

一　永遠の有賀美智子先生

出典『有賀美智子追悼文集』有賀美智子追悼文集刊行委員会　二〇〇〇年

百万ドルの笑顔

有賀先生の思い出は、いつも、素晴らしい笑顔と共にある。と書き始める傍から、私の頭は先生の笑顔で充たされる。先生の類まれな業績も卓見も、その笑顔で包まれてしまう。先生の笑顔を思い出すだけで、私は私の生き方を反省する。「頑張りなさい」とはひと言もおっしゃらなかったが、笑顔が無言のうちに私を激励する。そのことは、先生が天国に召されたあとも変わらない。

先生が国民生活センターの会長になられた一九八二年は、政府予算初のマイナスシーリングで、それまで順調に増加してきた国民生活センターの予算も、創立以来初めて全事業伸び率〇《ゼロ》%。以後、マイナス五・六、八・六、一〇・六%と縮減し続けた。その上に、社会情勢はバブルが膨張し、有賀会長任期満了の九〇年には、一転、俄に崩落し始めて、悪質商法が激増した。「国民生活の安定及び向上」を目的とするセンター業務はふえる一方であるのに、予算は減る。第二次臨時行政調査会の特殊法人自立化などの結論（八三年）の影響も厳しいものであった。会長の笑顔がなかったら、私たちは絶望し、沈滞した。苦難を越えて全国各地の消費生活センターを結ぶオンラインシステムＰＩＯ《パイオ》―Ｎｅｔ《ネット》を構築し（八四年）、センター法の定める情報提供の条件を整えることができたのは、会長の笑顔の蔭の人知れぬ御労苦によるものである。まさに百万ドルの笑顔であった。

母性の象徴

有賀先生はいつも優しかった。そして、まるで母親のように頼もしかった。有賀先生は永遠の母性である。天国に召されたあとも変わらない。

「大根を葉っぱごとザクザク切って、干ししいたけ、人参、ねぎなどと一緒にグツグツ煮て、ガブガブ飲む」野菜スープは先生の直伝。誰かが風邪をひくと「これが一番」とおっしゃって、お手製のカリン酒をわざわざ席までお持ちになった。体調が悪いと訴える人には御自分の経験から「〇〇が良い」と紹介、時には仲介された。私たちは有賀先生にまるで母親のように見守られた。

「〇〇さんが教授になったの知っていますか。良かった良かった、本当に良かった」

それまで話題にしたことのない、ずっと前にセンターを辞めた人の昇進を喜ばれて、そのことを知っていた私も、改めて祝福しないではいられない程であった。

「正田先生は若い頃、良く勉強されたのよ。独禁法のことでは夜昼なく議論した」

正田彬先生には、業務上、常々御指導頂いていたこともあって、度たび話題になると決まってこの評価を繰り返された。まるで母親のようにであった。

　先生は実際四人のお子さまを、敗戦後の困難な時期に女手ひとつで育てられた。しかも、時の占領軍と公正取引委員会草創期の折衝をされ、後に公正取引委員会委員になられるという、誰にも真似のできない大仕事と、両立された。先生の母性は、単なる愛でなく、働く女性、働く人びとの行く手を示す希望の光だ。

「人の寿命は一五〇歳よ」

　有賀先生が勲二等に叙せられた時、何十人かで集まってお祝いをした折の御挨拶も忘れられない。多くの人びとの讃辞を受けて、小さい壇に立たれた先生は、珍しく困ったようなお顔でおっしゃった。

「ありがとう。しかし、皆さんが〝どうぞお元気で〟とか〝健康に注意されて〟とばかり言われるので戸惑っています。私はまだ老人ではありません。やっと人生折返し点を過ぎたばかりです。人はストレスがなければ一五〇歳まで生きられる」。人生漸く八〇年という時代に、七八歳の人の強烈な主張であった。

　先生は実際お元気であった。意欲は青年のようで、大変な勉強家であった。国民生活センター主催の、自治体消費者行政担当者や消費生活相談員を研修する授業を聴講したいと、何度が相模原の研修施設までおいでになった。教室には入られず、後ろの狭い映写室で一人静かに聴いておられた。私は当時研修部長であったが、会長を一人で放っておくことは気になった。先生は、もし人が気を遣ったりしなければ、御自由に全講座をマスターされ、消費生活相談員にもなられたのではなかったか。

　ことしの『ＡＥＲＡ』新年号を開いて私は驚いた。特集のタイトルはズバリ「一五〇歳まで生きる」。アメリカの遺伝学者の説を基に、マスコミが「二一世紀は寿命二〇〇歳」と騒いでいるという。元旦の日経新聞も「世紀半ばまでに平均寿命百歳を超える国が現れる」という。先生の〝人生一五〇歳〟説は思いつきなどではない、専門的理論を先取りする高い教養によるものであった。

懐かしい先生

先生は、研修施設に聴講に来られただけではない。黙って花を植えてくださった。ほととぎす、ラッパ水仙、チューリップなどなど、美しく咲いて受講生や職員を慰めた。〝地に花、人に愛〟であった。御自宅でお祝いのランに囲まれたお写真も微笑ましい。平河町の事務所も窓いっぱいのゴムの木があった。

その事務所の、書棚に並んだ世界中からのクリスマスカードや人伝てに、私は、先生の御活躍の場の広さやネットワークを垣間見た。八〇歳を過ぎてなお、世界を飛び回り、高度な専門的な折衝をされる優れた法律家であることなど、先生の穏やかな外見からは知るべくもなかった。謙虚な方であった。

〝man is mortal〟人生一〇〇年であれ二〇〇年であれ、人は死すべきものである。そして忘れ去られるものである。しかし、いのちのある限り、私たちは何をなすべきであろうか。有賀先生の存在は、私にそう問いかける。人のライフスタイルはさまざまであるが、先生の生き方、その社会的業績は、私たちにとって永遠の道標である。有賀先生は不滅である。そのことは、天国に召されたあとも変わりはしない。

二 消費者運動の〝良心〟高田ユリ先生

出典『高田ユリの足あと―消費者運動に科学を』ドメス出版 二〇〇九年

消費者教育としての商品テストを

高田ユリ先生の生涯は、消費者主権を目指す科学者の良心による闘いであった。一九五六年、『経済白書』が「もはや戦後ではない」と宣言し、五九年、『国民生活白書』が「消費革命」と説明した高度成長の下で、消えそうな消費者苦情を取り上げ、テストし、消費者運動を進め、諸法の改正、制定を求め、九〇年代からは、顕在化した環境問題を消費者問題として重視し、環境法と消費者主権を課題とされた。

消費者主権の確立は、消費者自らの意識を変える必要があり、高田先生は研究・教育者として商品テスト・消費科学を推進され、消費者教育を実践された。一九六〇年、(財)日本生産性本部が「消費者教育専門視察団」(団長＝主婦連合会会長・参議院議員・奥むめお以下消費者リーダー等女性九名、幹事＝青山)を編成し、当時すでに消費社会の爛熟期にあったアメリカの行政、企業、消費者、団体、学校教育、学会で盛んに行われていた消費者対応を視察、高田先生はその一員として、消費者教育としての商品テストを確かめられた。訪問先の多くが消費者のための商品鑑別テストや比較テストを行っていた。

消費者のための商品比較テストは、日本でもすでに五〇年代に『暮しの手帖』社がテスト結果を実名で格付け評価して評判を呼んでいたが、同視察団が訪問したアメリカ消費者同盟(CU)は、設立された一九三六年以来の商品比較テスト誌『コンシューマー・リポーツ』一〇〇万人（当時。現在数百万部）の読者を消費者として組織し、国内の草の根運動、世界各国をネットワークする新しい消費者教育運動を展開していた。

高田先生は、視察団の計画にはなかった消費者研究所（ＣＲ）を奥団長、勝部三枝子団員（主婦連合会事務局長）と三人で遠路かまわず独自に訪問された。ＣＲはＣＵの本家であり、一九二九年に初めて消費者のための商品比較・格付けテスト情報誌を発行している。分かれたＣＵと比べ購読者は約一〇万人と少なかったが、創立者のＦ・Ｊ・シュリンク博士（一八九二〜一九九五年）は、社会を変える消費者のための商品テストを〈発明〉したといわれている。高田先生は新しい消費者教育運動の真実を求めて源流まで訪ねられた。

消費者保護の基礎づくり

視察団帰国後、一九六一年に(財)日本消費者協会が設立され、商品比較テスト、消費者相談、消費者教育を開始する。高田先生は商品テスト、消費者教育の専門家として協力、支援された。ＣＵやＣＲはテスト誌購読料や寄付金によって毎月数品目をテストしていたが、日本消費者協会は国の補助金を受けてようやく年に数品目のテストを行った。新しい消費者教育の始まりであったが、公的機関が商品の銘柄別比較テストを行い、格付けして公表することは画期的で、テストごとに関連業界が結集して質問攻めをして、科学者の協力、コンシューマーリズムの哲学がなければ、先行き困難であった。

国民生活審議会は一九六六年に「消費者保護組織および消費者教育に関する答申」を発表し、消費者保護対策のひとつに消費者教育をあげ、その内容のひとつに商品テストを示し、七〇年にはその重要性を指摘している。

高田先生は同審議会の第一次～第五次（六五～七五年）委員であった。七〇年秋に国の機関として国民生活センターが設立され、全国各地に自治体の消費生活センターが次々に誕生すると、消費者のための商品テストは消費者行政の一環として広く行われるようになる。高田先生は初代国民生活センター運営協議会委員であり、後に製造物責任法制定に先導的役割を果たす危害情報（欠陥商品無過失責任）の委員など、消費者保護に大きな役割を果たされた。

欠陥商品被害救済も、比較テストも、真実及び真実相当性を問う方法と哲学が必要だった。行政的規範を乗り越える必要があった。例えば、乗用車のテストには、安全性が重要な項目になるが、衝突衝撃を加えることには、当初、消費科学を踏まえているテスト職員でさえ「自動車の製造目的は衝突するためではない」と否認。しかし、ボルボやＢＭＷなどは衝突しても死傷しないかどうか、公的安全基準に上乗せし、製造者から見れば過酷な自主的基準によってテストしていた。商品の有用性は安全、無害を前提とすることは、その後、製造物責任論（アメリカ六〇年代、日本九〇年代）が進むにつれて一般化する。

信念・熱き心

高田先生の商品テストは、いのちとくらしを守る哲学と不動の信念によって培われている。さつまいもにタール系色素が使われて新鮮さを装っていた当時「赤く着色されている」という消費者の苦情を、ある消費生活センターはテストした結果、「厚生省（当時）指定の着色料が使われているので問題なし」としたが、高田先生は同じ商品テストをして「指定物質による着色であっても、商品価値を欺まんするために使うことは、添加物本来の使用目的から逸脱している」と指摘して、運動し、タール系色素使用禁止に結びつけた。

いわゆる「ジュース裁判」は、果汁が一滴も入っていない飲料を、ジュースと称して、又は、果汁入りかのような名称で販売することが許されていた一九六八年、消費者の問い合わせに応じて主婦連合会が市販品を調査し、テストし、「無果汁表示」「ジュースとは果汁一〇〇%のみ」と要求し、七一年に公正取引委員会に不服申し立てをして却下され、最高裁まで争って敗訴した「消費者の不服申し立て権」をめぐる大論争になったが、高田先生は「不服申し立て条項のある法にはすべて『何人《なんびと》も』の三文字を入れるよう、私が生きている限り尽くす」と消費者の法的正当権を確立する必要を熱く語られた。

先生の熱き心は時に厳しさを要求する。私はある会合でパネル討議を終え、フロアの高田先生に、ご挨拶しようと近寄ると、思いがけず叱られた。「あなた、作り笑いなどしてはダメよ」。私に思い当たることはなかったが、少なくとも笑い顔をして消費者問題を語るなかれ。お見かけするところお優しい高田ユリ先生の矜持に触れた思いで、消費者代表戦士の覚悟を教わった。又、私は、高田先生と食事をご一緒することもたびたびあったが、どんな会合でも先生は「マイ箸」をバッグから取り出して使われた。ある時、私が「割り箸は山の間伐材を利用するので有用」と申し上げたところ「消費者が使い捨てを正当化するのは問題ね」「私一人でも出来るエコロジーよ」とたしなめられた。

しかし、先生は優しい心の持ち主であった。世界の社会運動家・革命家がほとんどそうであるように、いわば、ゲミュートリッヒ（心情豊か）であった。花を愛し、人を愛し、消費者のためにいのちを燃やされた。最後のご病床をお見舞いする度に、先生は早稲田大学大学院修士課程終了間際、未完成の修士論文に尽きない意欲を示されて、身動きもままならないベッドで、これからの消費者の安全は環境問題にかかっていること、環境法は消費者を守らなければならないことを静かに語られた。消費者運動を支える〝良心〟を貫かれたご生涯であった。

三　ありがとうございました。田中里子様

出典『田中里子さんへの手紙』　ＮＰＯ法人 東京都地域婦人団体連盟編　二〇〇七年

里子様。とお呼びかけすることをお許し下さい。日本の巨大組織〝全地婦連〟をまとめ、消費者運動史上、女性史上偉大な役割を果たされながら、少しも奢らず、高ぶらず、穏やかで優しくて、いつもニコニコ。国連総会（一九七八年）で、核軍備撤廃を訴えられた堂々たるお姿と朗々たるお声とは別に、私たちにはいつも親しく〝そうねえ〟と、フランス語のような少し鼻声で話された懐かしい里子様。

一九六一年、日本初の欧米型商品比較テスト情報と消費者相談情報を提供する消費者協会が生まれた時、私は、時の山﨑進専務について、当時芝公園にあった地婦連事務局に幾度も伺いました。故山高しげり会長に会うことが目的でしたが、頼みの綱はいつも、ご結婚前のお若い渡辺里子様、つまり、田中里子様でした。男性も女性も、皆、隠れた里子ファンでした。

最後にお会いしたのは……思い出すと悲しくなりますが、霞ヶ関ビルの一室で開かれた消費者情報研究会でのご講演でした。ビデオを交え、資料を示し、分かりやすく、ゆっくりと、カラーテレビ買い控え運動やちふれ化粧品のことなど、戦後日本の消費者運動史を、地婦連の運動史として、そして、紛れもなく自分史として静かに語られました。何の気負いもなく、淡々と話されながら、消費者の権利の論点を譲らない頼もしい大リーダー振りでした。

私事ですが、病気の先輩でもありました。「大丈夫よ」と何度も励ましてくださいました。今年は、正月から

気候が不順で、暫くお目にかかからないが、里子様はお元気かと、夫とお案じ申し上げていました。夫は、広島の原爆問題を研究しており東京の被爆者団体の集まりでご一緒になったりして、昔から里子様を存じ上げていました。里子様がご逝去の報に驚き、夫婦とも喪失感を味わっています。これまでありがとうございました。忘れません。

青山三千子　元国民生活センター理事

Ⅲ 論文とエッセイ

一　消費生活相談員の歴史

出典『月刊国民生活』二〇一二年二月号

消費生活相談員の誕生

一　消費革命と消費者主権

消費生活相談員は、社会を変える。消費者の苦情は、現在の経済・社会構造上の問題を顕在化し、解決する〝鍵〟である。その鍵をどう使うか、消費生活相談員の専門的資質が問われる。

第二次世界大戦に敗北した日本の経済は、戦前（一九三四〜三六年頃）に比べ、鉱工業生産も消費水準も著しく落ち込み、政府は『第一次経済実相報告書（経済白書）』（四七年）を「財政も企業も家計も赤字」と副題して発表した。そのような環境の中で配給のマッチに〝火が付かない〟という主婦の苦情が発火点となり、眠れる消費者が目を覚まし、不良マッチ追放運動をきっかけに主婦連合会（以下、主婦連）が誕生した（四八年）。

〝雨に濡れたら服が縮んだ〟→「繊維製品品質表示法」（五五年）→「家庭用品品質表示法」（六二年）、「ニセ牛缶事件（六〇年）」→「不当景品類及び不当表示防止法」（六二年）など、消費者苦情は次々に新しい消費者法を生み出す。

主婦連は消費者の苦情に対応するため、わが国初の消費者相談窓口を「苦情の窓口」として開設（六〇年八月）、全国三五カ所に拡充し、一年間に一万四八九二件の苦情を集めた（注1）。

日本経済は、戦後一〇年間で戦前水準に回復し、「もはや戦後ではない（注2）」と『経済白書』が宣言（五六年）し、技術革新による高度経済成長が「消費革命（注3）」（五九年）をもたらし、「高度大衆消費時代（注4）」となって国民生活が変容し、商品・サービスを購入する消費者の存在・役割が誰の目にも明らかになる。さらに、急激な経済成長の中で、「森永ヒ素ミルク中毒事件（五五年）」「キノホルム事件：スモン多発（五五年）」「サリドマイド事件（六二年）」「アンプル風邪薬事件（六五年）」「カネミ油症事件（六八年）」「欠陥自動車問題（六九年）」など数々の消費者被害が発生し、社会問題化した。

同じ時期、アメリカでは、ケネディ大統領が「消費者の権利保護に関する特別教書」を議会に送り、消費者には、人間として基本的な四つの権利：①安全を求める権利　②選ぶ権利　③知らされる権利　④意見を言う権利があると宣言し、ケネディと大統領選を争ったE・キーフォーヴァーが「消費者省法案」（注5）を提案し、関連した演説の中で「消費者は雪男のように、噂はすれど姿が見えない。しかし、スーパーなどで値上げに対する悲鳴が聴こえる」と、いずれも、消費者の存在をしっかり受け止め、世界に大きな影響を与えた。

わが国も、数々の個別法に加えて「消費者保護基本法」（六八年。〇四年「消費者基本法」に改正）を制定し、「地方自治法」を改正（六九年）して消費者保護行政を推進した。国民生活センター（七〇年）や、全国各地の消費生活センター（第一号は兵庫県神戸生活科学センター　六五年、現在は兵庫県立健康生活科学研究所生活科学総合センター）が設立され、世界的にも評価される消費者情報ネットワークが構築された。

〝消費革命〟は、消費者像を明らかにし、消費者の苦情・相談は、消費者の〝利益を守る〟という社会の新しい対策を〝責務〟へ、さらに消費者の〝権利〟へ、〝消費者主権〟の確立へと変えた。

主権在民が政治的民主主義の基本原理であるように、消費者主権は、経済的民主主義の基本原理である。消費者の声を聴く消費生活相談員は、対応する消費者が主権者であることを明らかにしてきた。

二　拮抗力としての消費者相談

消費者の声・苦情は、社会の拮抗力である。

わが国の新しい消費者運動として消費者教育を始めた（財）日本消費者協会（六一年）は、消費者教育運動の目的を「拮抗力を発揮させ」「消費者主権を確立させることにある」とした（注6）。

大衆消費社会の豊かさは、消費者が求める商品・サービスを生産者が提供するのではなく、消費者の欲望が生産者の生産過程に依存する〝依存効果〟（Dependence Effect）であり、それに拮抗する〝拮抗力〟（Countervailing Power）が必要であるとした『ゆたかな社会』（注7）が出版された五五年に、日本の経済成長を担ったトップマネジメントの視察団が訪米して、〝消費者は王様〟という言葉を、期せずして持ち帰り（注8）、続いて、経済学者による「アメリカ経済視察団（団長：有沢広巳）」が、繁栄するアメリカ経済の中で拮抗力として影響していた消費者同盟（ＣＵ：Consumers Union）を紹介した。

その提案により、主婦連会長ら女性九名による「消費者教育専門視察団」（六〇年）が六週間にわたって全米の行政、企業、消費者団体などの消費者教育を視察し、帰国後、各視察団を派遣した（財）日本生産性本部の「消費者教育委員会」（五八年）等に、日本にもCU同様の消費者のための消費者情報提供機関が必要と進言し、通商産業省（当時）の補助を得て、同本部内の消費者教育室が商品比較テストを開始し、日本消費者協会に改組された。

しかし、当時まだ消費者意識が弱かったわが国では、CUのように、商品テスト誌の購読料では運営できず、消費者啓発が必要であった。主婦連の苦情相談より約一年遅れて同協会が開設した消費者相談室も、当初は、消費者啓発のため、"face to face"の消費者教育として位置づけられ、相談室は、教育課内に置かれた。しかし、"自発的な相談"は少なく、講演会などで相談を集めている（注6）。相談担当者は、相談の特別な専門家ではなく、商品学・家政学などの学者や研究者六〇人に委嘱して行った。

その後、同協会は、北海道消費者協会など地方の消費者協会や全国地域婦人団体連絡協議会（地婦連）など、全国約一〇〇カ所相談窓口を設置し、六〇年代末には年間数千件の相談を集めて、本格的な消費者相談処理が始まり、同協会の養成する消費生活コンサルタントが、わが国初の消費者相談専門職として相談処理に携わり始めた（六三年）。

通商産業省は、全国各地の消費生活改善監視員、全国八カ所の通商産業局商工課および本省消費経済課を受付窓口として、苦情処理制度を発足（六五年）させ、農林水産省（六一年）、経済企画庁（六五年）、東京都（六一年）などでも、相次いで消費者行政を始めた。消費者の苦情・相談は、明治一〇〇年来の行政を変えた。

「消費者保護基本法」は、消費者苦情処理を、国、自治体、ならびに事業者の責務であるとし、また、同法付帯決議によって設立された国民生活センターが、全国各地の消費生活センター（七三年度全都道府県）とオンラインシステム「全国消費生活情報ネットワーク・システム（ＰＩＯ―ＮＥＴ）」の運用を開始（八四年）した。〇三〜〇七年には全国の消費生活相談件数は、年間一〇〇万件を超え、最高一九二万件を超える年（〇四年）があり、一五〇〇万件超が蓄積されている（一九八四〜二〇一〇年）。相談内容は、初期の商品の「安全・品質」苦情から、悪質商法を中心とした取引の「契約・解約」被害に移った。

消費者相談は消費者被害救済の原動力で、「訪問販売等に関する法律」公布（七六年）、改正（八八年）→「特定商取引に関する法律」改正（〇〇年）、「消費者契約法」公布（〇〇年）、改正（〇六年）、さらに「特商法」「割販法」改正（〇八年）などなど消費者取引規制法が次々と成立、拡充した。

消費生活相談の苦情処理は、個別処理は〝あっせん〟であるが、大数処理による被害救済は、いわば〝ソフトな裁判外処理〟であった。その後、「裁判外紛争解決手続の利用の促進に関する法律」（ＡＤＲ法、〇七年）に即し、「改正国民生活センター法」（〇八年）により、紛争解決委員会（〇九年）による紛争解決が始まった。

「消費者庁」「消費者委員会」（〇九年）が発足し、「消費者基本法」は、旧「消費者保護基本法」から「保護」を除き、内容は「消費者利益の擁護」から「消費者の権利の尊重」「消費者被害の救済」に、抜本的に改められた。

人間の命と暮らしを守るこれらの法律は、消費者の真実の声としての相談・苦情が社会・経済に及ぼした成果であり、経済・社会のバランスを取る拮抗力としての役割を果たしている。

消費者被害救済の先兵・相談員

一　消費生活コンサルタントの先見性

消費者相談が社会の意識を変え、行政を変え、消費生活相談員が、消費者基本法とそれに基く法律・条例により苦情をあっせん処理してきたが、裁判外紛争処理制度が発足すると、同制度に関連して最先端で苦情を扱う先兵としての相談員の専門性がいっそう重要になる。

日本消費者協会が、法人としてわが国初の消費者相談窓口を開き、「消費生活コンサルタント養成講座」（六二年）を開講し、消費者問題の専門職を育成したことは高く評価される。しかし、コンサルタントの名称が示すように、当初は「消費者教育及び、その分野での講師育成、消費者団体リーダーの養成」が目的であって（注6）、受講者に消費生活相談というよりも、消費者問題の広く深い知識を教育した。

同講座初期の修了者は消費者問題に対する造詣が深く、修了後に草の根運動のリーダーや消費者教育の講師になるコンサルタントも多かった。他方、既に消費者行政が始まっていた東京都などの消費者相談や百貨店の〝お客さま相談室〟、国民生活センターの相談業務に消費者相談員として採用され、消費者相談の初めての専門職となった。

国民生活審議会『消費者保護組織および消費者教育に関する中間報告』（六六年）は、「個別苦情の処理には豊富な商品知識が必要不可欠であるので、地方公共団体の個別苦情の受付窓口には、日本消費者協会で養成している消費生活コンサルタントなど商品知識の豊富な民間の専門家を、例えば非常勤職員として配置し、地方公共団体職員と共同で処理に当たらせる等の措置が望ましい」と提案している。

同講座の目的にも「消費生活相談員として必要な法的知識、相談対応、処理対応の習得」が明示され、講座内容も〝概論〟から〝各論〟へと体系化し、消費者関連法、消費者被害救済論などが開講され始める。六七年度以降は、経済企画庁の補助事業となり、七〇年に国民生活センターが設立されると同センターに引き継がれた（七二〜七六年）が、同センター主催の講座と重複し始め、再び日本消費者協会の独自事業に戻り、「各方面での地域リーダーと消費者問題の専門家を養成する」幅広い人材育成を志向した。〇八年度からは、地方消費者行政活性化基金の対象となり、消費生活コンサルタントの資格付与試験による資格・名称付与が行われている。

消費生活コンサルタントのY・Oさんは、筆者に「資格付与はありがたい。しかし、パソコン画面ばかり見る相談ではなく、相談者の顔を見、現場で現物で相談対応する専門家でありたい」と語った。現場主義は、消費生活コンサルタントの相談処理の初心であり、コンサルタントの自負である。

二　消費生活相談員の専門性

国民生活センターの「消費生活相談員養成講座」（七四年〜）は、その目的を、消費者行政の第一線で活躍する専門的消費者相談担当者の資質向上に絞っている。受講対象者も「地方公共団体で消費生活相談業務に従事している者、または〝採用されることが確定している〟者」であり、八〇年からは「地方公共団体で消費生活相談業務に携わることを希望する一般消費者」も加えていたが、現在は、行政窓口で消費生活相談を担当する専門職としての資質を養成することに限定している。消費者行政第一線で活躍する消費生活相談員の資質に焦点を合わせた専門性とその一貫性は極めて純粋、明解であり、他の講座の追随を許さない。

国民生活センターは、「消費者保護基本法」第一五条（苦情処理体制の整備等）により、「国民生活センター法」第一八条（二）「国民生活に関する苦情、問合せ等に対して情報を提供すること」とし、初年度より相談部を設け、非常勤の相談担当職員一名、次年度に消費生活コンサルタント三名を採用して消費生活相談を受け付けてきた。

また、国民生活センター発足直前の衆議院「消費者行政の推進等に関する決議」（七〇年）に、「各地域の消費生活センター相互間及び国の関係機関特に国民生活センターと各地域の消費生活センターとの連携を強化」とあり、同センター法第一八条（六）による教育研修業務の自治体の消費者行政職員研修（七一年）などに合わせ「消費生活相談員養成講座」を、日本消費者協会に委託していた上記コンサルタント養成講座とは別個に、独自に行政需要に応ずるかたちで開講している。

当時、既に、すべての都道府県に消費者行政部門が設置されており、消費者相談は、第一次オイルショック（七三年）の影響もあって急増し、一年に一三万件（七四年）を超え、相談内容も「相談から苦情へ」「商品に関する苦情から役務に関する苦情へ」、とりわけ「販売方法のトラブル」へと急激に変化した。消費者相談は新しい局面を迎え、全国統一の相談処理基準を設けて、全国の消費生活相談員が標準的な相談対応をする必要が高まった。

「消費者環境の急激な変化に即応するための事後研修を含めた養成システムが必要になっていること、国民生活センターが数年来蓄積してきた消費者相談業務の経験の中からも独自の構想が生まれ（注９）」、現在の相談員研修の前身「専門研修講座」（七三年）と「消費生活相談員養成講座」の修了者に対する「事後研修」（七七年）などで、教育・研修の一貫性を持たせた。養成講座の内容も、消費者問題に対する見識、消費者関連法や行政知識、商品・サービス論のほかに、相談の先進事例、相談実務、判例研究などのケース・スタディを重視して、相談担当者の能力の向上と平準化を図った。

「消費者保護基本法」に基づく消費者保護会議は、「紛争処理」（七一年）、「消費生活センターネットワーク」（七二年）、「苦情処理基準」（七七年）、「相談員の資質向上」（八〇年）などを消費生活相談に強く提言し、第二三回（九〇年）同会議の決定により、九一年度から「消費生活専門相談員資格認定制度」を開始した。

消費者の権利の尊重を掲げた新しい「消費者基本法」は、第一九条（苦情処理及び紛争解決の促進）に、消費者苦情は「専門的知見に基づいて適切かつ迅速に」「多様な苦情に柔軟かつ弾力的に対応するよう努めなければならない」としている。消費生活相談員の、消費者の権利を守る法的専門性は、現行法規を踏まえるだけでなく、問題の所在を分析し、勇気を持って提起することである。

三　消費生活アドバイザーの力量

消費者苦情が発生する原因の当事者である事業者は、消費者問題が多発した六〇年代後半には、自社の製品・サービスに対する消費者相談窓口を開設し始め、「消費者保護基本法」が消費者苦情処理の第一義的責任は事業者にあるとし、さらに、消費者苦情が急増して社会問題になるにつれて、次第に増加し、七〇年代前半には、株式（一・二部）上場企業の過半数が消費者対応窓口（注10）を開設している。

企業の消費者相談担当者は、当初、消費者問題に精通した社員やコンサルタントなどを委嘱して行われたが、第一三回「消費者保護会議」（八〇年）が「事業者の消費者志向体制整備のための企業内における苦情処理の整備」

「消費者相談に適切に対応し、同時に消費者の意見を建設的に企業に反映させることのできる人材の確保」として「消費生活アドバイザー認定登録制度」を発足させ、(財)日本産業協会が認定試験を実施することになった。以降、毎年の「消費者保護会議」は、消費生活アドバイザーを事業者の消費者志向強化の担い手と位置づけている。そして、企業の消費者窓口での相談を目的の一つにしている消費生活コンサルタントと合同して(社)日本消費生活アドバイザー・コンサルタント協会を設立(八八年)した。通商産業省当局の設立説明書には、アドバイザーを「企業と消費者の架け橋」とし、「企業や国・地方公共団体等において消費者からの苦情相談に応じる」「企業において商品開発やサービスの改善等について消費者の意向を反映させる」とし、又、消費生活コンサルタントは「我が国で最も古い消費者問題の専門家」で「活動分野は消費生活アドバイザーとほぼ同様である」としている。個別企業の消費者窓口担当の会員も多く、団体結成後、数々の消費者関連事業を立ち上げて、社会の消費者志向を高める優れた力量を持っている。

消費生活アドバイザーは、本来的には、企業の消費者志向に大きな役割を果たすものであるが、消費者相談対応には、高いポテンシャル・エネルギーを持っている。企業の消費者窓口が増加し始めた八〇年代には、ある企業の消費者窓口担当者が「イカの塩辛にガラスの破片混入」という苦情の真実を求めて工程をさかのぼり、このガラス片が新潟沖のイカ釣り漁船のランプのほやのガラスであることを突き止めている。

おわりに

国民生活センターが養成した消費生活相談員も、「国民生活センター消費生活相談員養成講座修了者の会」(七七年）という自発的な組織を結成し、一〇年後に（社）全国消費生活相談員協会を設立。「消費者の権利が尊重される社会の実現」「消費者被害救済」を宣言（〇七年）し、同協会独自の消費者相談も行い、「行政と消費者の架け橋としての役割」「制度と一般消費者の架け橋としての役割」を、国から期待されている（注11）。

両協会の活動目的は、「企業と消費者の架け橋」「行政と消費者の架け橋」と、消費者相談の資格の相違による役割の独自性がある。しかし、消費生活アドバイザーも消費生活コンサルタントも、消費者問題の専門家として広く活躍するとともに「国・地方公共団体等において消費者からの苦情相談に応じる」ことも目的としており、この点では、消費生活相談員と同様である。自治体の消費生活相談窓口では、この三者それぞれの有資格者がともに相談に応じている。

一二年は、消費生活相談員の歴史にとって、極めて重大な、画期的な年である。消費者庁で「消費生活相談員資格の法的位置づけの明確化等に関する検討会」（一一年九月〜）が始まった。消費生活相談員の専門職としての評価を高め、待遇改善を図る。「消費者庁及び消費者委員会設置法」附則第四項に、「消費生活相談員の待遇の改善について所要の法改正を含む全般的な検討を加え、必要な措置を講ずる」ものとされている。

『消費者行政三〇年の軌跡』（経済企画庁・九八年）に、奈良県生活科学センターの消費生活相談員として学習塾の倒産苦情を扱い、割賦販売法の改正を導いた藤井教子（全国消費生活相談員協会第二代理事長）さんは、「消費者被害の救済と取り組んで」と題して、消費生活相談員の役割を訴えている。それには、「消費生活相談では、訪問販売等に関する法律（略）等々多くの消費者問題関連法を成立させ、また、改正させる原動力となってきました」「相談員は、複雑・高度・多様化する社会の中で、消費生活相談を寄せる消費者の被害救済に力を尽くし、さらに相談の中から日々新たな消費者問題を見いだして、情報化し、消費者の権利を実定法化するための重要な役割を果たさなければなりません」とある。さらに、この重要な仕事に携わる専門職が「一年任用の非常勤の日雇い状態のままで、経験や専門的知識を必要とする仕事」についている。「消費生活センターの機能の充実と強化」が必要であると結んでいる。

消費生活コンサルタントが誕生して五〇年、消費生活相談員（後に消費生活専門相談員）四〇年（注12）、消費生活アドバイザー三〇年という月日が経った。この長い年月を、不安定な身分と低賃金に耐え、社会正義を求め続けてきた消費者相談員に深く敬意を表したい。

消費生活コンサルタント、消費生活アドバイザー、消費生活専門相談員と、消費者相談員の資格は三者三様、それぞれ独自性を保ちつつ、消費者の権利を守る社会正義を貫いてきた。これから新しい段階が始まる。消費生活相談員の新しい歴史を築くため、互いに協力しあい、「生涯研修」を充実させ、資質をいっそう高める必要がある。

注1　『消費者運動に科学を　高田ユリの足あと』高田ユリ写真集編集委員会編　一九〇九年
注2　『経済白書』一九五六年度版
注3　『経済白書』一九五九年度版
注4　『経済成長の諸段階』W・W・ロストウ　一九五九年　アメリカは一九二〇年、日本は一九五五年に大衆経済社会に達したなどとする。
注5　一九五九年提案。継続審議後廃案
注6　『消費者年鑑』日本消費者協会　一九七一年
注7　『ゆたかな社会』K・ガルブレイス　一九五五年

注8　『生産性運動五〇年史』日本生産性本部　一九〇三年
注9　『国民生活センター二〇年史』一九九〇年
注10　『企業の消費者窓口現況調査』国民生活センター　一九七四年
注11　『創立三〇周年記念誌』全国消費生活相談員協会　二〇〇八年
注12　一九七四年から実施している「消費生活相談員養成講座」の修了生を含む。

二　多様化する相談と消費生活相談員の役割

出典『国民生活』一九九六年六月号

消費者の権利を守る役割

消費生活相談員は、消費者の権利を守る監視人・番人・救済人である。消費生活相談は、消費者トラブルを解決するサービスであるから、無料であっても権利主体者でありタックス・ペイヤーである消費者から〝質〟を問われる。相談サービスの〝質〟の基本は、消費者の権利を守る消費生活相談員の〝志〟である。消費者の権利を守る役割こそ、消費生活相談員の専門性であり、レーゾン・デートルであり、消費生活相談のキー・コンセプトである。

消費者の権利は、一般に、J・F・ケネディ消費者教書（一九六二年）の「安全」「情報」「選択」「意見反映」の四つの権利と、その二〇周年を記念して国際消費者機構（CI）が発表した「基本ニーズ」「被害救済」「消費者教育」「環境」を加えた八権利が世界的に認められている。わが国の自治体の消費者条例には「不当取引防止」「適正価格」「組織活動」などの権利・利益を掲げたものがあり、条例のすべてに苦情処理がある。苦情処理は市民の権利である。

「消費者保護基本法」には権利の文言はないが、消費者の利益を守り増進する具体策が示されている。苦情処理は事業者の責務（第四条二）であるが、行政も「苦情の処理のあっせん等」に努めなければならない（第一五条二、三）。法文で消費者の権利を示したものとしては、関連各法のクーリング・オフ、契約申し込み撤回権、適当措置請求権、苦情申し出権、不服申し立て権、賠償請求権などがある。また、「製造物責任法」は、製品の欠陥による身体・生命および財産の被害救済権を保証している。

消費生活相談は、これまでに多くの消費者関連法を成立させる原動力となってきた。安全関連苦情の処理は、「食品衛生法」を、それまでの「食中毒防止法」から積極的な「安全食品確保に関する法」に変え（七二年）、安全三法（七三年）を成立させて、「製造物責任法」（九四年）への道を開いた。取引をめぐる苦情処理は、訪販法（七六年）、ねずみ講防止法（七八年）、海先法（八二年）、貸金業規制法（八三年）、投資顧問業規制法、預託法（八六年）、抵当証券規制法（八七年）などを成立させ、また、必要な改正を行ってきた。どの法、どの改正法も、そのきっかけとなったのは消費者苦情である。

消費生活相談員は、これらの法を踏まえつつも一歩踏み出し、複雑・多様化する社会変化の中でそれまでの法で解決できない新たな消費者問題を発見し、権利を実定法化する役割を担っている。

消費者の自立を支援する役割

権利は、その主体者の自立を促す。ＣＩは、消費者教育に消費者の五つの責任（批判性、社会性、行動、環境、連帯。八四年）を掲げている。自治体では「自立した消費者支援」体制を強化している（千葉県など）。自立なしに、権利実現はあり得ない。消費者行政では、早くから消費者の自覚と行動を促してきた。最初の「消費者保護に関する答申」（六二年）も、消費者の権利を明らかにするとともに、行政・事業者の責務と同時に「消費者自身による保護がある」としている。

消費者の自立を進める方法として、消費者教育や情報提供がある。「国は、消費者が自主性をもって健全な消費生活を営むことができるようにするため」情報の提供、消費者教育を充実させなければならない（消費者保護基本法第一二条）。国民生活審議会の「消費者保護組織および消費者教育に関する答申」（六六年）では、消費者教育の内容に「苦情処理手続」を入れ、「消費生活に関する情報の提供および知識の普及に関する答申」（七〇年）では、情報提供の手段として消費生活センター機能を活用することとしたが、その役割の筆頭に消費生活相談を示した。

「製造物責任法」は、被害救済における事業者責任を明らかにするとともに、消費者にも製造物の使用目的や環境にあった選択、保守など、自ら被害を防止する自律性を求めている。また、進む規制緩和も、消費者に選択の自由を増大させる半面、例えば自動車の車検制度の変更、コメや金融の自由化、景品規制の緩和、輸入品の増大など、消費生活における選択に消費者の自己責任を要求するものが多くなる。消費者が自立するための支援の方法は、啓発、情報提供である。

消費生活相談員は、消費者苦情を処理する中で、相談者が消費者として自立するための情報提供と消費者教育を行っている。また、同種苦情の拡大防止、未然防止のための情報を発信し、フィードバックする。相談のケース・スタディを担当して、直接、消費者啓発の仕事をすることも多い。教育とは、相手と共に学び、対応を考え、共に成長することであるから、消費者相談を処理することそのことが、複雑、多様化する社会における有効な消費者教育の役割を果たすものである。

早くから、新しい消費者教育を消費者運動に取り入れた日本消費者協会（六一年）は、消費者相談を開始（六二年）するに当たり、その意義を大量生産・大量販売時代のフェイス・トゥ・フェイスの消費者教育にあるとした。

複雑・多様化する社会のセンサーの役割

フィードバック機能はセンサー機能である。消費生活相談は、フィードバックされて初めて、税金を使って民事個別紛争を行政が処理することの公益性が発揮される。フィードバックの方法は、事業者に、消費者に、行政に、司法にといろいろあるが、コンピューターを利用して、いつでもだれでもどこでも活用できるように、相談を情報として扱い、システムに組み込むことを忘れてはならない。全国消費生活情報オンラインシステム＝ＰＩＯ－ＮＥＴには毎日一〇〇〇件以上の相談情報が蓄積されている。

ある時、筆者の友人である消費生活相談員がいみじくも語った。「良い情報を得ようとすれば、良い情報を入れなければダメね」。その言葉は婉曲に現状に対する不満を表明しつつ、情報の持つ本質を突いている。オンライン情報はリアルタイムでインプットされることでもあり、精度が必ずしも高くない事例もなくはない。それでも大数観察には役立つが、相談処理には足りないデータもある。情報を打ち出せば入力した相談員のセンサーとしての感度が分かる。

相談は、ほとんど不意打ちに近い、思いがけないものである。適格適法な商品・サービスであっても、消費者の使い方は十人十色。苦情は、生産者の整備された実験室ではない生の生活現場に商品を暴露したユーザーステストの結果報告である。消費者のライフスタイルが多様化するほどに生ずる画一的な製品規格への不満である。商品・サービスの提供が、違法、悪質な場合は論外ではあるが、その手口が法の代表する〝世の常識〟を超えていることには驚く。消費者相談は、これまでの知識や経験を蓄積しただけの専門性では、対応することができない。

金の現物まがい商法で社会問題になった豊田商事事件も、国債をねずみ講に使った国利民福の会事件も、電話による強引な勧誘を不当に行って諾成契約が成立したと強弁する悪質電話勧誘事件も、消費者相談網に早くから捕捉されていたが、新たな法規制なしに解決することは難しかった。法が成立するまで対応しないわけにはいかず、未然防止・拡大防止対策も迫られる。その難問題に直面するときに、消費生活相談員の専門性が問われる。

ＰＩＯ－ＮＥＴで同種事例を探してみる。適用する法規がないか調べる。公的・私的ネットワークで情報を集める。新手の商法の不当性を探る。苦情者の言い分をよく聞いたうえ、要点を質問して整理し、分析した情報の中から珠玉のような情報を見い出す喜び、インプットするときの充実感。社会変化を感知して〝良い情報〟にするその能力こそが、消費生活相談員のセンサーとしての感度であり、専門的識見である。消費生活相談員は、一見何の意味もないように見える相談者のトラブルの中から、キラリと光る情報を発見する感性が必要である。

助言、あっせん、調停の役割

消費生活相談員は、非権力的でソフトな消費者被害救済システムの最前線にいる。「地方公共団体における消費者行政の推進について」（自治省・経済企画庁共同通達、六九年）では、苦情処理を消費者行政の一環として位置づけ「あっせん」に努めることが必要であるとした。消費者保護基本法も相談処理の方法は「あっせん等」であるとする。自治体の消費者条例は「措置」「処理」「あっせん等」の文言を使い、困難事例は苦情処理委員会などのパネルで「あっせんまたは調停」「調停」する。

製造物責任法は、自治体の苦情処理委員会などの裁判外紛争処理の成果を期待しており、消費生活センターは〝前置機関〟（『苦情処理委員会の在り方に関する研究会報告書』経済企画庁・九五年）の役割を果たすが「製品関連被害に係わる紛争においては、主として製造物責任法という法規範を使用する以上、使用する実体法規範のうえでは訴訟とあっせん・調停との間に基本的な相違はない」（同報告書）。不調の場合は、訴訟援助などの支援を行うが、当事者ニーズによっては事実上の「仲裁」も考えられる（『製造物責任制度を中心とした総合的な消費者被害防止・救済の在り方について』国民生活審議会・九三年）。

製品分野別ＰＬセンターの処理は次のとおりである。

事務局（苦情処理実務経験者・技術専門家）による処理

相　談＝当事者のいずれかからの申し入れに対応して助言などを行うこと

あっせん＝両当事者の間に入り、双方の主張の調整を行うこと

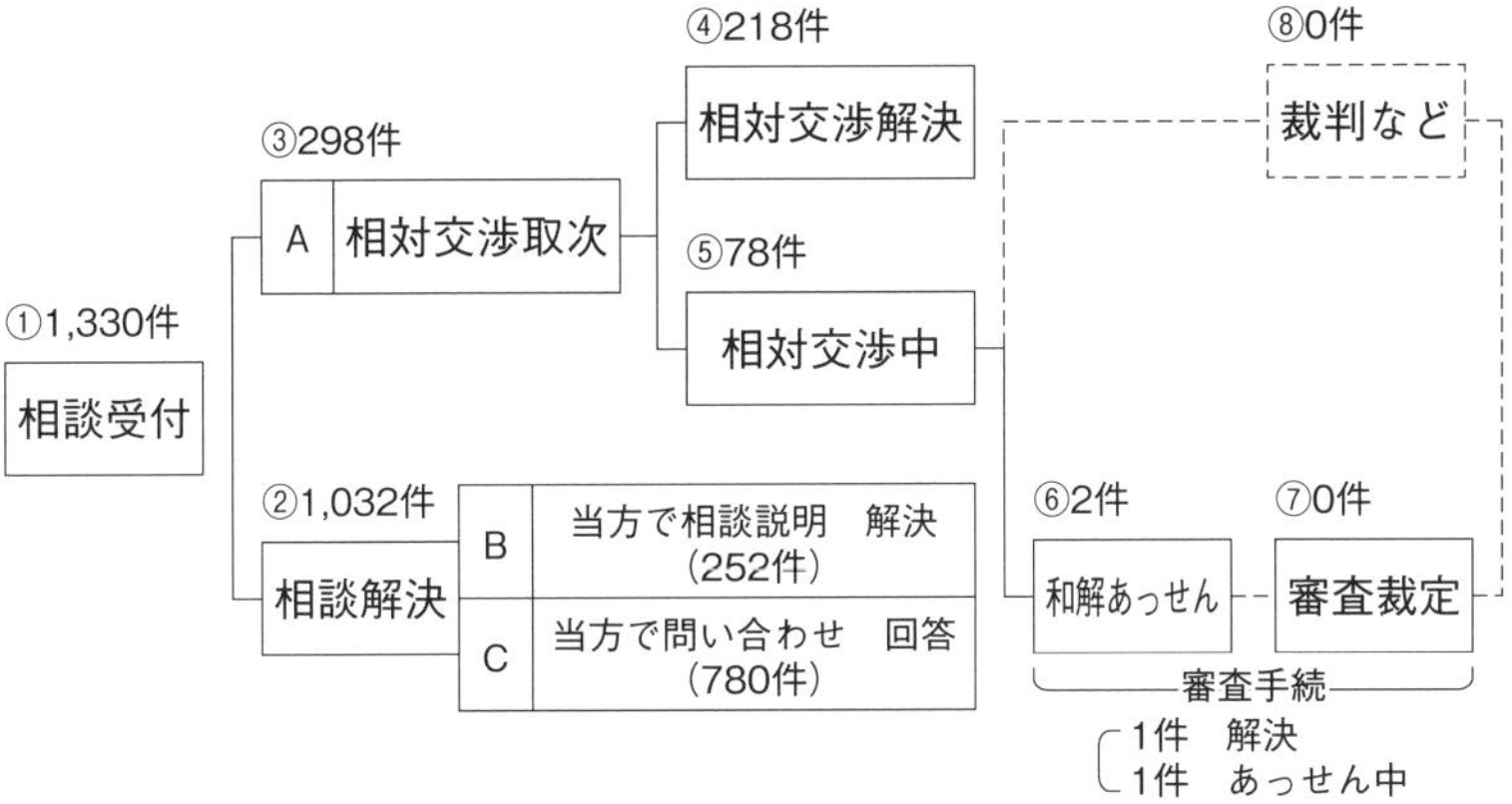

（注）（財）自動車製造物責任相談センター 1995 年 4 月〜 12 月

図 1　自動車 PL センターの相談処理状況

パネル（法律家、技術者、消費者問題有識者）による処理

調　停＝両当事者の主張の調整を行い、和解案を提示して紛争の解決を図ること

（財）自動車製造物責任相談センターは、苦情度合いが比較的大きく、相対交渉不十分なものは「相対交渉取次」（二二％）、苦情度合いは小さいが不満があるものは「ＰＬセンターで解決」（一九％）、問い合わせは「センターで回答」（五九％）している。パネルの「和解あっせん」率は少ないが（図１）、消費者相談の苦情処理委員会付託よりは多い。

公益性、中立性、真実・真実相当性

消費者相談を苦情処理委員会に付託する場合には、これまで「公益の要件を課して限定的に運用されてきた」が、これからは実効を図るため「明文上も事実上も、公益の要件を課さないこと」が適切であるとされる（前掲『苦情処理委員会の在り方に関する研究会報告書』）。これまで消費者相談は、消費者苦情を経済社会の変化と深くかかわる「構造的被害」として扱ってきたから、これからの付託案件に限っても「公益」か「私益」か峻別することは難しい。しかし、それは「消費生活相談員の判断を十分に尊重する」（同報告書）とされている。

公益とは「一義的に決まらず、この概念を用いている規程の趣旨、目的に照らして判断すべきもの」（『法律用語辞典』内閣法制局法令用語研究会編・九五年）であるから、消費者苦情の公益性は「消費生活の安定・向上」であり、みんなの暮らしを守ることである。消費生活相談員は付託議案に限らず、すべての苦情処理に当たって

「公益性」を忘れてはならない。

また、あっせん・調停は当事者合意によるとはいえ、相談には、公正・中立な第三者性が求められる。苦情処理委員会は、裁判官ＯＢ、民事調停委員、弁護士などのほか「消費者・事業者」代表を委員に加えることが望ましいが、その場合は「利益を調停させるためではなく、客観的判断に当たって」その「知見を活用するためである」（同報告書）といわれるのも、紛争処理の中立性を求めようとするものであろう。中立が、いずれにも偏らないという意味では、相談処理上常識であるが、「足して二で割ることではない」（竹内昭夫氏）、「消費者の立場に立つことだ」（清水誠氏）という見解が重要である。少なくとも相談処理は「民事不介入」ではない。

中立性は、真実によって担保される。真実は事実関係の確認によって求められるが、藪の中、グレイゾーンにあることも多く、一般に真実相当性の心証によっても認知される。真実・真実相当性は正義によって導かれる。正義の保証は公正な手続き＝デュー・プロセス（Due Process of Law　憲法第三十一条参照）を必要とする。消費者相談を扱う機関には、法や条例などに対応したマニュアルがある（図２）。当事者双方に通告し、意見や釈明を聴く手続き側面の第三者性には、プロセスが大切である。関連する有権機関への情報提供も忘れてはならない。

相談者から学び、ネットワークする

相談がなければ相談業務はないから、相談員もいらない。相談者は、相談員にとってなくてはならない存在である。相談員は、消費者の権利を守り、自立を支え、被害の拡大防止・未然防止を図るから、社会から消費者被消費生活センターなどの窓口における相談処理の一般的な流れは次のようになっている。

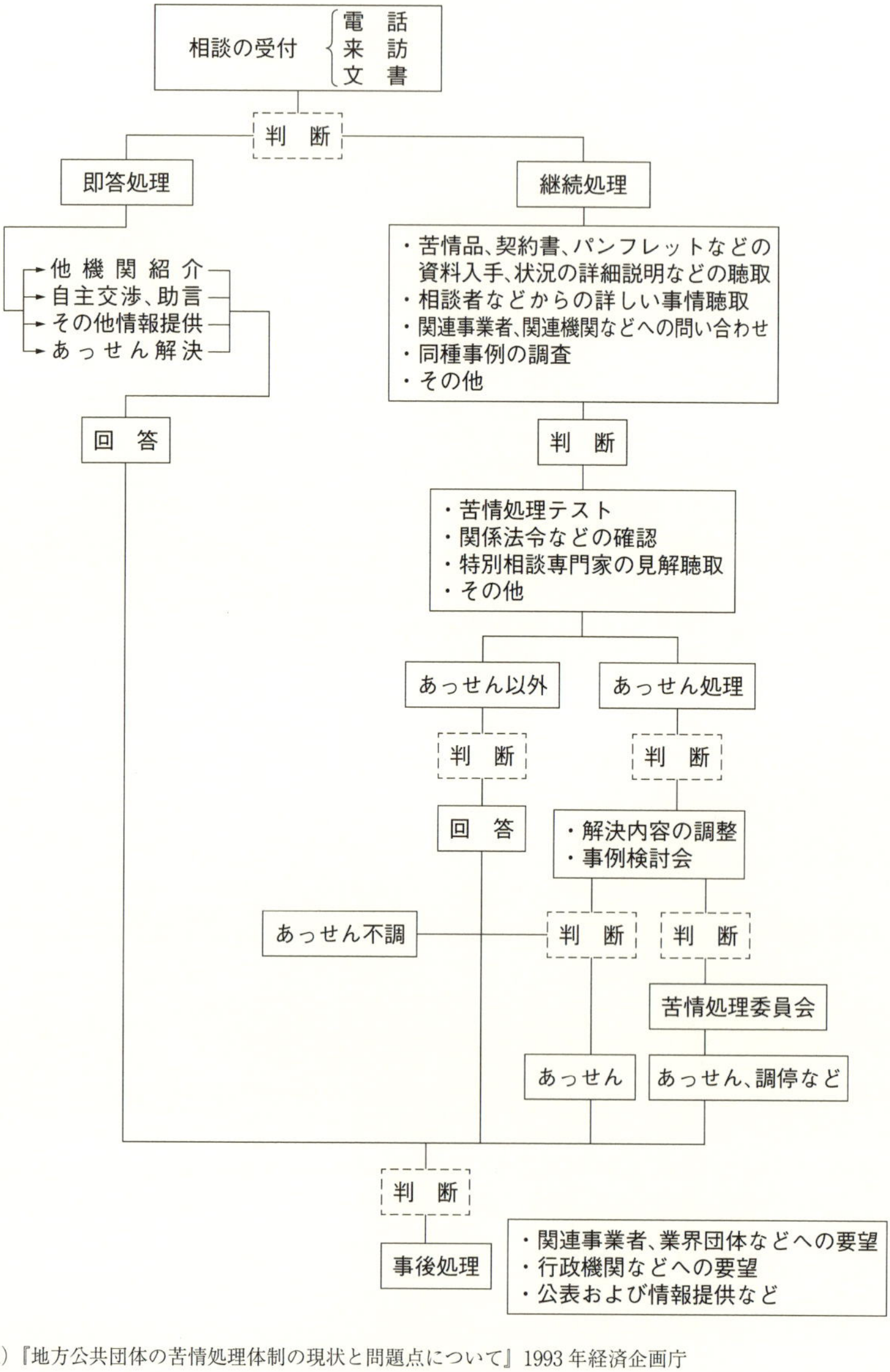

（注）『地方公共団体の苦情処理体制の現状と問題点について』1993年経済企画庁

図２　相談処理の流れ

害・消費者苦情を減少させる役割を果たそうとするという矛盾を内包している。事業者がＰＬセンターを活用し、相談窓口を充実させ、被害防止の情報を増やせば、行政のこれまでのような消費者相談は減少することになる。

相談員は、相談者から新しい社会の動きを学ばなければならない。医者が病気や医療について患者から学び、看護師が看護ニーズを患者から学んでいるように、相談員は相談者から相談サービスの在り方を学ばなければならない。相談処理の方向性を学ぶだけでなく、消費者被害がこれまでの社会変化の中の違法な取引や欠陥による被害にとどまらず、高齢化やグローバル化や情報化や地球環境問題など、暮らしをめぐる新しい社会変化によって新しい課題が発生し、展開していることをも学ばなければならない。

消費生活相談員は、ほぼ例外なく多忙を極めているが、苦情処理のルーチン・ワークに埋没することなく、消費者が相談しながら伝える暮らしの情報の中から、自ら次の課題を掴まなければ、本当の社会的役割は果たせない。そのために相談員は、臨床医療に相当するような個別被害の現状回復を図るだけでなく、予防医学のように、統計手法などで被害の拡大防止、未然防止を図り、また、先端医療のように新手法を開発しなければならない。

どれもとうてい一人ではできない。同じ志・目的・理念を持つ人びとが、心と心を結ぶようなネットワーキングをつくろう。横の連携と協力による問題解決を図ろう。いつの間にか尊大な専門家になって、ネットワーキングどころか人びととの対等性まで失うような相談員はいらない。相談員が、社会の変化を、相談者やネットワーキングから学ぶとき、相談は不滅である。目先の忙しさにかまけて、自らの行方を見失ってはならない。

紛争処理の大先輩の専門家、弁護士会の消費者相談マニュアルの巻頭を飾る「相談のこころえ」を学ぼう。発表されてから一〇年たっているが、この〝こころえ〟は色あせない。筆者は何度この〝こころえ〟に救われたであろうか。〝こころえ〟ににじみ出ている相談者に対する人権尊重の精神、法律家としての知識に縛られない自由な発想など、弁護士の専門性を支えるひたむきな態度を尊敬する。専門性とはこういうものであろう。

東京弁護士会『消費者相談マニュアル』

相談のこころえ

一、従来の法律体系の呪縛から脱して相談者と対面しよう。
二、相談者が持参した契約書に相談者の署名押印がなされていても、それをもって相談者を非難してはならないし、絶望することもない。
三、いわゆる約款は無視してはならないが、過大評価することもない。
四、相談者も何がしかの利得を意図して取引関係に入ったのであろうが、それを言上げしてはならない。相談者が意図した利得などささやかなものである。
五、相談者に対して、評論家であってはならない。弁護士の識見と法律知識は相談者の意図するところを吸い上げ、これを実現する方向に燃焼させよう。
六、相談者は象に立ち向かう蟻である。さればこそ弁護士としてファイトが湧くのである。
七、相談者の愚問と思われる言葉の中に珠玉のアイディアが潜んでいることがある。素人判断であると言っておろそかにしてはならない。
八、従来の法律体系に新しい生命を吹き込むのは、弁護士としての不断の研鑽もさることながら、消費者という弱者に対する心遣いである。

相談員は、相談者を尊重しなければならない。被害の様相を明るみに出して相談員の質問に答える相談者の信頼を裏切ってはならない。時にはプライバシーに立ち入る相談情報を、相談者のために守らなければならない。守秘義務は相談を業務とするすべての機関と専門職にとっての基本的な義務であり、モラルである。「職務上知り得た秘密を漏らしてはならない。その職を退いた後も、また、同様とする」「法令による証人、鑑定人等となり、職務上の秘密に属する事項を発表する場合においては、任命権者の許可を受けなければならない」（地方公務員法第三四条など）。

相談員は、相談者の信頼を得て、助言し、あっせんし、ネットワーキングしつつ、相談者と共に成長し、消費者相談を発展させるのだ。

主な参考文献

一　『消費者保護法の理論』竹内昭夫　有斐閣　一九九五年
二　『消費者保護法の基礎』北川善太郎・及川昭伍編　青林書院新社　一九七七年
三　『消費者行政と法』清水誠・金子晃・島田和夫編著　三省堂　一九九三年
四　『消費生活と法』国民生活センター編　第一法規出版　一九八一年
五　『地方公共団体の苦情処理体制の現状と問題点について』経済企画庁　一九九三年
六　『苦情処理委員会の在り方に関する研究会報告書』経済企画庁　一九九五年

三　危害情報システムの現状と課題

出典『消費者保護の現状と対策』行政資料調査会　一九七九年

一．消費者保護政策における危害情報システムの役割

大量生産・大量消費時代を機に本格化したわが国の消費者保護政策は、すでに、二〇年の歳月を経たが、この間、段階的に幾つかの成果を挙げてきた。

一九六〇年～一九六四年（昭和三五年～三九年）の六〇年代前半の五年間は、各省庁に消費者保護行政の専管部門が開設されてわが国の消費者保護政策が、スタート・ラインについた時期であった。その象徴的なきっかけの一つはいわゆる「牛缶馬肉事件」（三五年九月）で、三七年には、「不当景品類および不当表示防止法」の、また、相前後して、「家庭用品品質表示法」の制定を見た。同時に、三五年には、経済企画庁に「消費者物価対策連絡協議会」が設置され、農林、通産、経企庁に、消費者保護の主管部門が設けられ、三九年には、臨時行政調査会が「消費者行政の改革に関する意見」を提出するに至っている。

一九六五年～六九年（昭和四〇年～四四年）の、六〇年代後半には、「消費者保護基本法」（四三年五月）公布を大きな出来事として「地方自治法」改正（四四年三月）もあって、全国の自治体と、消費生活センター設置など、消費者保護政策の具体的な展開が行われた。

一九七〇年～七四年（昭和四五年～四九年）の七〇年代前半になると、四五年一〇月の国民生活センター設立

をきっかけに、全国各地の消費生活センターを、消費者情報提供を通じてネットワーク化し、世界各国にも例を見ない、消費者保護情報網を作りあげた。同時に、四八年二月の閣議決定による「経済社会基本計画」と、五か年計画に初めて、消費者保護の推進が、重要項目として明記され、「消費者保護が、消費者の身体・生命・財産の安全を守る」ことであるという、消費者保護の理念が確立されている。四九年七月に、国民生活審議会消費者救済特別部会が発表した、消費者被害の救済についての中間報告は、消費者被害救済における消費者保護の理念を具体化するに当って、事業者の無過失責任や、製造物責任の導入の必要を方向づけて、画期的な事後的対策を掲げた。

一九七五年～七九年（昭和五〇年～五四年）、すなわち七〇年代後半は、消費者保護のネットワークを活用し、しかも、消費者被害救済を、事後的救済対策から、予防対策、未然防止対策に転換するための、危害情報システム開発に、各省庁が乗り出したことを、最も重要な、消費者対策の展開とみるべきであろう。

三五年に経済企画庁に消費者保護に関する各省庁連絡会議が設置されてから、これまで二〇年間の集大成ともいうべき「消費者被害の救済について」の中間報告が、緒言で、この報告に盛られた消費者被害救済対策が、いわば、事後的救済措置であるとし、また、結語で、「以上のような手順で順次消費者被害の救済制度が整備され被害消費者の適切、効果的な救済が進むことは、同時に、被害発生の防止の面にも大きな効果を及ぼすこととなるが、消費者被害の事後的救済とともに、その発生の未然防止のための制度が効果的に機能するよう制度の改善を図り、両者が一体となって消費者保護がより一層図られることを期待するものである。」としているように、七〇年代後半に開発された、危害情報システムは、消費者被害救済の未然防止対策、拡大防止対策を担おうとするものであり、これが、同システムの、消費者保護政策上に占める役割にほかならない。

二　消費者被害大量発生の現状と対策

昭和五三年二月に発表された、経済企画庁の「消費者被害調査」では、欠陥商品でケガをしたり、商品が発火原因となった火事などのいわゆる商品関連事故発生率は、全世帯の一・三％、約四四万余件に及ぶとしている。

この調査は、経済企画庁が、全国二人以上の普通世帯二万世帯を対象に、商品の使用、消費などで受けた消費者被害を調べたもので、回答者が、「被害発生の原因が、製品自体の構造上、製造上の欠陥または小売店、卸売店、輸送業者など、企業の側に手落ちがあったため」と判断しているものが二三万六〇〇〇件で、被害全体の五三・二％を占めていることを指摘するなど、消費者が購入した商品やサービスで、消費者の身体、生命や、他の財産にまで、被害が及ぶ、いわゆる拡大損害に関する実態に迫る調査であった。

「消費者被害調査」は、いままで家庭内に眠っていた商品関連事故件数を推定したが、この推定による四四万余件の消費者人身被害は、量的には、交通戦争、交通地獄などと称される重大な人身被害を発生させている交通事故にも比べることのできるほどの大量被害である。昭和五二年の交通統計によれば、交通事故による死亡者は、同年間に八九〇〇人であり、負傷者は五九万人であり、商品関連事故の四四万件より三割以上多く、かつ同調査による商品関連事故による死者はない点からみると、交通事故は重大被害を及ぼすという点で、質的にも、商品関連事故より重大である。しかし、交通事故対策が、事故の重大性により、全国的情報ネット化による予防対策を講じて、この八年間は、事故件数を減少させ続けるという成果を挙げるほど充実していることに比べると、商品関連事故四四万余件の予防対策は、全く行なわれていないといってもよく、その対策の立ち遅れを合せて考えると、家庭内商品関連事故件数は、当然対策を立てられるべき、交通事故件数にも匹敵する重大事故発生率を示す危険な無防備領域といってもよい。しかも、対策が進んでいるために、消費者問題としての視点が欠落しがちである交通事故も、実は、商品関連事故の領域に入るものである。自動車、自転車などの交通手段がなければ、交通事故は発生しえないからである。

「消費者被害調査」は、商品関連危害が、技術革新による商品の複雑化や、大量生産による消費者の商品消費量の増大、ならびに、核家族化などの生活様式の変化を背景に、政府の実施してきた諸種の危険防止対策にもかかわらず、大量に発生し続けていることを明るみに出したということができる。消費者保護政策のうちでも、政府の行う危険防止対策は、消費者保護の基本であり、最重点施策であって、三〇有余の安全関連法を整備して取締り対策は一段落しているにもかかわらず、大量の商品関連事故が発生し、消費者の身体、生命、財産の安全が脅かされているという現状認識の上に、新たな、危険防止対策の必要が講じられなければならない。

従来、法律による取締保護などの必要上、すでに事故実態が把握されている、ガス器具事故、食中毒なども、商品関連事故であり、火災事故も、経済企画庁推定によれば、五％は、商品に発火原因を持つ、商品関連事故である。また、実態調査による消費者被害意識の明らかな事故件数や、届出制度などで、商品関連事故としての明確な判定のできる事故件数以外に、消費者被害としての意識や認識がない事故も含めると、商品関連危害は、一層、膨大な量となる。ちなみに、厚生省「患者調査」から、病院等にかけ込んだケガ人や病人の中から、商品関連と思われる人数を推定すると、年間約二千数百万人にも及ぶ。（「危害情報の収集・提供システムのあり方について」（五三年国民生活審議会消費者政策部会）

商品関連事故対策は、何よりも、予防対策として考えられる必要があり、そのためには、既存の商品関連事故報告制度を、有機的に連携させるとともに、家庭内に放置されて、無対策状態にあるその他の商品関連事故の実態を把握し、分析し、社会にフィードバックするシステムを確立しなければならない。

三　危害情報システムの現状

(1)「消費生活用製品に関する事故情報収集制度」（通商産業省）

通商産業省では、早くから（三六年）日本消費者協会の業務を監督して、消費者相談件数を把握し、四八年には、私書箱方式による、直接的な相談処理で商品関連苦情を関連行政に反映させてきたが、四九年には、消費者苦情の中から、欠陥商品による人身被害事故を、重点的に収集する「事故情報収集制度」を発足させた。これは、同省所管の消費生活用製品を対象とするもので、安全性の確保を目的とし、商品欠陥によって発生した商品事故と、事故に結びつく可能性のある商品欠陥の実態を把握しようとしている。情報の収集先は全国各地の消費生活センター、事業者および各地通商産業局であり、工業品検査所、繊維製品検査所を経て通商産業省へ通報させることとしている。

収集された情報は、商品欠陥と、事故との関連が、ある程度明確なものを中心としているため、年間一五〇～二五〇件程度の収集にとどまっているものの、同省が事故内容を評価し、その結果を、「消費生活用製品安全法」、「電気用品取締法」、「ガス事業法」等、同省所管の関係法規に照らして、安全基準、技術基準の設定、改正をはかることを主目的として処理される。また、メーカーに対しては、事故内容に基き、商品取扱説明書の改訂・回収・

点検等を指導し、消費者に対しても、「消費者ニュース」等で、安全情報を伝達して、事故防止をはかっている。

(2) 医薬品副作用等情報収集制度（厚生省）

厚生省では、昭和四〇年前後に相次いで問題になった、サリドマイド訴訟や、アンプル入り風邪薬ショック死事件などを機に、昭和四二年に、医薬品の安全対策の一環として、承認後の医薬品の副作用情報を収集・評価し、必要な行政措置を講じるため、モニター病院から医薬品副作用情報収集制度を発足させた。情報は、年間約四〇〇件に及ぶが、四七年には、世界保健機関（ＷＨＯ）と連携して、海外情報年間約二万件の連絡を受けている。これらの情報は、中央薬事審議会で評価し、必要に応じて、製品販売の禁止、使用上の注意の改訂等の措置が講じられている。なお、従来は、医療機関の扱う副作用情報で、主として、治療薬情報であったが、五三年からは、一般医薬品等の副作用も集めるため、薬局モニター制度を発足させ、さらに、薬局で売られている消費生活用製品のうち、「有害物質を含有する家庭用品の規制に関する法律」関連事故情報をも対象とすることにした。同法に関する事故情報は、五四年度から、特定病院の特定診療科から、医師の把握した商品関連情報の提供を依頼する形でも実施されている。

(3) 危害情報システム（国民生活センター）

国民生活センターは、設立以来、全国各地の消費生活センターの、情報収集上の中央的機構として、全国消費生活相談統計など、消費者相談という形で把握される、全国的な消費者被害の集計を行ってきたが、四九年には、これらの被害の中から、消費者の身体・生命に直接危害を及ぼす重大事故を、危害情報として収集する体制を整え、五〇年度から消費生活センターからの危害情報収集に着手した。

国民生活センターの危害情報の定義は、商品の使用により、消費者の身体・生命に危害を及ぼした事故を『危害』とし『危害』には至らなかったが、放置すればその恐れのある商品の爆発、発火、腐敗などを『危険』として、『危害』と『危険』を対象とするものである。

その目的は、危害の発生実態を把握して、同種被害の未然防止、拡大防止、再発防止をはかり、消費者が、商品の使用により、身体・生命・財産の安全を脅かされるような事故を、社会から減らし、より安全な暮らしを作ろうとするものである。そのため、商品使用による事故原因が、商品の欠陥による事故であるのか、消費者が誤った使い方をしたために生じた事故であるのかを問わず、かつ、事故発生と商品との因果関係を究明する以前に、事故発生時点での情報収集を目指している。このため、同システムの構造は、サブシステム・ブロック構造であり、収集サブシステム、苦情・管理サブシステム、追跡・分析サブシステム、評価サブシステム、情報提供サブシステムの五つのサブシステムを、順次開発し、かつ、収集した情報を、順次究明し、処理する方式をとっている。五三年度からは、情報収集の窓口を、消費生活センターだけでなく、新たに、全国的な病院に拡げることとし、とりあえず、九病院からの収集に着手した。年間情報収集量は、一八〇か所の消費生活センターから約二〇〇〇件余、病院から、一病院当たり一〇〇〇件余である。

同センター自体が、従来、実施してきた消費者相談処理から出発して、その後に構築した危害情報システムが、相談処理という形の消費者被害救済と異なる点は、個別処理から大数処理分析への転換を試みたことであり、そのため被害者の消費者意識の有無にかかわらず、商品関連事故を把握しうる病院のネットワークをはかろうとするものである。

⑷　海外の現状と今後の課題

危害情報システムが、もっとも進んでいるのはアメリカ合衆国である。アメリカでは、一九六九年に全国的な商品関連事故実態調査を実施し、年間およそ二〇〇〇万人が商品関連人身事故を起こし、そのうち三万人は、その事故がもとで死亡し、一一万人が、永久障害者になり、損害額は、六九年当時で五五億ドル、現在の円換算で約二兆円をはるかに超えるものと推定した。（一九七〇年「製品の安全性に対する国家委員会の最終報告」）

この調査をもとにして、健康・教育・福祉省の中にあるＦＤＡ（食品薬品局）に、全国的な病院からの危害情報収集対策部門が作られ、一九七二年に消費生活用製品安全法（Consumer Product Safety Act）による委員会ＣＰＳＣ（Consumer Product Safety Commission）が設置された。ＣＰＳＣは現在、全米一三〇の救急病院をオンラインシステムでネットワーク化しており、年間四一万余件の危害を、実際に、しかも、発生と即時に、把握する能力を持っている。うち、約六〇〇〇件は、事故発生から七二時間以内に、事故現場で、専門家による詳細調査（In-Depth Investigation）を実施し、その結果、欠陥商品の製造中止や回収を命令し、違反者には、罰金刑、懲役刑を科す権限を持っている。

イギリスでも、家庭内事故で、年間約七〇〇〇人が死亡し、さらに、約一〇万人が入院し、六五万人が通院患者として病院で手当をうけているという推定（一九七六年「消費者安全」物価・消費者保護省）により一九七七年から、イギリス全土にわたる二〇病院から、シートにより年間七万余件の危害情報を収集するシステムを、物価・消費者保護省に設置した。一九七七年には、北欧五か国でも、共同システムが稼働しており、OECD（経済協力開発機構）には、危害情報を、世界共通の、互換性のあるシステムとして開発するための協議委員会が何回も会合を開くようになっている。

危害情報システムは、わが国だけの消費者保護の新しい課題ではなく、むしろ、先進諸国が、進んで開発に着手している、世界的な消費者保護の新たな地平ともいうべき分野となっている。この分野は、消費者の被害における、企業と消費者とのどちらが、事故原因の責任を負うべきかという考え方（責任論）よりも、むしろ、かけがえのない人間の、消費者としての身体・生命を、これ以上害してはならないという観点から、危害を予防し、減少させるために、事故がなぜ起こったのか（技術論）を考えようとするものである。もちろん、このシステムが、有効に動き始めると、企業にとっては、製造物責任時代の、最も強力な情報入手装置となり、行政にとっては、法律や規格、基準の改正ならびに対策上の重要な情報源となり、消費者にとっては、消費者の誤使用をも、安全対策の必要上、問題として救済されうる警戒警報発令装置となり、社会全体の安全性を高めるものとなる。しかし、それらは、いずれも、結果論であって、要は情報収集網をどのように作りうるかが問題である。そのためには、各省庁間の同様システムの有機的結合が必要であり、今後の大きな課題は、データ・バンクをどのように設置するかということであろう。

四　かけがえのない生命《いのち》と暮らしを守るために——製造物責任立法化は必要——

出典『国民生活』国民生活センター　一九九一年

商品事故の原因を〝推定〟するなどして消費者被害を救済する

消費者が欠陥商品によって被害を受けたとき、メーカーが過失の有無にかかわらず責任をとるという製造物責任（ＰＬ=Product Liability）について、通産省は六月、「当面、法制化は考えない」ことを明らかにしました。通産省委託により、前年から検討を続けてきた製品安全対策研究会の報告がまとまって、「メーカーと消費者との間には大きな隔たりがある」「民法の過失責任原則を安易に変えていいのか」という問題が指摘されたため、といわれます。

しかし、現行民法による消費者被害救済には、限界があります。また、同じような状況にあるアメリカでは判例で、ＥＣ諸国では統一されたＰＬ法の導入で、消費者のかけがえのない身体、生命、財産の安全を守ろうとしています。私たちの身の回りの消費者被害の現実と、救済の実態とは、日本にも製造物責任法の制定の必要を示しています。

一九八七年一二月、徳島県で四五歳の主婦が、ふろ場でカビ取り剤とタイル洗浄剤を混用して急に苦しみ出し、手当する間もなく死亡しました。同様の事故は長野や岐阜などで続発し、私たちは、洗浄剤を混用すると塩素ガスが発生し、死ぬ恐れがあることを知りました。いまでは商品の正面に「塩素系」「酸性タイプ」の別が示され、「混ぜるな、危険」という警告表示もつけられました。しかし、警告も知らずに死亡した人は救われません。企業に責任はないのでしょうか。

混ぜなくても危険があります。ことし三月二八日、東京地方裁判所は噴霧式の家庭用カビ取り剤「カビキラー」の使用によって気管支炎になった主婦の訴えに対し、メーカーであるジョンソン株式会社に慰謝料六〇万円、弁護士料一〇万円、合計七〇万円を支払うよう命じました。判決文は「カビキラー使用直後に咳やタンが出たこと、咽頭部の灼熱痛や一時的な息切れないし呼吸困難に陥ったことと、カビキラーを使用したこととの間には因果関係がある」と認め、「メーカーは人の生命、身体、健康に被害を及ぼさないよう注意すべき義務を負っている」し、「健康被害の予見可能性があった」、「製造、販売を開始した当時、その容器として薬液の飛散しにくい泡式のものを用いることも十分に可能であった」、「被害は回避できた」から「過失あり」としました。

訴訟を起こした村山章さん（東京都・主婦）は、この裁判のために、七五万円を使って、大学で動物実験をしてもらい、カビキラーと人身被害との因果関係を立証しようとしましたが、裁判所はこのデータを採用せず、一時的な呼吸困難のみをカビ取り剤によるとしました。裁判は東京高等裁判所に移されて続行中ですが、商品による人身被害を証拠だてることは、消費者にとって経済的・技術的に難しい課題であること、しかも、いくら努力しても不十分なものになることが分かります。

カビ取り剤の裁判は、日常使用している製品の成分が次亜塩素酸ナトリウムなど有害物質であることを、全国の消費者に改めて知らせましたが、私たちは他にも多くの化学物質を家庭内で使っています。しかも、それらの商品情報は、便利性・有用性中心で、警告・注意情報は乏しいものです。消費者が、つい安全性を期待してしまうのは当然でしょう。そのうえ、いざ事故が起きて、製品の危険性、問題点が明るみに出ると、事故との因果関係を立証する責任は消費者＝被害者にあるとしている民法などの現行法では、消費者被害は救済されません。製造物責任の基本的な考えは、商品事故における消費者の立証責任を、事故原因となった商品の欠陥を推定するなどして軽減するか、企業側に自社商品に欠陥がないことを証明させるなどのように、立証責任を転換させるかなどの抜本的な変革を方向づけるものになるでしょう。

企業に〝過失〟がなくても、商品に〝欠陥〟があれば企業責任を問う必要

東京地裁のカビキラー判決は、企業の〝過失〟を認めましたが、これからの製造物責任の考え方は、企業に過失がなくても、製品に欠陥があった場合、その欠陥による消費者の被害の責任を企業がとる、という〝無過失責任〟が問われます。アメリカでは、「製品＝危険＝欠陥＝製造物責任」を企業に求める例が増えていますが、EC加盟国に出した製造物責任指令も、また、日本で作られたさまざまな製造物責任法試案も、いずれも、この〝無過失責任〟を問う考え方を持つものです（表1参照）。

EC指令は加盟一二か国に対し、製造物責任に関する国内法の整備を義務づけるものですが、一九九二年のEC統一に向けて、消費者保護上、各国間に差があることは、共同市場実現に不都合であるからです。この製造物責任は、サリドマイド事件の被害者救済がきっかけになったといわれます。このことはEC加盟国に限らず、日本も含めた世界各国共通の問題です。しかしEC指令が検討され始めたのは一九六八年のことであり、また、指令が求めた各国の法整備は一九八八年までであったのに、九一年現在もまだ審議中の国があるなど、長い道のりを乗り越えて実行されようとするものです。

ＥＣ指令の「製造者は、製造物の欠陥に起因する損害に対し、責任を負うものとする」という第一条の規定は、成立の過程で、「製造者がその欠陥を知っていたかどうか、あるいは知り得たかどうかには関係がない」という言葉を添えて、無過失でも企業責任を問うことが強調されたこともあり、簡潔な文言の中にもアメリカ同様、厳格な製造物責任の考え方をこめています。

アメリカで〝無過失責任〟を確立した判例としては、一九六三年のカリフォルニア最高裁判決〝グリーンマン対ユバ・パワー・プロダクツ事件〟があります。妻からクリスマス・プレゼントに贈られた日曜大工用具を使用中に、道具がはねた木片で頭に重傷を負った夫が訴訟を起こし、裁判所は「製品に欠陥があったためケガをさせた場合は、不法行為法上の厳格責任（無過失責任）を負う」とし、直接の買い主ではない夫のケガを補償しました。

無過失責任は、企業の過失の有無よりも、製品の

表１　製造物責任と無過失責任

製造物責任 指令・試案名	EC指令 (昭60)	製造物責任法要綱試案 (昭50、我妻栄ほか)	製造物責任法案要綱 (平2、公明党)
無過失責任条項 と内容	第1条 製造者は、製造物の欠陥に起因する損害に対し、責任を負うものとする。	第3条(無過失責任) 製造者は、製造物の欠陥により生命、身体又は財産に損害を受けた自然人に対し、その損害を賠償する責に任ずる。	第5条（製造者の無過失責任） 製造者は、その製造物の欠陥により、生命、身体又は財産に損害を受けた者に対し、その損害を賠償する責任を負うものとする。

私法学会における提案 (平2、好美清光ほか)	製造物責任法案要綱 (平2、社会党)	製造物責任法試案 (平3、東京弁護士会)	製造物責任法要綱 (平3、日弁連)
第2条(無過失責任) 製造者は、製造物の欠陥によって生じた損害を賠償する責任を負うものとすること。	第3条(無過失責任) 製造者は、製造物の欠陥により生命・身体又は財産につき損害を受けた者に対し、その財産的及び非財産的損害を賠償する責任を負う。	第3条(無過失責任) 製造者は、製造物の欠陥により生命、身体又は財産につき損害を受けた者に対し、その経済的及び非経済的損害を賠償する責任を負う。	第3条(無過失責任) 製造者は、製造物の欠陥により生命、身体または財産に損害をうけた者に対し、その財産的および非財産的損害を賠償する責任を負う。

欠陥を問題にするものですが、製品の欠陥は単に構造上、設計上、製造上の欠陥にとどまらず、警告表示の欠陥や説明・広告の欠陥も問題にして、企業責任を追求します。

一九八七年にカンザス州であった判例に「高吸収性タンポンを使用した主婦がショック症状で死亡し、夫が、タンポンメーカーは、そのことに気づき、かつ同業他社が高吸収性タンポンの回収や低吸収性タンポンへの切り替えをしているのに、あえて高吸収性タンポンを宣伝し、不当な利益を得ていた」と訴えた事件があります。メーカーは「警告は十分である。婦人は警告ラベルを知りつつ使用していた」と主張しましたが、裁判では「この警告文は不十分。危険性について消費者の注意を喚起していない。多くの消費者が無視するような警告は、消費者の過失にならない」とし、通常賠償金一五三万ドル、懲罰的賠償金一〇〇〇万ドルをメーカーに科しました。

欧米諸国に比べると、日本では商品事故をめぐる

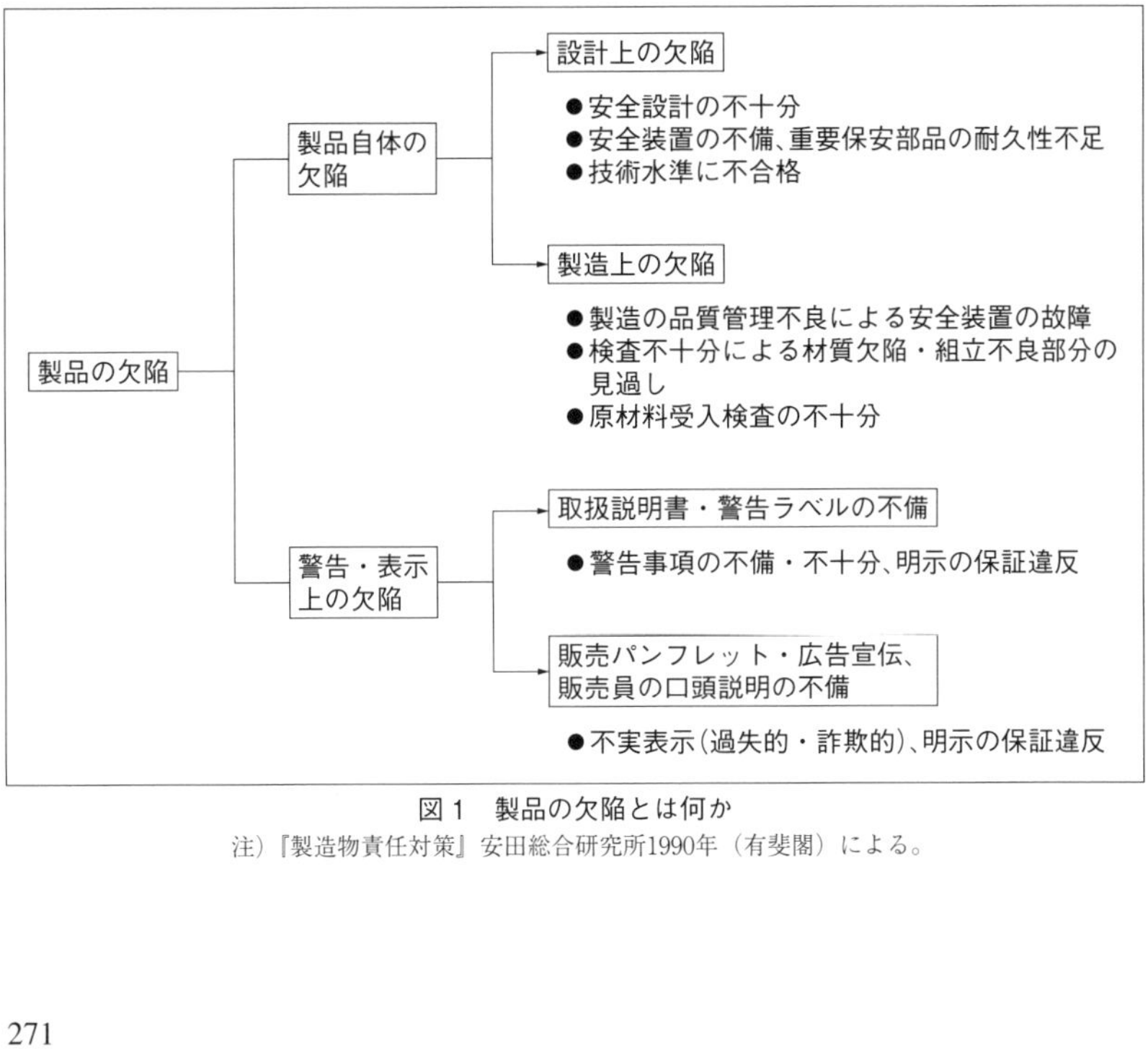

図１　製品の欠陥とは何か

注）『製造物責任対策』安田総合研究所1990年（有斐閣）による。

訴訟事件そのものが少ないうえに、判決は、消費者の不注意による責任とするものが多く、製品の構造的欠陥や、ましてや情報不備による企業責任を追求する例は少ないという実態があります。

一九八三年、東京地裁の「金づち破断による失明事故」判決は、釘を抜こうとしたとき、金づちの端が破断し、破片で失明した消費者の「金づち材料と形状上の欠陥」という主張を退け、「使用方法が悪かった。硬度の高いものを叩かないようにというような注意表示は、必ずしも一般人には向かず、きわめて稀にしか起きない事故を想定して注意表示する義務はない」というものでした。

何よりも私たちの暮らしを守る社会をつくるために――

一九九一年五月、「消費者のための製造物責任法の制定を求めるシンポジウム」が東京で開かれ、席上で「欠陥商品一一〇番」（四月一二日～一四日、東京他九都市における電話相談）の結果が報告されました。日ごろ、消費者被害救済に関係の深い弁護士や消費者団体リーダーなどによるものです。

「欠陥商品一一〇番」に寄せられた消費者の商品関連事故五三四件は、家電製品の発火・発煙、自動車の暴走・急発進、住宅・建物の欠陥など、多種多様な被害を示していますが、特に注目されることは、それらの被害者が「欠陥商品一一〇番」に訴える前に、どんな苦情処理をしようとしたか、ということです（表2参照）。

行政の消費者相談窓口である消費者センターは、全国に約三〇〇か所もありますが、「欠陥商品一一〇番」を利用するような意識の高い消費者でも、消費者センターを利用した人は二・五％にすぎません。消費者センター以外の「他の行政」（一〇件、一・六％）に苦情を申し出た人を加えても四・一％にとどまります。苦情があっても、

表２「欠陥商品110番」　（件）

商品別件数		自動車	家電電気製品	燃焼器具	事務電化製品	住宅・建物	その他	計
		110	114	37	19	83	171	534
	%	20.6	21.3	6.9	3.6	15.5	32.0	
苦情申出状況		販売者	メーカー	消費者センター	その他行政	何もせず	その他	計
		319	146	16	10	104	38	633
	%	50.4	23.1	2.5	1.6	16.4	6.0	

注）「欠陥商品110番」（91.4.12～14）結果集計速報による。苦情申出状況は複数回答。

黙って何もしない人が約二割もあることにも驚かされますが、クレームは、まず販売店に申し出る人が約五割、メーカーにいう人が約二割と、販売店が圧倒的に多いことが注目されます。

この一一〇番では、ほとんどの人が、苦情を伝えたメーカーや販売店で「あなたが悪い」といって相手にしてくれなかった、と訴えています。製造物責任の判例や特別法がないために、日本では社会全体が、欧米に比べると〝生命《いのち》と健康、財産の安全〟を第一に考える生活優先主義が遅れているといわなければなりません。

製造物責任立法化には、危険を予見することが困難な〝開発危険〟（新製品開発時の危険負担）を企業側に有利な形で定めるかなど、決めなければならない多くの課題があります。しかし、政府も、この秋には何らかの結論を出す予定ですし、財界もこの法の検討を始めています。私たちは、何よりも尊重されなければならないのは、私たちの生命と暮らしであることを忘れず、製造物責任法の立法化を求めたいものです。

五　グリーン・コンシューマリズム——緑の消費主義革命——

出典『A・エース・ニュース　NO・16』一九九〇年一一月三〇日

機会を得てイギリスのコベントリーに住む娘たち夫婦を訪ねた。片言を覚え始めたばっかりの孫も、日本人のいない異国の地で、半年あまりのうちに、うまく英語をしゃべるようになっていた。夫は大学院で経済史を、娘は女性学を学び、孫は保育園という〝純〟消費生活を送っているが、〝幼児のいる家庭には、庭付き住宅しかあっせんできない〟といわれて、芝生にバラの花の咲く、テラスハウスを一〇万円で借りて暮らしていた。

生活内容はきわめて質素で、暖衣飽食の中で娘を育てた私には、痛々しい程のつつましさであった。日本から買っていったもろもろのみやげさえ、彼らのシンプルな生活を乱すような気がして気がとがめ、もう少し豊かな暮らしをしてはどうかと、言い訳めいた説教をすると、娘は、「イギリスでは、みんなこんな暮らし方よ」と言い、夫は二冊の本を本棚から取り出した。

〝THE YOUNG GREEN CONSUMER GUIDE〟

〝GREEN PARENTING〟

表題をひと目見て私は、旅に出る前、ことしの『イミダス』（集英社）に、「緑の消費主義革命」という項目を新しく追加して、欧米諸国では「地球を守るため、環境にいい商品を買う運動が広がり、生産・流通業界にも影響し始めた」と書いたばかりであったことを思い出した。一九八四年にドイツで『環境の礼儀作法』がベストセラーになり、八八年にイギリスで『グリーン・コンシューマー・ガイド』が発売と同時に三〇万部、『グリーン・コンシューマース・スーパーマーケット・ショッピング・ガイド』が一〇万部売れて、〝グリーン・コンシューマリズム〟が始まった。八九年のイギリス・ミンテル社の調査では、地球を守るためならば、二五％高くても二七％の人々が買うと分かり、アメリカでも同年のギャロップ調査で、多少の不便はがまんして、資源のためによい商品を買う人は、男九六％、女九四％、値段が高くても買う人は、男八七％、女九〇％もあることが分っている。八九年アメリカの『地球を救うかんたんな五〇の方法』（竹内均監修訳あり）は一六〇万部売れている。

娘たちが示した二冊は、出版されたばかりのグリーン・コンシューマリズムの本で、私の知らないものだった。私は、異国の地で、異国人として暮らす娘たちさえ、なけなしのお金を出してグリーン・コンシューマリズムの本を買うという、この新しい消費者主義の〝革命〟的意義を実感した。帰国後、日本でもようやく聞こえ始めた緑の消費主義の足音を聞きながら、しかし、相変わらず、娘に細々と余計な国際電話をかけている私は、海の向こうで、〝しょうがないお母さん〟と受け流しつつ、新しい緑のライフスタイルを進めている娘たちを愛し、新しい世界を信じている。

六　乳癌手術後七年過ぎて

出典『市民のためのがん治療の会』Ｖｏｌ・４　Ｎｏ・１　二〇〇六年

インフォームド　ディシジョンへ

乳癌手術後七年経過、第一目標の五年生存線はクリアしたが〝癌は一生〟と思い、再発予防に努めている。幸い名医、チーム医療、懇切丁寧な説明にセカンドオピニオンの必要は感じなかったが、患者としての主体性に欠けていた。

インフォームドコンセントは単なる〝説明と同意〟ではない。診察結果、治療法、成功率、とりわけ〝危険性〟〝副作用〟の説明に納得した上での同意が必要だ。診察した医師の専門領域情報を受身で聴くのではなく、複数の治療法を患者が比較して選択するインフォームドチョイスが行われ、さらに進んで、患者が自分の治療法を組み立てるインフォームド　ディシジョンを求めたい。医療従事者は患者をサポートする専門家、〝患者の、患者による、患者のための〟医療になる。

患者が自分のいのちを守る責任を持つ。癌を治すのは癌患者自身だ。医療過誤も防げるだろう。何より患者が明るくなる。

孤独からの脱出：ネットワーキング

乳癌を発見した七年前の極月半ば、深夜ひとり茶の間で味わった〝天上天下ひとりぽっち〟の凄まじい孤独感は二度と味わいたくない。〝孤独からの脱出〟こそ、癌患者として私のしなければならない第一歩であった。名著『癌患者学』を書いた柳原和子さんの近著『百万回の永訣』には、幾つかのご自分の俳句が収められている。そのひとつ

風光る　ひとりひとりの　独りかな

（二〇〇四年五月三〇日）

は私を泣かせる。孤独だったのは私だけではない。癌患者治療に〝孤独からの脱出〟対策が必要である。〝癒やし〟を求めて、私は、クラシックのコンサート、俳句、書道、茶道に励んだが、癒やされたのは、それぞれの会合で出遭った〝人〟〝人〟〝人〟であった。その典型が、術後ケアの外科外来の掲示で知った〝癌患者と家族の会〟である。

〝患者の会〟は単なる慰め会ではない。癌患者として、参加者一人ひとりがどのように生きているのか、生きようとしているのか、率直に、明るく語られる癌仲間のエネルギーは、いつの間にか、私を癒やした。誰よりの名医、何よりの妙薬となった。私は、癌患者の会の仲間を愛し尊敬した。凄絶な孤独を忘れた。柳原和子さんが同書の締めに書いている。

「あなた方（柳原さんの場合の〝人びと〟は、秀れた医療従事者が中心であるが）が救い出してくれたのはか

らだだけではない。救われたのは、からだ以上に、魂だった」

人びとの結びつきが世界を変えると説いた『ネットワーキング』（一九八二年、リップナック&スタンプス）に賛同したロバート・ミュラー（元国連事務局次長）の詩「ネットワークを作ろう」（参照二一二頁）は〝ネットワーキングは奇跡を起こす。あなた自身の人生が変わる。新しい自由、新しい幸福だ〟と謳っている。

医療のユビキタス

柳原和子さんのネットワークと私のネットワークとは違う。柳原さんは患者の先頭で斗う戦士であるが、私は主体性に欠けた患者だ。

しかし、ネットワークの違いによって救われ方が違ったり、患者の主体性・自覚の有無で受ける医療に差がつくようでは困る。不公平だ。〝自己責任〟などと言わないでほしい。〝いつでもどこでも誰にでも〟。ラテン語で〝いたるところにある〟という意味の〝ユビキタス〟（同時偏在性）という言葉は、主として情報ネットワークで使われるが、この「市民のためのがん治療の会」も〝いつでもどこでも誰にでもの医療〟を目指している。「市民のためのがん治療の会」に期待する。

著書

『消費者問題』野村かつ子・山手茂と共著、亜紀書房　一九七一
担当、第一部　変革期の消費者問題、
第一章　消費者問題の背景　一．経済の発展と消費生活の変化　二．消費者運動の展開
第二章　消費者問題の領域と限界　一．商品・サービス購買論　二．物価と生活設計
三．消費者問題としての公害論
『消費者相談』編著、大成出版社　一九七四
『節約ヒント』編著、帝国地方行政学会　一九七四
『くらしの相談96』編著、第一法規　一九七七
『基礎法律学大系34消費者保護法の基礎』北川・及川編、青林書院新社　一九七七
担当、一三五・一三六・一三七・一三八・一五一・一六二
『新・消費者保護論』日本消費者教育学会編、光文館　一九九四
担当、第一一章

略歴

生年月日　一九三〇年四月二五日
一九五三年　三月　東京女子大学文学部社会科学科卒業
一九五三年　四月　経済審議庁臨時職員（調査課卸売物価担当）
一九五七年　六月　（財）日本生産性本部生産性研究所（消費生活班）
一九六一年　九月　（財）日本消費者協会（調査課長、商品テスト課長、会員課長、総務課長）
一九六六年　九月　国民生活研究所非常勤研究員（流通担当）
一九七〇年　一〇月　特殊法人国民生活センター（相談部調査役）
一九七七年　四月　同右（危害情報室長）
一九七九年　四月　同右（情報管理部長）
一九八二年　四月　同右（研修部長）
一九八七年　四月　同右（海外担当上席調査役）
一九八八年　四月　横浜国立大学非常勤講師
一九八八年　七月　特殊法人国民生活センター（相談・危害情報部長）
一九九〇年　四月　東洋大学講師
一九九〇年　五月　特殊法人国民生活センター非常勤理事
一九九六年　四月　金城学院大学大学院非常勤講師

一九九六年　五月　特殊紙法人国民生活センター参与
一九九六年　五月　（社）社会開発研究所理事
一九九八年　四月　国民生活センター客員講師
二〇〇一年　四月　新潟医療福祉大学非常勤講師

社会活動等

一九七一年　一月　（財）新聞広告審査協会評議委員
一九八九年　四月　国民生活審議会臨時委員
一九八九年　一〇月　（財）生協総合研究所評議員
一九九〇年　四月　日本消費者教育学会会員
一九九二年　五月　（財）日本木材総合情報センター理事
一九九二年　七月　（財）全国環境衛生営業指導センター中央交付金事業企画運営委員会委員
一九九二年　一〇月　農林物資規格調査会委員
一九九三年　一一月　電気通信技術審議会専門委員
一九九四年　三月　農政審議会専門委員
一九九四年　三月　米価審議会委員
一九九四年　九月　農林水産省農業研究センター委員

一九九五年　九月　生活環境審議会委員
一九九六年　四月　木材需給対策中央協議会委員
一九九六年　九月　住宅宅地審議会委員
一九九七年　一月　（財）給水工事技術振興財団理事
一九九八年　一月　電通賞公共広告委員長

おわりに——夫婦別姓について

最初の結婚は、反対していた両親が、諦めようとして憔悴した娘を憐れんで妥協したためであったが、当初は魅力と考えていた相手の生き方・考え方との違いは結婚という現実世界の厳しさの前に次々と拡大し共同生活が崩れて、生活難が増大した。加えて、両親の死や、実家の弟たちとの断絶などのため、離婚したいという心が止められなくなった。しかし、三人の子供達、特に次女はまだ一歳であったから、心の葛藤が続き、家出を実行するまで三年を費やした。子らのことを思うと断腸の思いであったが、そのまま結婚生活を続けることは、健康を失い心を殺すことであった。後に残す子らには、父親と祖母と、住み込みのお手伝いさんや、通いのピアノの先生や、子らが可愛がっている猫のミケと犬のクロや、近所の友達が守っていると、自分を騙し騙し、体調が悪化して、治療を機に、振り返らずに家を出て入院した。しかし、母親でありながら、自分の心身の健康を優先し、自立自尊のために子らを置き去りにした罪悪感は終生拭い去ることのできない苦痛であった。それから数十年を経たある日、八〇代半ばになった母親に、五〇代に入った次女が突然呟いた。「あの日はね、門の外で泣いて見送っていたのよ」。そのことは、聞くまで全く知らなかったので驚いた。そして母親の離婚が、どんなに子らを悲しませたかということが、当の母親の想像以上のものであったと知った。慚愧に堪えない。

しかし、この、私生活波乱万丈の危機にあっても、社会人としての仕事は極めて多忙であった。社会的に大きな期待を受けて成立した国民生活センター設立に伴い、それまでの国民生活研究所の仕事を辞して、センターの新業務である消費者相談部の調査役として第一線で、指導的な仕事をした。消費者相談という仕事は、既に消費者協会で経験していたが、自治体に次々と設立されていた行政の消費者相談の中核的機能としての体制作りやマスコミへのPR、設立後すぐに反響があった相談処理など多忙で、私生活を顧みる余裕は無かった。国民生活センターは、本部ビルが品川に出来るまで、二年間、港区赤坂の事務所で仕事が始まったから、退院後は、近くのホテルに仮住まいし、相磯まつ江弁護士に依頼して、家裁で離婚調停を始めた。調停も波瀾に満ち、一年有余を経て、協議離婚が成立したのは一九七二年、国民生活センターが新築された品川の本部に移転してから後であった。調停は毎月一回行われたが、難航し、もう駄目かと諦めかけた頃、センターの会議と重なったため、調停に初めて出席できなかった日に、相磯弁護士から「離婚成立」の報が入った。

結婚と離婚調停をめぐる出来事は、語っても語っても語り尽くせない、書いても書き切れない波瀾の物語である。語れば、結婚とは何かを問う問題提起になる。しかし、それは、かけがえのない子らを一層悲しませることになり、子らのプライバシイを侵す恐れもあるので、これ以上の離婚ヒストリーは書けない。語れない。封印する。同様に、離婚成立後数年を経て戸籍上の夫婦になった山手茂との再婚の経緯も、山手の愛する二人の娘たちを悲しませるので語れない。ただ、ひとつだけ、出来れば聞いて欲しいことは、再婚を考えた時、山手が、二人の娘たちと青山の三人の子らを合わせた五人の子供チームを作って一緒に暮らす生活の可能性を提案し、それが出来ると確信したことである。当の山手茂本人は、そのことを忘れているが、恐らく山手も心の葛藤で、忘れたかったのではないかと思う。再婚のいきさつも、離婚の経緯と同様に封印する。二人共八〇歳代後半になった現在、終活段階ともいうべきライフステージに立っている。神の御心のままにである。

離婚し、一人で暮らし、再婚し、青山の娘二人と同居し、長男は近くに住まわせるなど、生活史は複雑であるが、離婚後も、また、再婚した後も、最初に結婚した夫の姓をそのまま使った。何よりも、愛しい子らと同じ姓でいたかった。又、職業活動上も変えられなかった。結婚した二八歳から離婚した四一歳までの一三年間は、日本生産性本部、日本消費者協会、国民生活研究所、国民生活センターで、新しい消費者教育・消費者権利確立運動の、それぞれ、その時代の先端組織の草創期に、最前線で、青山三千子として働き続けていたから、青山三千子という呼称・氏名は、人格権であり、パーソナリティであり、アイデンティティ（Identity）であった。一九七五年、国際婦人年を契機として、翌七六年に民法の一部が改正され、離婚後三か月以内に届ければ、婚姻中の氏をひき続き使うことが出来るようになり「婚氏続称規定」と呼ばれるようになったが、それは、青山の離婚成立の三年後のことである。夫婦別姓を主義・主張として貫こうとした結果ではなく、同じ分野で働き続けている一人の人間を表わす呼名として変えることは考えられなかった。いわば当然の成り行きであった。法規に従って変えれば、長屋から青山→長屋→山手三千子であった。女性が法規と慣例に従って夫婦同姓を選べば、結婚、離婚、再婚によって四つの姓になる。場合によっては数年から一〇年位の間に四回も名前が変わる。しかし、夫である男性は何回離婚・再婚を繰り返そうと、生まれた時の戸籍の姓のまま変わらない。差別的ではないか。さらに、離婚して姓を旧姓に変え、再婚し、初婚により生まれた子供は母親の籍に入れた場合に、その子が、結婚し、母と同様に離婚し再婚したとするとどうなるか。子の結婚先を仮に杉本家、再婚相手を仮に二宮家とすると、青山→長屋→山手→杉本→山手→二宮と六つの姓になる。母親の再婚で三回も姓が変わったのに、娘自身の離・再婚で更に三回姓が変わる。これも短ければ数年から一〇年以内に六回も姓が変わる。男の子は変わらない。夫婦同姓は、家族を中心とする社会の秩序であるとする人びとは、〝離婚・再婚するなど論外だ〟とでも言うのであろうか。夫婦別姓は、女性の人格権の保証である。だが、組織の許可が必要であった。国民生活センターという特殊法人（当時）が、公的な仕事をする立場にありながら戸籍上と別姓の使用を認めた配慮には深く感謝する。パスポートや税金や社会保険など、戸籍上の氏名を必要とする場合も多かったが、別姓を通すことが出来た利益に比べれば問題にならない手続き上の手間であった。病院や区役所などで〝山手さん〟と呼ばれて一瞬戸惑うこともあるが、二度呼ばれれば返事が出来る。

夫婦別姓が、仕事柄、また理解のある組織でスムースに実行出来たといって何の自慢にもならないことである。どんな仕事でも、どんな組織でも、働く人びとの氏名は、誰にとってもかけがえのない人格権である。仕事は個人単位なのに、私生活が変化する度に姓名が変わる不都合を感じる人びとがふえている。女性も、男性も、同様である。一九九〇年代には、先述の民法一部改正や法制審議会民法部会身分法小委員会の夫婦別姓論点整理などで一気に進むかと思われたが、遅々として進まない。二〇一八年五月八日、毎日新聞の「くらしナビ」「男の気持ち」欄に、さいたま市の会社員、山口直人さん（三六歳）の「姓を変えたら」という投書が載った。結婚して夫が姓を変えた結果の報告である。夫が改姓をした人は二％といわれるから貴重である。内容は「覚悟はしていたとはいえ、結果はストレスの連続」で「電子化により社内文書の作成者名は戸籍名しか認められず」「世の働く女性たちはこのような待遇に耐えているのかと思うと頭が下がる。常にキャリアの断絶にさらされている」「働きやすい環境を整える努力をしなければ、社会の生産性は上がらないだろう」などとある。さすが、愛する日本の若き男性よ。何と頼もしい。改姓がどんなに大変なことであるかを具体的に率直に告白し、そればかりか、同じように改姓をした女性達に思いを寄せ、男性も女性も、別姓にした人も、出来なかった人も、しない人も、つまり、人は皆、自分が自分であるというアイデンティティ（自己同一性）を求める権利があることを示し、それが社会のためになるという。この一文を読んで、日本の社会も遠からず別姓を認める日が来るという希望が湧いた。自分の場合はうまく行ったなどと、傍観者のようなふるまいをしてきたことに対して深く反省した。少なくとも懸命に別姓を主張している人たちに対して失礼であった。

夫婦同姓は明治維新による様々な改革の中で、一八七八年民法草案に「婦は祖先の姓を用うべし」と記されて、「家」を特徴とする家父長制的近代家族法として成立して以来の制度である。「元始女性は太陽であった」と宣言して有名な平塚らいてうを初め、社会的運動をしている女性達は、早くから夫婦別姓で仕事をしている。市川房枝生誕一二〇周年記念事業委員会発行『市川房枝と歩んだ「婦人参政権運動」の人びと』（企画編集伊藤康子・小澤武信）には、婦人参政権獲得運動に参加した人びとのうち、残されている記録によって一二一名の日本女性と三名の外国女性が写真・記事によって紹介されている。その人びとの姓名は、「通常用いられているものを基本に、本名（戸籍名）、婚姓、筆名、通称などを併記した」とあり、詳細は原典によるとしているが、夫婦別姓と思われる人は日本人一二一名中実に一三名もいる。それぞれ婦選運動の活動家であるとはいえ、記録された運動家のうち一割を超える別姓使用者がいることには、驚かされる。残りの一〇八人も旧姓表示や離婚・再婚表記があって、結婚したことが判り、旧姓を併せ考えると婚姓と考えられる人は五五人で、一二一人中四五・五%、旧姓など何の表記もない、氏名一つだけの人は五三人（四三・八%）であることを考えると、別姓の比率は更に高いのではないかと思われる。

明治一五〇年を宣伝し、輝く女性、働く女性を政策課題に掲げながら、懸案の別姓制度さえ実現しない現在の政治の貧困は、明治の先輩達の近代国家への熱い思い、個人尊重の志をないがしろにする旧態依然たる因習であろう。同書によれば、別姓の他に、筆名を使っている人が八人、名前を変えている人（例えば、山室民子＝本名たみ、のように）に至っては三七人（三〇・六%）もいる。筆名や通称や名前の変更などは、必ずしも夫婦別姓の問題と同一ではないが、個人尊重のアイデンティティへのこだわりの一端である。

夫婦別姓を体験して、公的な組織からも、どこからも苦情や注意を受けなかったが、一度だけ思いがけない友人から批判された。評論家として進歩的な発言をしていた仕事上の知人（故人）であったが、「離婚したのに改姓しないのは良くない」と詰問されて一瞬たじろいだ。彼女も離婚したが旧姓に戻して活動していた。恐らく、婚姓を旧姓に戻して仕事を続けたことで、予想以上のストレスがあったのではないだろうか。その不利益を共有しないことへの苦情ではなかったかと推測したが、離婚したという同じハンデを持つ者同士、同類からの批判は、同姓・別姓問題の難しさの一端を示しているように思われた。法制を変えるどころか自己規制し合うようでは社会の進展はない。この、友人から別姓使用の批判を受けたのは一九七〇年代であったが、その後女性の社会進出が進み、九二年には働く女性が専業主婦の数を上回ると、世論は「別姓・同姓どちらでも法的に選択出来るようにする方がよい」が二九・八％になる。又、女性が多く働く企業では結婚後の通称使用を認める会社が三七％に及ぶようになった。百貨店丸井など、早くから旧姓使用を認めているところも珍しくない。その方が「事務の無駄」が少ないという。「輝く女性」の社会進出を謳いながら、与党は、何をためらっているのだろうか。隣国の中国、韓国、北朝鮮は早くから、アメリカ、イギリス、ドイツ、フランス、北欧のスウェーデン、デンマークなどの先進諸国、東欧のベラルーシ、ジョージアなど多くの国が夫婦別姓になっている。夫婦が別姓を名乗ることは、もはや世界の常識である。（『夫婦別姓への招待』高橋菊江他著　有斐閣選書一九九三年）。

思いがけず自分史に取り組み、一人ひとり誰もがみな、ライフヒストリーを振り返り、紛れもない、自己同一性のある自分自身の姿を見て、いのちを讃歌し、行く末に明るい未来を抱けるような平和な暮らしが出来る社会像とその創造を志向する人びとの増加を切望する。

謝辞

本書の編集・出版について、お世話になった亜紀書房とトライの関係者、棗田金治さん・野中文江さん・立川勝得さん・桜井和子さんに心から謝意を表したい。

亜紀書房を創業された棗田さんは、山手の中学・高校の一学年後輩で、山手が広島女子大から東京女子大に転職した一九六六年に、「亜紀書房創業早々なので、よい企画を提案してほしい」と依頼された。そこで、「婦人問題をとりあげたら」と応えたところ、「全五巻の講座を企画する相談にのってほしい」と提案され、協議して『現代婦人問題講座』全五巻のテーマと編者の案を決定した。第一巻『婦人政策・婦人運動』の共編を田中寿美子・日高六郎両先生に引受けて頂き、巻頭論文「現代日本の婦人問題」を担当させて頂いた。この講座が計画どおり出版され、好評を得たので、棗田さんは、「この講座の入門書として読みやすい単著を書いてほしい」と依頼された。幸い、講座も単著も好評が続いたので、別記した山手の主著四点のほか、青山三千子・野村かつ子との共著『消費者問題』などの共著も四点出版して頂いた。

野中さんには、亜紀書房編集者時代にお世話になった後、退職されて三冬社で独立編集業を続けられ、『古屋野正伍先生喜寿記念誌』や山手の『社会学・社会福祉学五〇年』などを編集・刊行して頂いた。一昨年、山下袈裟男先生追悼文集刊行について相談した時に、立川さんと桜井さんを紹介され、引受けて頂いた。

立川さんは、学生時代に宇井純『公害原論』刊行を亜紀書房で手伝った後、印刷会社トライを創業し、亜紀書房の経営を棗田さんから引継がれ、両社の代表取締役になり、実務を専務取締役の桜井さんが担当されて山下先生追悼文集の印刷・制作をして頂いた。

自費出版するつもりで本書の原稿をまとめて、野中さんに相談したところ立川さんと桜井さんのご厚意によってお世話になり、このような立派な形で編集・出版して頂いた。

別姓夫婦の仕事と生活

2018年11月1日　第1版第1刷発行

著者　山手　茂　青山三千子

発 行 所　亜紀書房
〒101-0051
東京都千代田区神田神保町1-32
TEL 03-5280-0261（代表）
http://www.akishobo.com/

制作・印刷　株式会社トライ
https://www.try-sky.com

Printed in Japan
ISBN 978-4-7505-1566-3